BOLO PRETO

CHARMAINE WILKERSON

BOLO PRETO

Tradução
KARINE RIBEIRO

paralela

Copyright © 2022 by Charmaine Wilkerson-Amendell

A Editora Paralela é uma divisão da Editora Schwarcz s.a.

Grafia atualizada segundo o Acordo Ortográfico da Língua Portuguesa de 1990,
que entrou em vigor no Brasil em 2009.

TÍTULO ORIGINAL Black Cake

CAPA Jaya Miceli

ILUSTRAÇÕES DE CAPA Ondas: Zapatosoldador/ Shutterstock;
Mulher: Arelix/ Shutterstock; Textura: ppart/ Shutterstock

PREPARAÇÃO Gabriele Fernandes

REVISÃO Renato Potenza Rodrigues e Julian F. Guimarães

Dados Internacionais de Catalogação na Publicação (CIP)
(Câmara Brasileira do Livro, SP, Brasil)

Wilkerson, Charmaine
    Bolo preto / Charmaine Wilkerson ; tradução Karine
Ribeiro. — 1ª ed. — São Paulo : Paralela, 2022.

    Título original: Black Cake.
    ISBN 978-85-8439-242-1

    1. Ficção norte-americana I. Título.

22-105058   CDD-813

Índice para catálogo sistemático:
1. Ficção : Literatura norte-americana   813

Eliete Marques da Silva — Bibliotecária — CRB-8/9380

[2022]
Todos os direitos desta edição reservados à
EDITORA SCHWARCZ S.A.
Rua Bandeira Paulista, 702, cj. 32
04532-002 — São Paulo — SP
Telefone: (11) 3707-3500
editoraparalela.com.br
atendimentoaoleitor@editoraparalela.com.br
facebook.com/editoraparalela
instagram.com/editoraparalela
twitter.com/editoraparalela

Para os meus pais. Todos os quatro.

PRÓLOGO

Antes

1965

Ele deveria saber que acabaria assim. Deveria saber no dia em que aquela *hak gwai*, aquela demônia negra, que era sua esposa, fugiu de casa. Deveria saber no dia em que viu a filha nadando na baía no meio de uma tempestade. Deveria saber quando os pais o arrastaram para esta ilha e mudaram de nome. Agora, estava na beira da água, vendo as ondas quebrarem, brancas, nas pedras, esperando que o corpo da filha fosse levado para a costa.

Um policial acenou para ele. O policial era uma mulher. Ele nunca tinha visto uma antes. Ela segurava uma nuvem de tecido branco, o vestido de casamento da filha dele, manchado de bolo preto e cobertura lilás. A filha devia ter derrubado bolo em si mesma ao se levantar da mesa com um sobressalto. Ele se lembrava do retinido de pratos, do estilhaçar das taças no chão, de alguém gritando. Quando olhou na direção da filha, ela desaparecera, os sapatos de cetim caídos na grama lá fora, como pequeninos barcos virados.

PARTE UM

Agora

2018

Ela está aqui.

Byron ouve o elevador abrir. Seu primeiro instinto é correr até a irmã e abraçá-la. Mas quando Benny se inclina para abraçá-lo, Byron a afasta e se vira para bater na porta do escritório do advogado. Ele sente Benny tocar seu ombro e se livra com um chacoalhão. Benny fica lá, de boca aberta, mas não diz nada. E que direito ela tem de dizer *qualquer coisa*? Faz oito anos que eles não se veem. E, agora, a mãe deles se foi de vez.

O que Benny espera? Ela transformou uma discussão familiar em uma guerra fria. Pode esquecer toda aquela conversa sobre rejeição social, discriminação e *afins*. Para Byron, parece que não importa o tipo de problema que uma pessoa tem, é possível encontrar alguém que demonstre empatia por ela. E os tempos estão mudando. Até houve um estudo recente sobre pessoas como Benny.

Pessoas como Benny.

O estudo diz que pessoas como ela podem ter uma jornada solitária. Mas ela não terá nenhuma empatia de Byron, não. Benedetta Bennett abriu mão desse luxo anos antes, quando deu as costas à família, embora ela diga que foi o contrário. Pelo menos ela apareceu desta vez. Seis anos antes, Byron e a mãe estavam na igreja em L.A. County, diante do caixão do pai, esperando que Benny aparecesse, mas nada. A certa altura, Byron pensou ter visto a irmã no banco de trás de um carro dando voltas no cemitério. Ela chegará a qualquer momento, imaginara ele. Mas, mesmo assim, nada de Benny. Só uma mensagem de texto mais tarde que dizia *Sinto muito*. Depois, silêncio. Por meses. E então por anos.

Conforme o tempo passava, sua certeza de que Benny estivera lá naquele dia diminuía. Ou se ele tinha mesmo uma irmã, para começo de conversa.

Que houvera uma menininha rechonchuda e rabugenta o seguindo pela casa.

Que ela um dia torcera por ele nas competições de surfe.

Que um dia ouvira a voz dela velejando pelo auditório enquanto ele apertava seu diploma de doutorado.

Que um dia ele *não* se sentira como agora. Órfão e irritado pra caramba.

Benny

O advogado de sua mãe abre a porta e o olhar de Benny vai além dele, esperando achar a mãe sentada na sala. Mas são só Benny e Byron agora, e Byron nem sequer olha para ela.

O advogado está dizendo algo sobre uma mensagem da mãe dos dois, mas Benny não consegue se concentrar, ainda encarando Byron, para os salpicos de branco no cabelo dele, que não costumavam estar ali. E o que foi aquele chacoalhão? O homem tem quarenta e cinco anos, não dez. Em todos aqueles anos, o irmão mais velho nunca a empurrou, nunca bateu nela, mesmo quando era pequena e tendia a avançar e morder como um cachorrinho.

Eis a primeira memória que Benny tem de Byron: eles estão sentados no sofá, ela acomodada sob o braço do irmão, e Byron lendo histórias de aventura. Os pés dele já tocam o chão. Byron interrompe a leitura para afofar o cabelo da irmã com os dedos, puxar os lóbulos da orelha dela, apertar-lhe o nariz, fazer cócegas até que ela não consiga respirar de tanto rir, até que esteja morrendo de felicidade.

A mensagem

A mãe deixou uma mensagem para eles, diz o advogado. O nome dele é sr. Mitch. Ele conversa com Byron e Benny como se os conhecesse a vida toda, embora Byron só consiga se lembrar de tê-lo encontrado uma vez, quando a mãe precisou de ajuda para se locomover pela cidade depois do seu acidente no inverno passado, aquele que o amigo dele, Cabo, insistiu que não fora acidente. Byron levou a mãe para o escritório do sr. Mitch e depois ficou no carro esperando por ela. Permaneceu sentado lá vendo algumas crianças andarem de skate pelas calçadas amplas e amareladas entre uma rede de lojas de luxo e outra, quando um policial bateu em sua janela.

Aquele tipo de coisa acontecia com Byron com tanta frequência durante sua vida adulta que ele às vezes se esquecia de ficar nervoso. Mas na maioria dos casos, quando um policial se aproximava ou o abordava, ele escorregava para aquele espaço entre um batimento cardíaco e outro, onde podia ouvir o sangue sendo bombeado para o corpo, uma cachoeira carregando séculos de história, ameaçando fazer o chão sobre o qual ele estava sumir. Sua pesquisa, seus livros e seus seguidores nas redes sociais, as palestras, o programa de bolsa de estudos que ele queria financiar, tudo poderia acabar em um segundo por algum engano.

Só depois, depois de o policial ter aberto o porta-malas da viatura e voltado com uma cópia do último livro de Byron (*Ele poderia ganhar um autógrafo?*), foi que Byron pensou que um homem adulto de qualquer raça, sentado sozinho em um carro observando pré-adolescentes andarem de skate para lá e para cá na calçada, poderia levantar uma suspeita justificada. Tudo bem, ele entendia que nem sempre era sobre ser um homem negro. Embora na maioria das vezes fosse.

"Só me deixem alertá-los", o sr. Mitch está dizendo. "Sobre a mãe de vocês. Vocês precisam estar preparados."

Preparados?

Preparados para quê? A mãe deles já se fora.

Sua mãe querida.

Byron não sabe como é que qualquer coisa fará alguma diferença depois disso.

B e B

Há uma caixa de arquivos inteira etiquetada como *Propriedade de Eleanor Bennett*. O sr. Mitch pega um envelope de papel pardo com a letra da mãe deles e o coloca sobre a mesa, diante de Byron. Benny traz a cadeira para mais perto dele e se inclina para ver. Byron tira a mão, mas deixa o pacote onde ela possa ver. A mãe o endereçou a *B e B*, o apelido que gostava de usar quando escrevia ou falava para os dois ao mesmo tempo.

Bilhetes B-e-B geralmente eram afixados à porta da geladeira com um ímã. *B e B, tem um pouco de arroz com ervilhas no fogão. B e B, espero que tenham deixado seus sapatos cheios de areia na porta. B e B, amei meus brincos novos, obrigada!*

A mãe só os chamava pelo nome quando falava individualmente com cada um, e só chamava Benny de *Benedetta* quando estava irritada.

Benedetta, e esse boletim? Benedetta, não fale assim com o seu pai. Benedetta, preciso falar com você.

Benedetta, por favor, venha para casa.

A mãe deixou uma carta, diz o sr. Mitch, mas a maior parte da mensagem final dela está em um arquivo de áudio que precisou de mais de oito horas, durante quatro dias, para ser gravado.

"Vão em frente", diz o sr. Mitch, apontando para o envelope.

Byron o abre e tira seu conteúdo, um pendrive e um bilhete escrito à mão. Ele o lê em voz alta. É a cara da mãe.

B e B, tem um bolinho preto no freezer para vocês. Não joguem fora.

Bolo preto. Byron se vê sorrindo. A mãe e o pai costumavam dividir uma fatia de bolo todo ano para celebrar o aniversário de casamento. Não era o bolo original, diziam eles, não mais. A mãe fazia um novo a cada cinco anos mais ou menos, apenas uma camada, e o colocava no freezer. Mesmo assim, ela insistia que qualquer bolo preto, encharcado daquele jeito de rum e vinho do porto, poderia durar por todo o casamento deles.

Quero que vocês se sentem juntos e dividam o bolo quando chegar a hora certa. Vocês saberão quando.

Benny cobre a boca com a mão.

Com amor, Mamãe.

Benny começa a chorar.

Benny

Faz anos que Benny não chora. Pelo menos não até a semana passada, depois de ser demitida do bico que fazia à tarde, em Nova York. A princípio, achou que o chefe estivesse de mau humor porque ela fora vista mexendo no celular enquanto recebia ligações de clientes. Havia uma regra contra esse tipo de coisa, mas era uma mensagem de sua mãe. Seis palavras que Benny não conseguiu tirar da cabeça.

Na verdade, a mensagem chegara em sua caixa postal havia um mês, mas só então ela parou para ver o celular, se perguntando o que fazer. Fazia anos que não falava com a mãe. Não falar com a própria mãe por tanto tempo assim requeria certa dose de rancor, Benny sabia. Mas não ficar do lado da filha quando ela mais precisava também.

Por anos, tinha sido mais fácil para Benny ficar distante, não responder às raras mensagens de casa, se blindar contra qualquer aniversário e feriado longe da família, dizer a si mesma que era uma forma de autocuidado. Nos momentos de fraqueza, ligava o velho porta-retratos digital que guardava debaixo de alguns cadernos de desenho, na gaveta de uma mesa, e via uma série de rostos sorridentes aparecer na tela um depois do outro, rostos que ela pensara que fariam sempre parte de sua vida, e então desligava.

Uma das fotos favoritas de Benny era dela com Byron e o pai, braços dados e vestimenta formal para algum evento, alguma arrecadação ou tributo ou reunião de advogados em que o pai costumava discursar. A semelhança dos três era impressionante até para Benny, que crescera com esse fato. E pelo brilho no olhar deles, dava para saber quem havia tirado a foto. A mãe.

Agora, o chefe de Benny estava levantando a voz para ela.

"Você não está fazendo o seu trabalho", disse ele.

Benny colocou o celular no bolso do cardigã.

"Seu trabalho é ler a droga do roteiro, não se voluntariar para comentar sobre a durabilidade de eletrônicos de consumo!"

Ah, isso. Não o celular.

Quando Benny entendeu a respeito do que o supervisor estava falando, já tinha sido demitida.

Com os olhos ainda secos, Benny saíra do call center com apenas os itens pessoais que mantivera em seu cubículo compartilhado: uma caneca de café com o interior manchado e rachado e uma planta que parecia uma franjinha. Benny não conseguia lembrar que tipo era, mas a planta nunca a decepcionara. Nada parecia detê-la, nem a falta de água, nem a iluminação fluorescente, nem o ar do escritório que cheirava a plástico, nem a linguagem tóxica do supervisor. De vez em quando, ela erguia os galhinhos da planta com a ponta dos dedos e limpava a poeira das folhas com um pano um pouco úmido.

Levou quinze minutos para Benny perceber que pegara o ônibus errado. Ela desceu na parada seguinte e se viu em frente a uma antiga cafeteria com guirlandas de pinheiro falso e laços de veludo também falso na porta. Não percebera que aquele tipo de lugar ainda existia na cidade. Foi ao ver a caligrafia de "spray imitando gelo" que dizia *Boas Festas* no vidro da janela, e pensar em mais um ano sem ter a própria cafeteria para gerenciar (embora menos cafona) e assistir a um jovem pai dentro do lugar ajoelhado para abotoar o casaco lilás acolchoado da filha, ajeitando o cabelo dela no capuz peludo lilás, que Benny começou a chorar. E ela nunca gostou de lilás.

A gravação

O sr. Mitch pega o cartão de memória com a gravação de Eleanor Bennett e o insere no computador. Os filhos se inclinam para a frente ao ouvir a voz dela. O advogado se obriga a manter uma expressão calma, respirando profunda e vagarosamente. Isso não é pessoal, é profissional. Famílias precisam que seus representantes sejam serenos.

B e B, o sr. Mitch está gravando isto para mim. Minha mão não é mais tão firme e tenho muito a dizer. Queria falar com vocês pessoalmente, mas agora não tenho certeza se verei os dois juntos de novo.

Benny e Byron se ajeitam na cadeira.

Vocês são filhos teimosos, mas bons.

O sr. Mitch mantém os olhos no bloco de anotações sobre a mesa, mas mesmo assim consegue sentir o clima mudando na sala. Costas que ficam tensas, ombros que se retesam.

B e B, prometam que vão tentar se entender. Vocês não podem se dar ao luxo de perder um ao outro.

Benny se levanta. *Lá vamos nós.* O advogado pausa a gravação.

"Não preciso ouvir isso", diz ela.

O sr. Mitch assente. Espera por um momento.

"É o que a sua mãe queria", afirma ele.

"Você não pode me dar uma cópia da gravação?", pergunta ela. "Me dê uma cópia. Vou levar para Nova York."

"Sua mãe pediu expressamente que vocês ouvissem a gravação toda juntos, em minha presença. Mas não precisamos ficar aqui no escritório. Se preferirem, podemos parar agora e eu levo a gravação para a casa da mãe de vocês mais tarde. Você gostaria disso?"

"Não", diz Byron. "Quero ouvir agora."

Benny faz uma careta para Byron, mas ele não vê.

"A mãe de vocês foi muito específica", insiste o sr. Mitch. "Precisamos ouvir juntos, então ficarei satisfeito em continuar quando os dois estiverem disponíveis." Ele abre uma agenda sobre a mesa. "Posso ir até a casa hoje mais tarde ou amanhã de manhã."

"Não sei como isso vai fazer diferença para a mamãe", diz Benny. Ainda de pé, encara firmemente o sr. Mitch, mas a voz treme na palavra "mamãe".

"Acho que faz diferença para você e seu irmão", diz o sr. Mitch. "Há coisas que ela queria que vocês ouvissem imediatamente, coisas que precisam saber."

Benny abaixa a cabeça, fica assim por um minuto, expira com força.

"Melhor à tarde", cede ela. "Vou sair da cidade logo depois do funeral."

Benny olha para Byron mais uma vez, mas ele mantém o olhar fixo na mesa. Ela sai da sala sem se despedir, o cabelo crespo e loiro preso num *afro puff* tremulando enquanto ela pisa duro pela sala de espera, abre a porta e sai pelo corredor escurecido.

O sr. Mitch ouve o som suave do elevador no final do corredor e Byron se levanta.

"Bem, acho que te vejo mais tarde", diz Byron. "Obrigado."

O advogado se levanta e aperta a mão dele. O celular de Byron vibra e, quando ele alcança a porta, já está com o aparelho contra a orelha. Deve ter havido um tempo, pensa o sr. Mitch, em que Byron era só um moleque, vagando na praia, mais interessado em colocar uma concha na orelha do que um celular.

"O trabalho do meu filho é ouvir o mar, você acredita?", Eleanor disse ao sr. Mitch um dia, quando o marido dela, Bert, ainda era vivo e eles estavam em algum evento de advogados juntos.

"E é um trabalho de verdade!", brincou Bert. Eles deram uma boa risada. Eleanor e Bert tinham jeito para aquilo, para serem engraçados juntos.

Talvez, no fim de tudo, o sr. Mitch pudesse perguntar a Byron a respeito de seu último projeto, sobre como o instituto para o qual ele trabalha está ajudando a mapear o fundo do mar. Os oceanos são um desafio, o sr. Mitch acha. E a vida de alguém? Como se faz um mapa disso? As barreiras que as próprias pessoas estabelecem. Os sulcos deixados no chão do coração de alguém. O que Byron terá a dizer sobre isso quando ele e a irmã tiverem ouvido a mensagem da mãe?

De volta para casa

Benny entra na casa da mãe pela porta dos fundos e fica parada na cozinha, escutando. Ouve a voz da mãe, a própria risada, sente o cheiro de alho no ar, mas só vê um pano de prato dobrado sobre uma cadeira, dois frascos de remédio sobre a bancada. Não há sinal de Byron. Ela entra na sala de estar. Está iluminada, mesmo a essa hora. A cadeira de balanço do pai ainda está lá, o tecido azul desgastado onde Bert Bennett um dia se sentou. Na última vez que Benny o viu, ele se levantou daquela cadeira, deu as costas à filha e saiu da sala.

Difícil acreditar que faz oito anos.

Benny tentou se explicar. Ela se sentou perto do pai, embora estivesse muito constrangida. Afinal de contas, quem quer falar sobre sexo com os pais? Ainda que aquilo não fosse só sobre sexo. Benny levara tempo demais para conseguir tratar do assunto, o que havia lhe custado muito, muito mesmo.

Naquele dia, ela se lembra de ter passado a mão para lá e para cá no veludo amassado do sofá, murmurando um elogio. Sua mãe mantivera o assento plastificado por anos enquanto Benny e Byron cresciam, e por muito tempo depois disso. Era a primeira vez que Benny via o sofá daquele jeito. Ela não conseguia superar o toque, como podia ser tão macio e enrugado ao mesmo tempo.

"Acontece que a gente acorda um dia e percebe que não vai viver para sempre", disse a mãe, tocando o sofá. "É hora de aproveitarmos."

Benny sorriu e acariciou o assento como se fosse um bichinho de pelúcia. O sofá ainda era uma coisa feia de olhar, suas fibras duras brilhando na luz, mas tocá-lo a ajudava a acalmar os nervos enquanto o pai começava a falar mais alto.

Quando era criança, a mãe e o pai costumavam dizer que ela podia ser o que quisesse. Mas ao crescer e se tornar uma moça, começaram a dizer coisas como *Fizemos sacrifícios para que você pudesse ter o melhor*. O que significa que o melhor era o que eles sonhavam para Benny, e não o que ela queria. O que significa que melhor era algo que, aparentemente, Benny não era. Que desistir de uma bolsa de estudos em uma universidade de prestígio não era. Ter aulas de culinária e arte em vez de ir para a faculdade de prestígio não era. Que trabalhar em empregos precários na esperança de abrir uma cafeteria não era. E a vida amorosa de Benny? Aquilo, certamente, não era.

Benny se aproxima do sofá e se senta ao lado da cadeira vazia do pai, pousando a mão no descanso de braço. Ela se inclina e cheira o estofado de tweed, procurando alguma pista do óleo capilar que o pai costumava usar, aquela coisa verde e velha que podia fazer uma picape funcionar. Naquele momento, ela daria qualquer coisa para ter os pais ali, sentados em suas cadeiras favoritas, mesmo que significasse que eles ainda tivessem dificuldade em entendê-la.

Benny se percebe sorrindo, ao pensar em uma época diferente nessa mesma sala. A mãe, apoiando o quadril no braço do sofá, assistia MTV com a Benny adolescente e os amigos dela, enquanto a garota torcia para que a mãe se lembrasse de que tinha coisas de adulto para fazer e fosse embora. Ela sempre parecera diferente das mães das outras crianças. Superatlética, meio gênio da matemática e, sim, fã de videoclipes. Essa coisa da música era algo que Benny, aos treze anos, achava bastante constrangedor. E parecia que a mãe fazia sempre tudo do jeito dela, exceto quando se tratava do marido.

O celular de Benny faz um barulho. É Steve. Ele deixou uma mensagem de voz. Soube das notícias. Sente muito, diz ele, embora nunca tenha conhecido Eleanor. Ele está considerando que talvez os dois devam ficar juntos quando Benny voltar à costa leste. A voz de Steve é baixa e suave, e a faz sentir aquele velho arrepio na pele, assim como da última vez que ele ligou.

Benny e Steve. Faz anos que terminam e reatam. Toda vez ela promete a si mesma que é a última. Nunca retorna a ligação dele. Mas, toda vez, chega um momento em que acaba atendendo, e Steve a faz rir e ela concorda em se encontrar com ele.

O riso de Steve, a voz de Steve, o toque de Steve. Anos atrás, isso ajudou Benny a sair da lama em que ficara depois do término com Joanie. Ela seguira Joanie do Arizona até Nova York, embora mais tarde tenha sido forçada a admitir que Joanie nunca deu motivos para que ela pensasse que as duas voltariam. Então Benny estava, alguns meses depois, encarando os próprios pés na seção de música em uma livraria em Midtown quando Steve se aproximou.

Ele estalou os dedos diante do rosto dela, Benny ergueu o olhar e viu esse lindo muro em forma de homem com um sorriso largo, apontando para os próprios fones de ouvido, de sobrancelhas erguidas, e depois indicando o aparelho onde ela estava conectada. Benny sorriu e assentiu. Então, Steve plugou seus fones na entrada perto da dela e, ao som da música, balançou a cabeça e sorriu silenciosamente.

Quando saíram juntos para as ruas lamacentas, Benny pensou que talvez ainda fosse feita de todas aquelas coisas que Joanie um dia viu nela, e que talvez outra pessoa também pudesse vê-las. Demoraria um tempo até que Benny percebesse que Steve, seu novo namorado que amava música e andava de iate, podia fazê-la se sentir tão ameaçada quanto desejada.

Byron

Há coisas para fazer, coisas para discutir, Byron sabe, mas ele não está a fim de lidar com a irmã agora. Os preparativos para o funeral já foram feitos. Byron tomou conta deles enquanto esperava Benny voar até a Califórnia, e todo o resto pode esperar. Ele se senta na varanda em sua casa, cachecol cobrindo o queixo, observando as ondas. Ficará ali tanto quanto puder antes de retornar à casa da mãe.

Depois de todos aqueles anos em que sentiu a ausência de Benny, ela enfim está de volta, mas em vez de alívio, o que ele mais sente é ressentimento. Se as coisas tivessem acontecido de outra maneira entre eles, Benny estaria sentada com ele agora. Ela provavelmente estaria desenhando algo em um daqueles cadernos de desenho dela. Byron ainda tem aquele rabisco bobo que ela fez dele surfando, tomando um caldo enorme, pernas para todos os lados. Mas Byron está amargurado há tanto tempo que isso até o impediu de ligar para Benny e falar da doença da mãe, até que fosse tarde demais. Ele tinha intenção de ligar para ela antes que isso acontecesse; sabia que estava ficando sem tempo. Só não percebera quão rapidamente aconteceria.

Na sexta passada, Byron entrou na casa e sentiu imediatamente, antes que chegasse ao outro lado da cozinha, que a mãe partira. Ele a encontrou no chão do corredor. Podia acontecer daquele jeito, o médico disse mais tarde, o tipo de episódio súbito que tira a vida de alguém de forma inesperada. Pode acontecer com uma pessoa quando seu corpo está lutando contra algo poderoso. Eleanor ainda era capaz de se levantar sozinha na maioria dos dias, lavar o rosto, servir o próprio copo de água, embora com mãos trêmulas, colocar música ou ligar a televisão, até que o esforço do ato a mandasse direto de volta para o sofá.

Enquanto Byron tomava a cabeça e os ombros frios da mãe em seus braços e mantinha o rosto gelado dela contra o peito, pensou em Benny, se perguntou como contaria a ela, sentiu um novo luto pela perda que a irmã também logo sentiria. A princípio, ele não pôde fazer as palavras saírem.

"Benny, Benny", foi tudo o que conseguiu dizer quando ela atendeu ao telefone.

Byron parou, a garganta apertada. Dava para ouvir um som ao fundo. Música e conversas e pratos. Sons de restaurante. E então Benny disse:

"Byron? Byron?"

"Benny, eu..."

Mas Benny já tinha entendido.

"Ah, não, Byron!"

Byron desligou o celular depois de dar a notícia e começou a pensar em todas as outras ligações que precisaria fazer, os preparativos, a sensação da partida da mãe, as memórias da partida do pai, a consciência de todos aqueles quilômetros e anos entre Benny e o resto deles, e sentiu o ressentimento em relação à irmã voltar com força.

Droga, Benny.

Agora, dirigindo até a casa da mãe, Byron vê um carro alugado na entrada.

Benny.

Ele passa pela porta da cozinha, se livra dos sapatos e fica parado ainda de meias, ouvindo. Silêncio. Vai até o corredor, espia o quintal dos fundos pelas janelas, procura por Benny no antigo quarto dela, mas sem sucesso.

É claro.

Ele segue para o quarto dos pais. Lá está ela, deitada na cama, enrolada no edredom como se fosse um sushi gigante, roncando de leve. Benny costumava fazer isso quando era pequena, se enfiar na cama entre os pais, arrancar o cobertor do pai e se enrolar. *Um enrolado de Benny!*, ele exclamava toda vez, como se ela não fizesse isso todo domingo de manhã. Benny costumava ter uma personalidade que fazia todos rirem, se sentirem leves. Mas não é assim há muito tempo.

Lá está aquele sentimento de novo. Um sentimento mau. Byron quer correr até a cama e chacoalhar Benny até que ela acorde. Então, no momento seguinte, só se sente triste. O celular dele vibra. Byron o verifica. É um lembrete. O sr. Mitch está a caminho.

Sr. Mitch

Quando o sr. Mitch chega à casa, Benedetta aperta-lhe a mão e pega a jaqueta dele. Byron traz xícaras de café e biscoitos da cozinha e desconecta o telefone da mãe. Os filhos de Eleanor ainda não estão se falando, mas agora a filha não parece tão nervosa. O sr. Mitch continua chocado com quanto os filhos de Eleanor lembram o pai, um da cor de mogno, o outro da cor de palha molhada, os dois parecendo crianças mimadas naquele momento, a linda cabeça erguida, a boca curvada para baixo nas laterais.

Benedetta dobra o corpo de um metro e oitenta ao se sentar no sofá e abraça uma almofada grande. De novo, como uma criança. Ele não teria esperado algo assim de uma mulher que parece tão majestosa. De onde está sentado, Byron se inclina à frente, os cotovelos apoiados nos joelhos. O sr. Mitch abre o notebook e procura pelo arquivo de áudio. Eles não fazem ideia, fazem? Acham que isto é sobre os dois. Ele aperta o *play*.

Byron

O som da voz da mãe o parte ao meio.

B e B, meus filhos.

O som da voz dela.

Por favor, me perdoem por não contar nada disto antes. As coisas eram diferentes quando eu tinha a idade de vocês. As coisas eram diferentes para as mulheres, principalmente se você fosse das ilhas.

Os pais de Byron sempre disseram *as ilhas*, como se fossem as únicas no mundo. Há aproximadamente duas mil ilhas nos oceanos, e isso sem contar os milhões de outros pedaços de terra cercados por mares e outros corpos de água.

Byron percebe quando a mãe para e recupera o fôlego, e fecha as mãos em punho.

B e B, eu queria me sentar com vocês e explicar algumas coisas, mas estou ficando sem tempo e não posso ir embora sem deixar que saibam como tudo isso aconteceu.

"Como tudo *o quê* aconteceu?", interrompe Benny.

O sr. Mitch aperta uma tecla no notebook e pausa a gravação.

Byron balança a cabeça. Nada nunca aconteceu com eles, nada mesmo. E isso é muito, se tratando de uma família negra nos Estados Unidos. Antes de os pais morrerem, o único drama familiar real era Benny, perturbando a mãe e o pai porque insistia em detalhar sua vida amorosa. Ela não poderia ter levado a namorada para casa naquele ano e deixado a informação ser absorvida por eles com calma? E então, se acabasse namorando um cara no ano seguinte, poderia explicar o motivo, revelando aos poucos. Assim, os pais teriam conseguido lidar. Por fim, eles se acostumariam.

Mas não, Benny era Benny. Sempre precisando de atenção, sempre precisando de aprovação, desde a faculdade. Ela não era mais a irmãzinha tranquila que costumava ser. Benny se tornara uma pessoa que não dá brecha para o diálogo. Ou você estava com ela ou contra ela. Se Byron tivesse se comportado daquela forma, se tivesse se afastado toda vez que alguém não concordasse com ele, não o aceitasse logo de cara, não o tratasse da maneira justa, ele estaria onde está hoje?

Não que Byron possa realmente reclamar. Ele ama seu trabalho, nasceu para ser um cientista de oceano. Também é bom pra caramba, mesmo que tenha sido preterido para a posição de diretor no instituto. De qualquer forma, ele ganha muito mais dinheiro do que ganharia como diretor, graças a aparições públicas e consultoria para filmes. Na verdade, três vezes mais bem pago, mas ele gosta de manter essa informação para si e o contador.

Byron não planejou ser o pesquisador afro-americano da oceanografia queridinho das redes sociais, mas vai tão longe com isso quanto puder. Acabou de se candidatar outra vez à vaga de diretor, embora saiba que seu colega Marc também tem esperança de conseguir.

É provável, pensa Byron, que tenha de ouvir a mesma ladainha de sempre dos fundadores. Que o centro precisa dele *lá fora* como embaixador, que ele trouxe atenção até então inédita ao trabalho do instituto, que ajudou a obter mais recursos financeiros e mais autoridade nas reuniões internacionais do que seria possível de outra forma.

Da última vez, Byron refutou aquele argumento ao usar seu sorriso de melhor jogador do time e afirmando que poderia fazer um trabalho ainda melhor nos escritórios de operação, enquanto ajudava o centro a afiar a maneira de fazer as coisas. Ele saiu daquela conversa desconfortável, mas com uma leve arrogância no caminhar só para demonstrar o quanto levara a decisão deles na esportiva.

Então, mais uma tentativa. Se o instituto ainda assim não der a ele uma posição melhor na hierarquia da organização, Byron vai continuar buscando outras maneiras de aumentar sua influência. Foi ele quem chamaram para falar na televisão sobre o vulcão submerso na Indonésia. Foi a ele que pediram para apresentar aquele artigo no encontro de Estocolmo. Ele quem foi chamado pelos japoneses para o projeto de mapear os fundos do oceano. Foi fotografado com dois presidentes do país e recentemente citado pelo atual como um exemplo perfeito do sonho estadunidense realizado. Foi nessa época que a namorada disse que ele era arrogante e terminou o relacionamento.

"Este não é o tipo de exemplo que quero que meus filhos sigam", Lynette gritou para Byron naquela última noite. Era a coisa mais maldosa que uma mulher podia dizer para um homem. E ele nem sequer sabia que Lynette um dia pensara em ter filhos.

Ela não entendia. Se você fosse convidado para a Casa Branca, apenas iria, sem importar quem estivesse sentado no Salão Oval. Era outra oportunidade de lutar pelas coisas que valem a pena. De se posicionar contra os cortes no fundo de pesquisa, de incentivar um acesso mais amplo à educação de qualidade na ciência. Lá estava outra chance para um homem negro estar à mesa com aqueles que tomam decisões, em vez de recuar diante do abuso. Em vez de ficar do lado de fora de mais uma porta fechada.

Mas Lynette não concordou. Ela não parecia entender pelo que Byron tivera que passar para ser visto e ouvido neste mundo. No entanto, a mãe dele sim.

"O que você está disposto a fazer?", uma vez Eleanor perguntou quando Byron comentara sobre ser criticado por alguns caras no ensino médio. "Você está fazendo algo de errado, Byron? Você acha que é uma pessoa ruim por tirar nota máxima naquela prova? Por ser reconhecido pelo seu trabalho? Vai deixar a visão de alguém sobre quem você deve ser, e sobre o que deve fazer, te segurar? Acha que esses garotos são mesmo seus amigos?" Viu os olhos da mãe brilharem como quando ela estava à beira do mar.

"E então, o que você está disposto a fazer? De quem está disposto a abrir mão?"

De qualquer forma, Byron não abriu mão de Lynette. Foi ela que se livrou dele. Se a decisão fosse dele, Byron ainda estaria de mãos dadas com ela agora. Mas ela decidiu, e ele não era do tipo que implorava. Essa era outra coisa que Lynette não entendia. O que Byron não podia se permitir fazer.

É estranho como tudo aconteceu com Lynette. Namorar alguém do trabalho nunca foi o estilo de Byron. Por anos, conseguiu seguir essa regra. Conhecia muitos caras que não ligavam para isso, mas deixando de lado a dinâmica do ambiente de trabalho e a questão do assédio, ele simplesmente não gostava de tomar aquele caminho. E sim, podia ser solitário.

Todo aquele tempo trabalhando nos cálculos e tendo reuniões e escrevendo artigos e, no início, as expedições de navio, para conduzir mapeamentos no fundo do mar por semanas. Então, mais tarde, os livros e as aparições públicas. Salas de espera de aeroportos e quartos de hotel. Onde um cara como ele conseguiria fazer uma conexão que fosse além de uma única noite?

Cabo, o conselheiro autodeclarado de Byron para todos os assuntos, recomendava o namoro on-line. Bem, claro, foi assim que Cabo conheceu a esposa. Ele era sortudo assim. Mas onde Byron encontraria tempo para ler todos aqueles perfis e marcar todos aqueles encontros? Byron conhecia gente nova o tempo todo, o problema não era esse.

Então Lynette apareceu.

"Desculpe", Benny está dizendo, e os pensamentos de Byron voltam para a sala. "Desculpe, sr. Mitch", repete, acenando. "Podemos continuar."

O sr. Mitch clica no arquivo de áudio.

Vocês, crianças, precisam saber sobre a sua família, sobre de onde viemos, sobre como na verdade eu conheci o seu pai. Precisam saber sobre a sua irmã.

Byron e Benny se encaram, boquiabertos.

B e B, sei que isso é um choque. Aguentem comigo por um momento e me deixem explicar.

Byron e Benny olham para o sr. Mitch e sussurram a mesma palavra.

Irmã?

Irmã

Irmã? O que isso significa? O que aconteceu com ela? Benny e Byron estão falando um por cima do outro, fazendo as mesmas perguntas de maneiras diferentes, questionando, para resumir: *Como isso é possível?*

O sr. Mitch balança a cabeça, insistindo que os dois escutem toda a gravação primeiro, como a mãe deles pediu. Ele acena com o queixo em direção ao notebook. Benny olha para o rosto do irmão, para os olhos escuros e grandes dele, tão parecidos com os do pai, tão parecidos com os dela, e pensa em todos aqueles momentos com Byron, correndo pela praia juntos, fazendo careta um para o outro na mesa de jantar, Benny se inclinando sobre o dever de casa de matemática com o irmão ao seu lado, ajudando com os exercícios. Todo aquele tempo, faltava uma irmã?

Como é possível que não soubessem disso? Os pais estavam casados havia muito tempo, e o pai uma vez disse a Benny que os dois quiseram mais bebês, mas a princípio só tiveram Byron. Então Benny chegou anos depois, surpreendendo-os e os deliciando com seu corpinho rechonchudo e sorriso fácil.

"Dava para ver desde recém-nascida que você tinha o sorriso da sua mãe, assim como seu irmão", o pai contou, apertando o queixo dela. A boca era a única coisa que Benny não tinha herdado do pai. Isso, e a pele pálida.

Ela sempre pensara nos pais como feitos um para o outro. Eles podiam ter muito em comum, ambos sendo caribenhos, órfãos, tendo imigrado para a Inglaterra antes de se mudarem para os Estados Unidos juntos. Mas não importava, fora amor à primeira vista, eles sempre disseram, e algumas pessoas estavam destinadas a se encontrar, quaisquer fossem as circunstâncias.

"Sua mãe me achou tão bonito", o pai costumava brincar, "que desmaiou na hora."

Todo mundo já ouvira a história. Um dia, em Londres, Bert Bennett viu Eleanor Douglas cair no chão e foi ajudá-la, e, como dizem, o resto é história. Às vezes, quando o pai a contava, ele se inclinava e tocava o nariz de Eleanor com o dele, simples assim. Um beijo de esquimó. Alguém ainda se apaixonava daquele jeito? Sem hesitação, sem terror? Ou todo mundo é como Benny?

E todo casal esconde segredos grandes assim dos próprios filhos?

Antes

B e B, eu sei, preciso explicar por que vocês nunca souberam de nada disso. Mas não fará sentido se eu não começar do início. Isso não é só sobre a irmã de vocês. Há outras pessoas envolvidas, então tenham calma. Tudo começa com a ilha e o que aconteceu lá há cinquenta anos. A primeira coisa que precisam saber é sobre uma garota chamada Covey.

Covey nasceu em uma cidade à beira-mar, à beira de um agitado, profundo e azul mar, que empalidecia até ficar cor de turquesa ao se aproximar da ilha. E quanto mais Covey crescia, mais difícil era para ela ficar longe da água. Quando pequena, o pai costumava colocá-la sobre o ombro na piscina, lançando-a direto à parte funda. Mas foi a mãe quem a ensinou a lidar com as ondas, e isso acabou determinando o destino da menina.

Sei que devem estar pensando naquelas calmas praias caribenhas, com águas tranquilas, onde dá para ver os peixes nadando ao redor dos nossos calcanhares. Sim, também havia dessas, mas Covey cresceu em uma área de surfe, e havia praias nas quais, se você não ficasse atento, as ondas te engoliam. O local favorito da mãe dela era uma dessas. Não era lugar para crianças, o pai de Covey costumava dizer, mas a mãe a levava lá de qualquer forma. Então Covey cresceu forte. E ela precisaria daquela força quando as coisas começaram a ruir.

Covey

Mesmo perto do fim, havia algo sobre aquele momento que sempre fazia as mulheres rirem.

Gira, gira, gira.

Estes eram os dias favoritos de Covey, quando ela chegava da escola e podia se livrar dos sapatos estilo Oxford e se sentar na cozinha com as mulheres, o rádio alto tocando calipso ou rockabilly, o aroma subindo à cabeça enquanto elas giravam e abriam a tampa dos potes de frutas mergulhadas em rum e vinho do porto. A brisa com cheiro de grama e água salgada passando pelas persianas para soprar as nucas suadas. A fofoca sussurrada, os risinhos.

A mãe de Covey e Pearl, a ajudante da família, tinha uma confeitaria pequena, mas conhecida. A maioria das pessoas que elas conheciam tinha casado apenas no civil, incluindo os pais de Covey, mas um casamento formal era mais respeitado, e alguém com dinheiro sempre planejava um casamento assim. Nessas ocasiões, o bolo preto era indispensável. E era aí que a mãe de Covey e Pearl entrava.

Mamãe sempre ria enquanto fazia o bolo preto. E também sempre havia um momento em que ela não resistia ao ritmo da música no rádio.

"Venha, Pearl", dizia, mas Pearl não gostava muito de dançar e dava aquele seu sorriso de boca fechada, balançando a cabeça no ritmo da música enquanto mamãe erguia no ar uma espátula coberta de massa e a balançava, se aproximando de Covey e então se afastando, agarrando-lhe a mão. *Cuh-vee, Cuh-vee, Cuh-vee*, ela cantava. Puxava a garota em um ritmo acelerado, o cheiro de açúcar e manteiga e pomada de cabelo no ar, enquanto as duas giravam pela sala de jantar em direção à de estar.

Pearl gostava de agir como se fosse séria com mamãe.

"Sra. Mathilda", dizia ela, soando mais como se puxasse a orelha de Covey do que falando com sua chefe. "Esses bolos não vão se *fazê* sozinhos, sabe?"

Houve um tempo, quando Covey era pequena, em que a mãe costumava dançar com o pai no quintal. Era sempre de noite, quando a luz acabava e eles colocavam velas em jarros de vidro nas laterais do pátio e levavam o rádio transistorizado lá para fora. A mãe se aproximava e corria as mãos para cima e para baixo nas costas do pai. Em algum momento, cada um pegava uma mão de Covey e os dois dançavam com ela. Às vezes, o pai erguia a menina nos braços e a mergulhava desse jeito e daquele, e a mãe ria.

Naqueles últimos meses antes de desaparecer, a mãe raramente ria. O rosto ficava duro toda vez que Covey passava por ela. Era uma daquelas coisas de adulto que ela não entenderia até muito mais tarde. Como o peso do beijo da mãe no meio da noite.

Covey sentiu o beijo em seu sono. E então mais um. Em seguida, uma mão correu por seus cabelos. Uma nota do perfume de rosas e o cheiro da testa salgada da mãe. Amanheceu, e era domingo. Mamãe a deixara dormir até mais tarde. Ela esperou. Nada de mamãe. Ela se levantou e foi até a cozinha. Nada de mamãe.

Doze horas mais tarde, nada da mãe. Pearl preparara o jantar, como sempre. O pai chegou em casa bêbado, como sempre.

Dois dias depois, nada da mãe. A polícia foi até a casa, assentindo enquanto o pai falava. Sim, disseram eles, veriam o que podia ser feito.

Uma semana depois, o pai pegou a mão de Covey e limpou as lágrimas dela. Disse que a mãe voltaria logo, ela veria. Mas o pai estava mais bêbado que o normal. Pearl abraçou Covey com força.

Um mês depois, nada de mamãe.

Um ano depois.

Cinco anos depois.

O pai passava mais tempo do que nunca nas rinhas de galo. Mantinha uma garrafa atrás de uma caixa de papelão em uma de suas lojas, Covey vira. Pearl ainda abraçava a irmã antes de ir embora. Covey ainda acordava no meio da noite, tentando sentir no ar o cheiro de rosas e sal.

Lin

Levou seis anos para Johnny "Lin" Lyncook admitir para si mesmo que a esposa não voltaria para casa, nem pela filha deles. Ele se sentou no quintal com uma garrafa de cerveja, observando um lagarto apanhar insetos pequenos demais para serem vistos, pensando na luta que foi seguir em frente, com ou sem Mathilda. Sempre foi uma luta para Lin, assim como para os pais dele, e para todos aqueles homens do campo que cruzaram o oceano nas gerações anteriores.

O pai dele gostava de contar aos filhos a história de como algumas pessoas do povo deles pegaram o começo degradante nas Américas e viraram o jogo. Em 1854, contou a eles, alguns dos homens que trabalhavam na estrada de ferro no Panamá ficaram tão doentes que vomitaram uma bile meio escura, e os olhos ficaram amarelos. Muitos dos trabalhadores chineses que foram levados para trabalhar no projeto exigiram ser mandados para um local mais seguro. Alguns deles foram parar na ilha. Já enfraquecidos pelo trabalho duro e pela doença, poucos sobreviveram. Um dos que conseguiram abriu uma loja atacadista, estabelecendo um precedente que encorajou outros imigrantes chineses a fazer o mesmo.

E então veio a família de Lin. Um novo século, uma janela de oportunidade. Ou pelo menos era o que esperavam. O pai de Lin veio de Guangzhou como cozinheiro, e em algum lugar lá, os documentos começaram a listá-lo como *Lyncook — Lin, o cozinheiro*. Ele trabalhou até o contrato acabar, mandou buscar a esposa e o filho pequeno, Jian, que logo seria chamado de Johnny, e se juntou à classe dos donos de lojas locais. Quando enfim abriu aquela primeira loja, colocou uma placa acima da porta, *Produtos Secos & Diversos do Lin*, e as pessoas logo começaram a chamá-

41

-lo de sr. Lin, e seu filho mais velho de Lin, apenas. Mais tarde, haveria outra loja e outros filhos com nomes ingleses. Mas chegar até lá foi uma jornada complicada.

Sopa de peixe. Era tudo o que tinham para comer na maioria dos dias, quando Lin ainda era um moleque. A mãe dele fazia caldo com a cabeça de peixe e servia com um pouco de cebolinha e pimenta-vermelha caribenha por quantos dias desse. Demorou anos para Lin notar que as outras famílias da ilha faziam o caldo com pedaços da carne do peixe, banana verde e talvez até camarão. Quando percebeu, seus pais podiam pagar por outras coisas. As lojas da família enfim estavam dando lucro. O pai curava porco e pendurava pedaços da carne em ganchos pela varanda, e os garotos se sentavam no jardim e observavam-nos girando com a brisa.

Mas isso foi mais tarde.

Nos primeiros anos, as aulas de aritmética de Lin distraíam seu estômago. Os professores diziam que o garoto tinha um dom. Mas Lin já percebera que ser bom com números não era suficiente, era necessário desafiar a lógica deles para ter sucesso neste mundo. Era preciso estar disposto a se arriscar. Mesmo enquanto criança, ele era capaz de observar os homens jogando *sue fah** e adivinhar as probabilidades. No ensino médio, começou a apostar em cavalos. Depois, descobriu as rinhas de galo e conseguiu os primeiros dólares. Sentiu o cheiro do papel-moeda misturado com poeira e sangue. Sentiu o cheiro da primeira chance real de um futuro.

Lin aprendeu que era possível aumentar a probabilidade de vitória ao registrar como o criador cuidava dos galos, que suplementos eram dados a eles. O dinheiro extra ajudou a modernizar as lojas do pai, assim como ajudou os pais a comprar uma casa com árvores de tamarindo e fruta-pão. E isso era bom. No total, Mamma Lin dera à luz quatro garotos, mas restaram apenas dois depois da tuberculose, e só Lin permanecera na cidade.

Ele sempre foi leal à família. Fora criado assim. Quando as apostas

---

* Também chamado de "drop pan" (*sue fah*, em hacá), é um jogo que foi levado à Jamaica pelos imigrantes chineses nos anos 1850. Nele, números de 1 a 36 são colocados dentro de uma panela e o apostador cujo número for o último retirado da panela vence.

rendiam um bom dinheiro, dava um pouco mais para as viúvas dos irmãos e os sobrinhos. E quando Covey nasceu, ele contratou uma ajudante, Pearl, a melhor cozinheira da freguesia, porque era o que a mãe da menina queria. Mas então o dinheiro parou de entrar.

Com o tempo, os donos de galos de rinha descobriram esteroides que podiam fortalecer os animais, mas também os tornavam mais irritadiços, principalmente quando usavam lâminas. Certa vez, um criador de outra freguesia morreu depois que seu galo cortou-lhe o braço. Ninguém sequer vira acontecer, só observaram a vida se esvair do pulso do homem em um jato vermelho.

Lin estivera contando com aquele galo para ganhar uma bolada. Em vez disso, o incidente provocou uma longa onda de perdas, durante a qual sua esposa passou a falar mais alto, a ser mais confrontadora, e então mais quieta, e depois completamente silenciosa. Um dia, ela simplesmente desapareceu, deixando um breve bilhete e a filha deles de doze anos, que seguia Lin pela casa, olhando-o com os olhos redondos da mãe.

Lin suspeitava que Mathilda o deixara por causa daquele negócio de *independência-Black-power* que estava acontecendo nas ruas, embora ela costumasse reclamar de Lin não dar a ela um casamento formal. Isso, e porque ele continuava frequentando as rinhas de galo.

"Você não gosta que eu aposte?", Lin perguntou a ela uma vez. "De onde acha que eu consigo o dinheiro para manter as lojas? Metade dos nossos clientes compra no crédito e nunca paga, viu? Devo impedir que eles comprem? E de onde você acha que veio esta casa? *Cê acha que toda essa grana cai do céu?*"

O rosto da mulher assumiu aquela expressão envergonhada sempre que Lin falava patoá na frente da filha deles.

Não, Mathilda nunca apreciara sua boa sorte. Alguns dos mercadores tinham esposas no lado mais distante do oceano ou mulheres do outro lado da cidade, mas não Lin. Mesmo assim, ela era o tipo de mulher que um homem tentava tolerar. Toda aquela pele pendurada para fora da blusa dela. A forma como ela levava a filha deles direto para as ondas sem hesitar, irritando e animando Lin ao mesmo tempo.

Nos cansativos mas esperançosos anos após o fim da Segunda Guerra Mundial, muitos dos companheiros que voltaram à ilha depois de servir na Força Aérea Real e afins só falavam de voltar à Inglaterra. Alguns rapazes chineses da capital estavam deixando a ilha e indo para a Flórida. Mas Lin não queria imigrar de novo, queria melhorar o local onde estava. Mathilda, dois anos mais nova que ele, dizia gostar dessa atitude. Quando estavam sozinhos, ela passava a mão no topo da cabeça dele e comentava que gostava daquele cabelo engraçado, preto, liso e grosso como uma escova.

Lin poderia ter se casado com outra pessoa. Sua mãe o incentivara a escolher o "tipo certo" de garota, uma das novas que vieram da China. Alguém que saberia o jeito certo de limpar a casa para o Ano-Novo chinês. Que saberia como preparar os pequenos envelopes de *fung bow* para as crianças. Que saberia o que cozinhar para trazer boa sorte, uma mulher cuja presença orgulharia a família quando visitas importantes aparecessem para um banquete no feriado.

E ele sabia que Mathilda não ficaria sentada esperando por muito tempo. Tudo o que ela precisava fazer era treinar os olhos para reconhecer alguém melhor, algum dono de hotel costa acima ou até mesmo um daqueles galãs de filme que conseguiam enriquecer apesar de ficar na praia metade do tempo. Mas quando Mathilda contou que estava grávida, Lin percebeu que isto era o que queria, viver com Mathilda e a filha deles.

O amor era algo misterioso, tal qual a maneira como podia ruir, sem dúvidas. Sim, Lin precisava aceitar o fato de que eram só ele e a filha agora. Eles tinham sido abandonados.

Em três anos, os ombros e o peito de Covey estufaram, ela ficou mais alta e nadava mais rápido do que qualquer garota e a maioria dos meninos da vizinhança. Os olhos assumiram uma expressão que Lin reconheceu como dele. A filha era como ele. Não era só uma questão de talento, e ela não estava apenas se divertindo. Estava decidida a ganhar.

Covey continuou ganhando, e Lin, perdendo. O curioso era que Lin tinha consciência disso. Sabia que não podia continuar apostando sem parar, que não podia gastar todo o dinheiro com bebida. Lin nunca esquecia um número, tinha exércitos inteiros deles na cabeça, mas não conseguia, nem pela própria vida, se lembrar da data na qual perdera o controle.

Em certo ponto, Lin voltou a pensar sobre os homens que tinham ido embora. Considerou vender o que sobrara de seus pertences e voltar para a China.

"Que China?", o irmão que restara questionou. *"Cê é dessa ilha agora. Que China?"*

E havia Covey. Lin sabia que não poderia levá-la consigo, não quando ela tinha o rosto negro, o nariz grande e o inglês da mãe. Ele provavelmente não dissera nem duas palavras para Covey em hacá desde que ela era bebê. Ela nunca conseguiria encontrar um marido lá. *Cho!* Ele estava perdendo tempo, sabia, se preocupando com uma jovem que começava a retrucá-lo. Falando daquele jeito moderno, em vez de fazer o que lhe mandavam. Lin suspeitava que Covey já fosse causa perdida. Mesmo assim, ficou.

A baía

Antes que a baía ficasse famosa, eles a tinham todinha para si mesmos.

Puxe, puxe, puxe.

Nenhum morador da ilha que se respeitava ia até lá em dia de semana sem barco ou prancha, exceto Covey e sua amiga Bunny.

Puxe, puxe, puxe.

De tempos em tempos, as estrelas de cinema que tinham casa lá em cima na costa vinham com os amigos glamorosos e se estendiam na areia, mas na maioria das tardes, a praia estava deserta quando as garotas chegavam.

Puxe, puxe, puxe.

Aos domingos, Covey e Bunny se comportavam igual às outras meninas de quinze anos, caminhavam pela costa em seus biquínis que combinavam, cutucavam com gravetos águas-vivas na praia, enterravam uma à outra na areia até o pescoço, comiam pargo fresco e bolo de mandioca assado na fogueira perto de Fishie e a esposa dele, e depois lavavam os dedos na ressaca.

Fishie era uma entidade por lá. Vendia almoços com peixe fresco desde que os pais de Covey e Bunny eram dois garotinhos. Ele vira o pai de Bunny ir à guerra na Inglaterra e voltar pelo oceano para criar os dois filhos, diferentemente de alguns dos outros que deram meia-volta e retornaram para a Inglaterra ou para o País de Gales ou Deus sabe onde. Fishie vira o pai de Covey deixar de ser uma *coisinha magrelinha*, como dissera a Covey rindo diversas vezes, para se tornar um *coisona magrelona*. E agora aqueles garotos eram homens, sendo o centro das atenções perto de Fishie, com garrafas nas mãos e discutindo a independência da ilha do controle britânico.

Em alguns fins de semana, quando o pai de Covey não estava totalmente bêbado, ele levava a filha e a amiga costa acima, até as cachoeiras. Elas corriam sobre as cascatas, dando gritinhos por causa da água gelada. *Olha para mim, pai!*, Covey gritava. *Olha para mim!* O dia era bom quando ela conseguia fazê-lo inclinar a cabeça para trás e rir, batendo na lateral da coxa. O dia era bom quando ela conseguia sentir que ainda era mais importante para o pai do que um monte de galos fedidos lutando até a morte.

Nos dias de semana, elas colocavam as toucas de natação, e Covey se reconvertia ao seu eu verdadeiro.

Foi no clube de natação que Covey viu Bunny pela primeira vez. Covey estava caminhando na piscina, praticando as falas de uma passagem que memorizara para recitar na escola. E então o amigo de seu pai, tio Leonard, entrou com a filha, Bunny.

Tio Leonard soltou o braço da menina e deu um empurrãozinho nela em direção ao instrutor. *Só se concentre, Bunny*, disse ele, e se afastou enquanto a menina dava alguns passos à frente, desconfortável. Covey nunca a tinha visto antes; elas frequentavam escolas diferentes, mas ela via quando o tio Leonard estacionava a van branca diante da casa para buscar o pai dela. Na época, a mãe ainda estava lá, e Covey a ouvia inspirar fundo e resmungar baixinho toda vez que o tio Leonard e o pai iam até as rinhas de galo.

Na piscina, Bunny fez tudo o que o instrutor disse com uma expressão preocupada no rosto em formato de lua. Apesar de iniciante, aprendeu rápido. Então, um dia a mãe de Bunny veio assistir à aula e a menina sorriu. Covey e as outras crianças se entreolharam, surpresas. Bunny tinha o sorriso mais brilhante que qualquer um deles já vira em uma menina. Nem a mãe de Covey tinha dentes assim. Conforme o tempo passava, Covey viu que, além do sorriso, Bunny tinha algo mais. Quando começava a nadar, ela nunca parecia se cansar.

Bunny começou a ir com Covey para a casa dela depois do clube de natação. As duas se sentavam lado a lado na mesa da cozinha, as pernas balançando e as barrigas roncando, esperando que Pearl lhes desse um pedaço frito de fruta-pão ou um bolinho de massa quente e pegajoso enquanto preparava o jantar. Se ainda fosse dia, elas corriam para o quintal para apanhar lagartos e subir na enorme aveleira, até que Mathilda as chamasse para descer.

Então Covey contou a Bunny que queria começar a treinar na baía.

"Mas por quê?", perguntou Bunny. "Temos a piscina."

"Você vai ver", disse Covey, olhando em direção à costa.

"Mas é seguro?"

Covey hesitou, mas soube, pelo brilho nos olhos da amiga, que não precisava responder.

O nado mais longo de ambas aconteceu quando os pais estavam nas rinhas. Covey e Bunny imploravam por carona dos garotos da vizinhança e iam longe costa abaixo. Enquanto os pais limpavam gotículas de sangue do dinheiro, elas já estavam na areia, tirando os sapatos e os vestidos e mergulhando de cabeça nas ondas cor de safira.

Com Bunny, Covey não se sentia mais como filha única. Sentia que encontrara uma irmã na terra e na água. Ela era a nadadora mais rápida entre as duas, mas Bunny nadava por muito tempo e conseguia seguir mais em linha reta no mar aberto do que todos os nadadores que Covey conhecia. Se ela se movia como golfinho, então Bunny era como uma daquelas tartarugas-gigantes que são capazes de cruzar o mundo sem se perder.

As pessoas gostavam de incentivar Covey a nadar. Algumas diziam que ela era como um raio. Mas sobre Bunny, nada diziam. Os rumores se espalharam pela cidade. Bunny merecia reverências, era uma *duppy conqueror*, um exemplo de superação. E então elas fizeram dezesseis anos e as coisas começaram a mudar. As pessoas começaram a chamá-las de *moças*. Covey sabia o que algumas pessoas pensavam sobre moças. Que elas deviam ter mais *respeito* com o mar e com o que ele pode fazer. Que elas deviam parar de cortejar o perigo indo até a baía.

"Não é normal", o pai dela dissera.

Quando Covey era pequena, o pai fez uma série de apostas vitoriosas e contou a ela que usaria o dinheiro para inscrevê-la no clube de natação. Ele continuou a bancar as aulas mesmo quando afirmou que não sobrava nada para os outros gastos, e, durante anos, Covey fez bom uso do investimento ao preencher a prateleira de seu quarto com medalhas de natação. Até decidir que não era suficiente.

Seu pai estava errado; não havia nada mais normal para Covey do que nadar no mar. E desde que tivesse Bunny, ela sentia que podia continuar fazendo o que mais amava.

"A competição do porto", disse ela para Bunny. "Vamos participar, ver se conseguimos patrocínio para ir para a capital."

"A competição do porto?", repetiu Bunny. "Você sabe que eu não gosto de competir."

"Mas a gente pode ganhar."

"Não, *você* pode ganhar, Covey."

"Mas você pode chegar entre as três primeiras, tenho certeza. É um nado longo, do tipo que você gosta. Além disso, alguns daqueles nadadores importantes das outras ilhas não terão coragem de vir aqui."

Por um lado, a ilha delas era um dos menores países da terra; por outro, tinha um dos maiores portos naturais do mundo. E havia sempre rumores sobre o que poderia estar se esgueirando em suas águas.

Todos na ilha tinham uma história de tubarão. Tubarões que não deixavam nada, exceto o torso de um homem, voltar para a areia. Tubarões que apareciam quando alguém jogava um cachorro morto de um penhasco. Tubarões nadando ao redor de um banco de areia na costa sul. Mas por toda a vida, Covey não vira nem uma barbatana de tubarão na água. Barracudas, sim. Ela se perguntava se esses avistamentos de tubarão não eram como histórias de fantasma, contos em que você não acredita de verdade, mas que mesmo assim dão medo.

Covey ia convencer Bunny a entrar na competição do porto, ela tinha certeza.

"Vai haver barcos nos acompanhando, certo?", Bunny quis saber.

"Certo", disse Covey. "Olha, pensando bem, admito que estou um pouquinho nervosa. Mas nós nadamos aqui, então por que não podemos nadar lá? Você está pensando que talvez não queira ir?"

Bunny balançou a cabeça.

"Então não pense, só venha comigo."

Para Covey, ficar não era uma opção. Era impossível não se imaginar sentindo a espuma se desfazer na pele enquanto o braço saía da água, o mundo azul-esverdeado abaixo ficando preto com a profundidade, o céu brilhante acima, e até mesmo o sal queimando sua boca. Ela sonhava em ser convidada para competir no exterior. Sabia que era improvável, mas poderia ser sua passagem para fora da ilha. Porque sim, Covey tinha intenção de deixar aquela cidade um dia, mesmo que a mãe voltasse para buscá-la.

"Mas seu pai", disse Bunny. "E se ele não concordar?"

"Pensarei nisso depois", respondeu Covey.

Três tardes por semana, Covey lutava contra as ondas, contra o medo de tubarões, contra o ácido lático, e respirava em gorgolejos seu futuro como campeã. Três tardes por semana, Bunny espalhava graxa no rosto, aguentava as queimaduras de água-viva e estudava um mapa do grande porto da ilha. Porque aonde quer que Covey fosse, Bunny queria estar.

Covey e Gibbs

Naqueles dias, alguns garotos se aventuravam ao transformar cascos de barcos de pesca descartados em pranchas lisas e encarando as ondas com elas. Parte deles surfava sobre pedaços de espuma de refrigerador. Eles aparavam o poliuretano e o laminavam com resina e fibra de vidro. Riam enquanto pulavam das pranchas e voltavam para a areia. Quando pranchas de surfe industrializadas chegaram à cidade natal de Covey, ela estava pronta para tentar a sorte no esporte.

Era um dom. Ela não tinha uma prancha própria, mas Gibbs Grant sim. Covey acabara de completar dezesseis anos quando Gibbs se juntou ao clube de natação. Ele era um dos garotos mais velhos recém-chegado na cidade. A família teve que se mudar para ficar perto dos parentes depois que uma empresa de mineração comprou as terras de seu pai. Covey já ouvira falar do garoto Grant, mas quando o viu sair do vestiário e entrar na área da piscina pela primeira vez, sabia que seus caminhos nunca haviam se cruzado. Teve certeza, porque do contrário ela teria percebido.

Covey alcançara a idade em que os meninos não puxavam mais o cabelo dela. Atingira o ponto em que os garotos sussurravam quando ela passava, assoviavam para ela do carro, ficavam perto demais nas festas, a constrangiam, a repeliam e, às vezes, a faziam sonhar acordada. Mas nenhum deles fizera o que Grant fez quando entrou no clube naquele dia.

Enquanto Gibbs se aproximava da borda da piscina, Covey olhou para ele e sentiu como se o garoto, ao retribuir o olhar, tivesse estendido o braço e a empurrado para trás, fazendo-a cair, cair, cair em direção ao infinito.

Mais tarde, ele disse:

"Tô vendo por que eles te chamam de golfinho."

"É mesmo?", perguntou Covey.

"Você é rápida."

Ela deu de ombros e encarou os pés. Como sempre, os dedos estavam enrugados por todo aquele tempo na água. Covey fingiu que essa visão era interessante.

"Os garotos disseram que você nada na baía."

"Sim, Bunny e eu."

"Só vocês duas?"

"Na maioria das vezes, sim, mas nem sempre."

"Você acha que eu poderia ir nadar com vocês alguma hora?"

"Se você for bom o bastante", disse Covey, sorrindo para ele.

"Sou bom o bastante", disse Gibbs, também sorrindo.

Na semana seguinte, ele se juntou a elas na baía. Um dia, levou a prancha. Covey queria testar imediatamente, mas Bunny torceu o nariz. Foi esse interesse em surfar que deu a Gibbs e Covey as primeiras desculpas para se verem sem os amigos do clube de natação, os colegas de escola, ou os olhares inquisitivos de seus pais.

Na primeira vez em que os dois seguiram um caminho pelos arbustos e entraram na caverna onde os surfistas iam, encontraram um grupo de homens Rasta na praia. O mais velho deles entrou na água e, quando Covey se deu conta, ele estava de pé na prancha, uma cena de encher os olhos, os dreads acinzentados voando enquanto encarava uma onda e cortava na outra direção.

Quando foi a vez de Covey usar a prancha de Gibbs, os homens a fitaram abertamente, a seguindo enquanto ela cruzava a curta faixa de areia, abria caminho na rebentação e içava o corpo. Pelo resto da vida, Covey se lembraria do sentimento que tomou conta dela na primeira vez que ficou de pé na prancha. Ela se recordaria de ouvir Gibbs gritar antes que ela caísse e se perguntaria se a euforia daquele momento fora por surfar ou por saber também que Gibbs estava lá, a observando.

Covey também se lembraria da satisfação de, na vez seguinte que viram os Rastas surfistas, os homens assentirem em um cumprimento e depois voltarem a seus afazeres.

Ela não contou nada a Bunny sobre ter ido surfar com Gibbs. Teria que dizer alguma coisa cedo ou tarde, e Bunny diria *ah, é mesmo?*, e sorriria, mas Covey sabia que a amiga sentia ciúmes. Ela percebeu isso pela maneira como Bunny olhava para Gibbs sempre que pensava que Covey não estava vendo. Soube pela forma como Bunny tocava o rosto dela enquanto a ajudava a ajustar a touca de natação, pelo modo como ela descansava a cabeça no colo de Covey quando as duas se sentavam na areia depois de nadar, esperando que o sol secasse seus maiôs. Ela não queria que Bunny se sentisse mal. Bunny era sua melhor amiga. Para Covey, aquilo significava tudo. Mas para Bunny, não era o suficiente.

"Mandou bem!", Gibbs gritou quando Covey saiu correndo das ondas depois de se equilibrar na prancha naquela primeira vez.

"Você tem talento de verdade, Garota Golfinho", disse ele mais tarde, quando estavam sentados em uma toalha com um abacaxi que Gibbs comprara de uma vendedora ambulante.

"Ah, o que você está fazendo?", perguntou Covey.

"O quê?", devolveu Gibbs. Ele segurava o abacaxi contra a coxa e escavava a lateral da fruta com uma faca.

"Está tentando matar esse abacaxi? Por que está cortando assim? Me dá aqui."

Covey pegou o abacaxi e o colocou sobre a toalha, com a coroa para cima.

"E você diz que veio do interior? Não acredito."

"Bem, é só um canivete, não é grande o bastante."

"O que é o seu primeiro problema."

"O quê? Eu devo andar pela costa com uma faca grande e velha, só para o caso de encontrar um abacaxi?"

Covey suspirou e os dois riram. Gibbs se deixou cair na areia. Covey tentou não encarar o tronco dele, brilhando à luz do sol. Ela segurou o abacaxi e começou a descascá-lo aos poucos, expondo a pele amarela coberta por manchas escuras. Então cortou diagonalmente a lateral da fruta, retirando as partes ruins, uma ou duas por vez. Com o canivete de Gibbs, demoraria um tempo. E Covey estava feliz por isso.

"Então", disse Gibbs. "O que você vai fazer quando terminar a escola? Quer ensinar natação como a Bunny?"

"Bem, primeiro quero ganhar aquela competição do porto e, sim, quero continuar nadando. Mas quero fazer faculdade também, talvez na Inglaterra. Talvez algo de exatas. Sou boa com números, assim como o meu pai."

Covey viu um pensamento transparecer pelo rosto de Gibbs. Conseguia imaginar no que ele estava pensando. O que a maioria das pessoas pensava sobre o pai dela.

"E você?"

"Eu com certeza vou para Londres no ano que vem. Vou estudar direito", disse Gibbs.

Covey sentiu o coração acelerar. Os dois podiam ir parar na Inglaterra juntos.

"Direito?", repetiu ela. "Tipo, lidando com criminosos e coisa assim?"

"Eu estava pensando em direitos humanos. Sabe, aquelas pessoas que têm seus direitos negados. Como a minha família."

"Por quê, o que aconteceu?"

"Meu pai. Ele tinha uma fazenda, você sabe. Mas foi tirada dele, e por isso tivemos que nos mudar."

"Pensei que uma empresa grande tivesse comprado a terra do seu pai."

"Bem, foi assim que chamaram a coisa toda, mas não tivemos escolha. Eles pagaram o que quiseram e então nos fizeram mudar. Tipo, a vila toda."

Covey mirou Gibbs em silêncio. Ela não sabia que algo assim podia acontecer.

Gibbs pegou um pedaço de abacaxi.

"Se você for para Londres, acha que vai voltar?"

"Se eu for, não, *quando*."

Toda vez que ficavam sozinhos, Gibbs insistia que deixar a ilha era a chave para o futuro dele. O resto, ele teria que ver depois. Em algum ponto, ele parou de falar só sobre o próprio futuro e começou a discorrer sobre uma vida junto a Covey.

Nós, eles começaram a dizer. *Nós*.

Gibbs, que tinha ombros tão largos e negros quanto um guango.

Gibbs, cujos braços ao redor da cintura de Covey a queimavam com um calor que corria pelo interior dela.

O pai de Covey a proibira de ficar sozinha com garotos, mas eles arrumavam desculpas sempre. O clube de natação, o time de debates, e no verão os recitais para treinar para o Dia da Independência. Os dois moravam em uma cidade rodeada de cavernas silenciosas e árvores frondosas. Era fácil para um casal de adolescentes encontrar lugares para passar tempo juntos e, como qualquer geração anterior a eles, eram encorajados pelo amor juvenil.

Covey e Gibbs, dando as mãos perto da rebentação.

Covey e Gibbs, se beijando no vazio de uma caverna marinha.

Covey e Gibbs, se agarrando e se explorando e sussurrando promessas.

Lin

As coisas não tinham sido fáceis com Covey. Ela ser uma moça já era ruim o bastante. Ter crescido e herdado os olhos, o busto e os dentes da mãe tornara-se um problema. Os homens da ilha começaram a reparar nela, sem falar da esposa de um dos fornecedores de Lin, que, todo mundo sabia, era *daquele jeito*. Mas a pior parte era o desrespeito que a filha começou a ter em relação a ele.

Quando Covey cresceu e entendeu que a mãe não voltaria, passou a fazer birra, a chegar tarde em casa depois da escola. Ultimamente, dizia a Lin que estava estudando com uma amiga depois da aula ou treinando mais algumas horas no clube de natação, mas ele sabia que a garota estava aprontando alguma coisa. Covey entrava em casa com aquele olhar que fazia Lin saber que havia um garoto envolvido. No entanto, ela negava.

Uma tarde, a paciência de Lin acabou e ele agarrou a filha pelo cabelo. Foi quando percebeu o que estava acontecendo.

"O que é isto?", perguntou.

O rabo de cavalo de Covey estava duro de sal. Ela estava nadando no mar depois da escola de novo. Lin havia proibido e, mesmo assim, a tola da filha estava indo até lá durante as tardes. E mentindo.

"Você está louca?", disse Lin. "Já não falamos disso antes? Você sabe o que pode te acontecer se for até lá sozinha?"

"Nada vai me acontecer", retrucou Covey, pegando uma manga e passando a ponta de uma faca na casca.

"Você está certa, Coventina. Nada vai te acontecer porque você não vai mais até lá."

Covey olhou para o pai e lhe deu as costas. Na época de Lin, uma garota nunca teria dado ao pai um olhar insolente daqueles. Agora, havia todo tipo de comportamento desrespeitoso acontecendo. Na semana anterior, Covey costurara uma saia nova para si, ou, como Lin diria, uma nova faixa de pano, muito curta. Todas as garotas estavam usando, Covey dissera. Lin colocou um ponto-final na história rapidinho e a fez soltar a bainha. Todavia, era isso o que o mundo estava se tornando.

"Você não vai mesmo me impedir", disse Covey, cortando um pedaço de manga e o engolindo inteiro.

Foi a gota d'água. Lin tirou o cinto da calça, brandiu a faixa de couro e deu a Covey uma lição. Ou assim esperava. Ela era destemida. Uma garota destemida, sem mãe ou marido para mantê-la na linha, era uma coisa perigosa.

Tempestade

Em setembro de 1963, a tripulação de um jato que voava de Portugal até o Suriname notou uma área de perturbação significativa na costa oeste da África. A isso se seguiram informações de navios que viajavam a leste das Pequenas Antilhas. Quando o primeiro aviso sobre o furacão Flora foi emitido para o público, a tempestade estava indo em direção a Trindade e Tobago e começando sua marcha mortal Caribe acima.

Na época, ninguém na cidade de Covey sabia que um furacão estava vindo até ele quase estar completamente sobre eles, embora o povo da ilha soubesse que aquela era uma temporada de grandes tempestades. Apenas uma tempestade tropical já era suficiente para destruir plantações, derrubar sistemas de comunicação e ceifar vidas.

No sábado, 5 de outubro de 1963, três adolescentes nadavam pela baía, enquanto mais dois os seguiam em um pequeno barco. Nenhum deles queria admitir aos outros o quão preocupados estavam. A tempestade tropical chegara mais rápido do que esperavam, e o barco já havia virado uma vez.

Três quilômetros ilha adentro, Lin guiava as galinhas para a garagem. O galinheiro estava cedendo ao vento e Covey sumira. As escolas estavam fechadas e as estradas cobertas de água lamacenta. Lin disse à filha para voltar da casa de Bunny na hora do almoço. O telefone tocou. Era o pai de Bunny, Leonard.

"Lin, tem água demais aqui. Você pode trazer Bunny até a esquina no meio do caminho? Vou buscá-la a pé."

"Bunny?", indagou Lin. "Bunny não está aqui. Ela não está em casa?"

"Não. Pensei que ela e Covey estivessem com você", respondeu Leonard.

"Ah, merda."

"Ah, Jesus amado."

Lin pegou Leonard no meio do caminho entre as duas casas e foram em direção à costa. Felizmente, a maioria das estradas estava vazia; lojas e afins foram fechadas em antecipação à tempestade, mas a enchente os atrasou.

"E se elas não estiverem lá?", perguntou Lin, quando estacionaram próximo à areia.

"Onde mais podem estar?", disse Leonard. "Essa sua filha..."

"Essa *minha* filha? E Bunny?"

"Bunny vai aonde Covey for. Você sabe a influência de Covey sobre ela."

Lin calou a boca. Havia coisas que um pai evitava dizer para outro, coisas que podiam arruinar uma amizade.

Lin viu um cooler e sapatos na areia, roupas de várias cores voando. Ele e Leonard correram até a água, já completamente encharcados. Lin espiou pelos lençóis de chuva e viu uma canoa apanhando das ondas. Os três nadadores estavam na frente do barco, passando os braços pelo jato de água. Ele reconheceu a touca amarela de Covey.

Lin acendeu a lanterna e sinalizou para o grupo. A essa altura, não havia mais nada que pudesse fazer além de prender a respiração. Aquela era a pior peça que a natureza poderia pregar em alguém, fazê-lo ser pai e encher seu peito com aquele tipo de medo que se tem por um filho. Ele e Leonard gritaram ao ver uma onda alta virar o barco e espalhar os adolescentes.

Depois que a onda recuou, Lin contou cinco cabeças. Lá estava Covey, com sua touca amarela, tentando agarrar a canoa. O grupo quase alcançara a costa, mas se não se movessem rápido, a próxima grande onda transformaria o barco em um míssil.

Ainda bem que ela era uma garota poderosa, aquela Covey. A visão das pernas da filha emergindo da água encheu Lin de orgulho e trouxe um alívio tão grande que fez doer seus olhos e nariz. E então veio a fúria. Aos dezesseis anos, Covey já era tão alta quanto ele, mas Lin a agarrou pelo braço como a uma pirralha e a puxou em direção ao carro.

"Entra logo", disse Lin. Ele olhou por sobre o ombro para o garoto Grant, o mais velho do grupo. Bonito demais para seu próprio bem. "Você, Gibbs Grant. Devia ter mais cuidado."

"Sim, senhor", respondeu Gibbs, abaixando a cabeça.

A maneira como Covey fitava o garoto fazia o estômago de Lin queimar.

"Sim, senhor?", disse ele. "Sim, *senhor*? É só o que você tem a dizer? Você é o mais velho aqui, deveria ter responsabilidade."

"Não, pai", gritou Covey. "Fui eu que falei pra gente vir aqui."

"Você, mocinha, fique calada."

Gibbs olhou para Covey e então de volta para Lin, de cabeça erguida.

"Você está certo, sr. Lin, eu assumo toda a responsabilidade."

E naquele momento Lin viu tudo, na postura dos ombros e pescoço de Gibbs, no brilho de seus olhos enormes, viu tudo o que um garoto assim poderia se tornar para a filha dele. *Maldição*, pensou.

Naquele fim de semana, o furacão Flora causou doze milhões de dólares em prejuízo e matou uma dezena de pessoas na ilha. Covey foi proibida de ver Gibbs, e ela e Bunny ficaram de castigo por uma semana, inclusive sem permissão para ir ao clube de natação. Mas Covey já estava apaixonada por Gibbs, e eles ainda eram jovens demais para imaginar que algo os pudesse manter afastados por muito tempo.

Queimando

Um ano depois da grande tempestade, Covey foi arrancada de seu sono por alguém batendo na porta da frente da casa e gritando *Lin! Lin!* Ela saiu para o corredor a tempo de ver o pai enfiar os pés nos chinelos e correr para a porta.

Covey o seguiu enquanto ele se apressava na entrada da garagem, passando pela buganvília e saindo para a rua. No fim dela, ficava um pequeno conglomerado de lojas, incluindo uma das dele. De dia, Covey conseguia ver a encruzilhada à distância, mas agora havia apenas um brilho laranja contra o céu noturno.

"Volta para casa, Covey!", o pai disse quando a viu. "Entre e tranque as portas!"

A ideia de trancar as portas da casa veio como um choque. Era algo que Covey, aos dezessete anos, nunca fizera. Nem com os assuntos políticos mais à frente na costa, nem com os assassinatos no ano anterior, nunca foi necessário.

"Mas, pai...", começou Covey, tossindo. Um pouco de fumaça arranhava sua garganta.

O pai pôs as mãos nos ombros dela e a virou.

"Não discuta", disse, "só vai. E olha só para você. De pijama. Vai se vestir."

Covey correu de volta para a casa, mantendo os braços cruzados sobre a blusa do pijama para cobrir o balanço dos seios. Antes de ir, viu o bastante para entender que as lojas do pai estavam provavelmente queimando junto com outros comércios naquela parte da rua. Assim que entrou no quintal da frente de casa, duas mulheres passaram por ela.

61

Uma delas estava dizendo que aquele lojista *xing-ling* tinha batido em uma das funcionárias, e era por isso que alguém ateara fogo às lojas.

"A mulher cobrou o salário e o cara *cabou com a cara dela*", disse a mulher.

A outra arfou.

Xing-ling? Elas não estavam falando do pai de Covey, estavam? A maioria das lojas na freguesia era de donos chineses, então Covey supôs que poderia ser qualquer um deles. No entanto, não seu pai. Todo mundo sabia que Lin tendia à aposta e à bebida. Mas espancar uma funcionária? Isso não soava como algo que Johnny "Lin" Lyncook faria. Seu pai? Havia puxado o cinto para bater em Covey uma vez, mas não bateu. Ele parecera tão decidido que a ameaça foi o suficiente. O latido dele sempre foi mais forte que a mordida.

Ao chegar em casa, Covey viu Gibbs e o pai dele correndo em direção ao incêndio. O rapaz cruzou a rua até ela.

"Gibbs!", o pai dele gritou, apontando para o incêndio. Ele abrira uma loja com o primo de sua esposa, e parecia preocupado.

"Desculpa... meu pai...", disse Gibbs.

"Eu sei, eu sei."

"Você pode me encontrar amanhã?", Gibbs perguntou para Covey. "Tente me encontrar. No lugar de sempre."

Ela assentiu, as lágrimas se acumulando nos olhos enquanto abria o portão de casa. Mas não precisou esperar até o dia seguinte. Uma hora depois, Gibbs voltou, batendo uma pedra no portão até que Covey olhou pela janela e foi atender. De mãos dadas, os dois correram pelo jardim lateral até os fundos da casa.

"Não deixa meu pai te ver."

"Não acho que seu pai virá tão cedo, Covey."

Ela sentiu o corpo pesar. Descansou a cabeça no ombro do rapaz.

"E o seu pai?"

"Ele está bem, a loja está bem, ele só está ajudando."

Eles ficaram em silêncio, se beijando e se tocando até que ela o afastou.

"É melhor você ir antes que alguém nos veja."

"Você está certa", concordou Gibbs, se inclinando para ela mais uma vez, e então se afastando.

Em seguida, Covey ficou sozinha em casa até depois do amanhecer, esperando preocupada. Ultimamente, passava a maior parte do tempo evitando o pai, sonhando com o dia em que ela e Gibbs sairiam juntos da ilha, mas naquela noite, só queria vê-lo entrar pela porta da frente. A mãe fora embora, mas o pai permaneceu. Os avós haviam falecido, os tios e as tias e os primos se mudaram para longe, mas o pai ainda estava lá. Aquele homem egoísta, de temperamento forte e mente fechada era tudo o que restava da família dela.

À luz do dia, alguns vizinhos ajudaram o pai de Covey e os outros comerciantes a arrumarem a bagunça. Quatro lojas pegaram fogo no total, incluindo uma das duas que pertenciam a Lin. Ninguém sabia quem começara o incêndio. Ou, pelo menos, ninguém ia contar. Todos foram para o quintal de Lin, as camisas e bermudas cobertas de fuligem, ele caminhando com um pé descalço e um chinelo partido na mão. Covey correu até a lavanderia e secou as lágrimas.

Os homens lavaram as mãos e o rosto com água da mangueira do jardim e se sentaram nas cadeiras ou se empoleiraram nos degraus da varanda. Pearl e Covey serviram a eles copos de água gelada e pratos de frango com arroz e ervilhas, o cheiro de leite de coco e alho se misturando com o fedor distante de madeira e metal queimados. Lin estava conversando com um comerciante sobre o homem que supostamente batera na empregada.

"*Nem é a primeira vez que ele machuca alguém. Aquele homem só causa problema pra gente.*" A mãe de Covey teria olhado para Lin com reprovação por deixar o patoá aparecer assim, mas fazia cinco anos que ela partira.

Não telefonara.

Não escrevera uma carta.

Não voltara por Covey.

"E também não vai parar por aqui, Lin", disse o comerciante.

Covey queria ouvir mais, mas Pearl a chamou para entrar. Para saber o que acontecia na cidade, bastava passar tempo com os homens no quintal ou, quando seu corpo tivesse desenvolvido saliências e curvas e você não tivesse mais permissão para ficar lá, era só procurar as mulheres na cozinha, melhor ainda no dia de lavar roupa. Em geral havia uma calmaria à tarde depois da escola, quando as roupas brancas haviam sido penduradas no pátio para alvejar ao sol e Pearl tinha tempo para um pedaço de fruta e uma conversa com as outras ajudantes.

Como todos na cidade, Covey ouvira reclamações sobre comerciantes chineses que não pagavam os empregados corretamente ou que se comportavam de maneira inapropriada com mulheres. Mas eles não eram os únicos fazendo isso. Covey sabia porque as mulheres sempre compartilhavam histórias dessas dificuldades. Esse era o tipo de coisa que acontecia o tempo todo a elas ou a alguém que elas conheciam, no trabalho, nas compras ou na escola. Não fazia diferença se estavam lidando com *xing-lings*, *negões* ou *branquelos*.

Pearl dizia que o ser humano nascia como um *ginnal*, um aproveitador, e era raro uma pessoa que não se aproveitasse de uma mais vulnerável ou que não fingisse ser amiga de uma mais forte só pelos benefícios. Mas até Pearl afirmou que o pai de Covey não era um rato, não como aqueles outros. Por exemplo, pegue o Homenzinho Henry em toda sua maldade. Homenzinho, Pearl dissera, levara seu comportamento delinquente bem além dos limites da freguesia.

De acordo com ela, todo mundo sabia que ele estava recebendo dinheiro dos políticos para ajudar a aumentar a violência na fronteira oeste da ilha. Porém isso não era o pior. O Homenzinho era capaz de matar. Mais de uma pobre alma que se beneficiara de sua suposta generosidade aparecera morta depois de não o pagar de volta. Outros voltaram mancos para casa, machucados e sem contar nada.

"Quando tem dinheiro envolvido, nem tudo que vem de cima é bênção", disse Pearl.

Havia boatos, informou ela, de que a mulher cujo corpo fora encontrado mais acima na costa, um tempo antes, era uma *gyal*, uma menina, de outra cidade que se recusara a aceitar os avanços de Homenzinho. De todas as fofocas sobre ele, essa foi a que causou uma onda de medo em Covey. A notícia de que um homem machucou tanto uma pessoa por muito pouco. Diziam que o irmão dele era igualmente ruim. Diziam que os Henry se beneficiavam e causavam facilmente o infortúnio dos outros.

Talvez Covey e Pearl devessem ter imaginado que logo Homenzinho se envolveria com os assuntos de Johnny Lyncook. Mas não imaginaram.

Demoraria um tempo até Covey perceber que o incêndio marcara o começo do fim. A calmaria antes que a onda de dívidas do pai engolisse os dois. A maioria das mercadorias na loja de Lin estava perdida. O restante estava enfumaçado demais para ser vendido. No dia seguinte, ela ouviu Pearl dizer à ajudante da casa ao lado que não achava que o sr. Lin deveria ser arruinado por conta das ações ruins de outra pessoa. O sr. Lin, disse Pearl, era perfeitamente capaz de arruinar as coisas sozinho.

Lin

Como ser um homem, Lin se perguntou, se ele não tinha mais um lugar para chamar de lar?

Lin sabia que as pessoas ainda o viam como um estrangeiro, mesmo depois de ele ter frequentado a escola, ter aberto um negócio, se casado e criado uma criança na cidade. Mesmo depois de ter perdido os irmãos para a tuberculose, assim como outras pessoas. Ele também pensava em si mesmo como um estrangeiro, mesmo quando batia com os dominós na mesa no quintal durante um jogo, mesmo quando usava um palavrão local, mesmo quando se sentava na varanda comendo manga da árvore que o pai dele plantara com as próprias mãos.

Mas tudo isso mudara na noite em que viu a loja queimar, na noite em que alguém ateou fogo em um dos negócios no qual ele trabalhava desde moleque, na noite em que se viu temendo pela segurança da filha na cidade onde ela nascera. Na noite em que, sem dinheiro e coisas que pudesse trocar, enfim admitiu para si mesmo que estava arruinado.

Naquela noite em particular, todas as ofensas que as pessoas diziam baixinho, todos os olhares de desaprovação que um dia lançaram em sua direção enquanto sua filha negra e sem mãe o seguia pela cidade, agarrando a barra da camisa dele com uma mão, voltaram e o cortaram no peito tal qual a ponta de um cutelo. E Lin viu que não era nem um pouco estrangeiro, que aquele era seu único lar, que não tinha para onde ir. Ele podia ter chegado como o pequeno Lin Jian de Guangzhou, mas passara muito mais tempo como Johnny "Lin" Lyncook da freguesia de Portland, a mais ou menos cem quilômetros da capital e a uma vida de distância da China. Ele não podia mais ser um sem o outro.

Seu pai errara ao insistir em ser chamado pelo sobrenome chinês e encorajar o mesmo para Johnny? Estivera errado em falar em público com os filhos em hacá? Lin errara por ir ao cemitério em Gah San toda primavera e limpar os túmulos dos irmãos perdidos e, mais tarde, dos pais? Teria mudado alguma coisa?

Não importava agora. A culpa que as pessoas estavam atribuindo a Lin pelos erros de outro homem, que por ventura se parecia com ele, estava prestes a derrubá-lo, não porque tivesse mesmo culpa daquilo, mas por seus próprios erros. Lin não conseguiria se recuperar do incêndio porque seus vícios já o haviam atolado em dívidas.

Ele encarou os pés. Ainda estavam manchados de fuligem. Ligou a mangueira do jardim e deixou a água correr entre os dedos. Olhou para a janela da cozinha, ouviu Covey conversando com Pearl, o *clack-clack* dos pratos sendo lavados e guardados. Quando Lin começava a aceitar que o que tinha ali era o que importava, viu que estava à beira de perder tudo.

Agora
Um pedaço de casa

Quem são todas essas pessoas sobre as quais a mãe de Benny está falando? O que elas têm a ver com Eleanor? E a irmã que foi mencionada? O que aconteceu ainda não está claro para ela. E ela não tem certeza de que quer saber. Está em pânico. Sente que tudo está lhe escapando. Ela só quer a mãe, do jeito que costumava ser.

Benny diz a eles que precisa ir ao banheiro, mas, em vez disso, vai mais além no corredor, até o quarto onde cresceu, e revira o conteúdo de sua mala de rodinhas.

Lá está.

Ela desdobra um suéter que herdou do irmão anos antes e tira um copo medidor, um pedaço de plástico turvo que é mais velho do que ela. É da época em que Eleanor era uma jovem noiva, recém-chegada nos Estados Unidos. Medidas em xícaras e onças de um lado, mililitros do outro.

"Tome aqui", a mãe disse enquanto Benny arrumava as malas para ir à faculdade. Ela enfiou o copo na bolsa da filha, dando um tapinha. "Assim, você terá um pedaço de casa consigo, não importa onde esteja."

Depois daquilo, Benny nunca mais fez uma mala sem colocar o velho copo entre as roupas, um pequeno lembrete de todos aqueles dias passados na cozinha com a mãe.

O nariz de Benny mal chegava ao nível da bancada da cozinha quando a mãe lhe mostrou pela primeira vez como fazer bolo preto. Eleanor se inclinou e tirou uma jarra enorme do armário de baixo. Um dos segredos era deixar as frutas secas mergulhadas em rum e vinho do porto por um ano inteiro, e não apenas semanas antes do preparo.

"Isto é comida da ilha", disse ela. "Isto é a sua ancestralidade."

Enquanto a massa ainda estava no forno, a mãe ergueu Benny em um banquinho verde-escuro. Contou à menina que o assento era da cor das árvores que cresciam diretamente da água no lugar onde Eleanor havia crescido. Benny imaginou um mar escuro e amplo, perfurado por árvores altas, como as sequoias que os pais levaram ela e Byron para ver lá em cima, na costa da Califórnia. Ela as imaginou de pé, firmes, como sentinelas gigantes, enquanto ondas enormes tocavam seus troncos.

"Um dia, você verá", Eleanor disse.

Benny crescera achando que os pais levariam ela e o irmão para a ilha algum dia, mas isso nunca aconteceu. Foram anos para que Benny percebesse que as enormes árvores na água eram na verdade mangues: matos baixos e verdejantes enraizados naquelas zonas entremarés onde a água doce se mistura com a salgada, onde as raízes eram ao mesmo tempo resistentes e vulneráveis, onde viviam as criaturas do mar e da terra. Onde nada era só uma coisa, mas sim um pouco de tudo. Era como Benny.

Eleanor já estava usando o mesmo copo medidor havia mais ou menos vinte anos quando o marido levou Benny e Byron a uma loja para comprar um substituto. Escolheram um maior, feito de vidro grosso.

"Para o bolo preto dela", disse ele, erguendo o copo como se fosse fazer um brinde.

"Uuuuh!", a mãe das crianças disse ao abrir o pacote.

Ela deixou o novo copo brilhante na bancada da cozinha e o usava quase todos os dias, só que nunca para o bolo preto. Quando a hora chegava, ela se enfiava no armário e pescava o velho objeto de plástico, fechando a cozinha para todos, exceto Benny, enquanto media e misturava.

Mesmo depois de Benny crescer e se mudar, cozinhar no Natal com a mãe continuou sendo um ritual anual. Ela voltava a cada inverno para observar o açúcar sendo queimado, o misturar da manteiga e o peneirar da farinha de pão. E toda vez levava o antigo copo medidor consigo. Quando Eleanor o via, colocava os braços ao redor de Benny e a beijava no pescoço, *mwah-mwah-mwah*.

Então, veio a grande briga com os pais, o Dia de Ação de Graças desastroso, dois anos antes de o pai falecer, e Benny parou de vez com as visitas. Mas, àquela altura, ela já evoluíra para uma pessoa que conseguia sentir o clima em uma porção de farinha e o gosto da terra em uma colher de açúcar, e foi isso que a levou a fazer aulas de culinária. Isso, e ter saído da faculdade. O que, Benny agora entende, foi o que iniciou tudo.

A sua decisão de largar a faculdade elitista, anos antes, causou o primeiro rasgo no tecido da família. A fissura crescera com o desapontamento constante dos pais em relação a ela. Eles já estavam irritados o bastante quando Benny foi à Itália fazer aulas de culinária, mas quando voltou aos Estados Unidos e se mudou para o Arizona para ingressar na escola de artes, até o irmão pareceu perplexo. As três pessoas que Benny mais amava no mundo não mais tentavam esconder as dúvidas que tinham sobre ela.

Para Benny, a mudança fez sentido. Talvez fosse o tempo que ela passara nas aulas de confeitaria, trabalhando com as mãos e explorando o uso de cor e textura. Talvez fosse o fato de ter se cercado por um ano do estímulo visual de uma cidade italiana, as fachadas cor de mostarda e salmão, as fontes de mármore, escorregadias com água, os rostos, a língua. Benny só sabia que voltara aos Estados Unidos querendo fazer mais com a pintura. Sentia que alguma combinação entre comida e arte em sua vida a ajudaria a criar raízes.

Mas Benny não queria trabalhar em uma cozinha em tempo integral tanto quanto queria estar cercada de beleza e coisas reconfortantes e pessoas decentes. Queria ficar sozinha no próprio café, antes que os clientes chegassem, e trabalhar no caderno de desenho, olhando por uma janela de vidro para contemplar o céu da manhã se tornar azul-metálico, e depois branco-dourado. Queria usar o espaço de seu café para ensinar cultura a crianças através da culinária. Queria fazer as coisas do seu jeito e se esforçar para que funcionassem. Queria ter um local seguro e uma vida que sempre estaria sob controle.

Mas Benny era filha de Bert e Eleanor Bennett, e esse não era o jeito Bennett de fazer as coisas. Se você fosse um Bennett, era esperado que terminasse a faculdade, que se formasse, que encontrasse uma profissão *de verdade*, e fizesse todo o resto no tempo livre. Se nascesse de Bert e Eleanor, você apostava em seus diplomas universitários, construía sua influência, acumulava riqueza e reprimia toda a vulnerabilidade.

Para resumir, se tornava Byron Bennett.

Benny vira o copo medidor nas mãos. O plástico está rachado aqui e ali pelas quedas repetitivas e mudanças de casa, além dos líquidos quentes que a mãe a alertara para nunca despejar lá dentro, mas ela despejava mesmo assim.

Benny, colocando manteiga no copo medidor e a derretendo no micro-ondas.

Benny, bebendo vinho no copo medidor, sentada sozinha em uma mesa para dois.

Benny, tomando sopa no copo medidor, os hematomas em seu rosto e pescoço doendo com cada colherada.

Benny, tomando chá no copo medidor, sentindo que o próprio irmão virara as costas para ela.

Agora, Benny leva o copo ao peito e corre um dedo para lá e para cá no que restou da etiqueta do fabricante. Em quase cinquenta anos, nunca se desintegrou por completo. A mão de Eleanor tocava aquela massa ondulada toda vez que media uma xícara de farinha ou arroz ou feijão ou óleo, toda vez que o usava para cozinhar para uma festa de aniversário, um jantar de feriado ou uma angariação de fundos. Benny se perguntou, poderia haver ainda um pouco do DNA da mãe ali? Poderia a mãe, talvez, não ter partido totalmente deste mundo? Cientistas encontraram DNA em geleiras de centenas de milhares de anos.

Benny pega o celular do bolso dos jeans e disca para a caixa postal. Pela centésima vez, escuta a mensagem que a mãe deixou no mês anterior.

Aquelas seis palavras: *Benedetta, por favor, venha para casa.* Ela abaixa a cabeça, engole em seco, ouve o suave respingo da lágrima no copo medidor.

Saudade de casa

Benny ouve Byron chamar do outro lado do corredor, mas o ignora. Não está pronta para voltar a ouvir a história da mãe. Ela precisa pensar. Benny olha ao redor, para as paredes cor de turquesa do quarto onde dormiu quase todas as noites até os dezessete anos. Foi pintado dessa cor por insistência dela. Ela sorri com a memória. Por que não voltou para a Califórnia mais cedo?

Benny poderia ter visto a mãe um mês antes, até mesmo uma semana antes, mas não percebera que Eleanor estava doente. E, claro, o maldito do Byron não ligou até ser tarde demais. Então Benny hesitara, esperando que aquele fosse o mês em que estaria financeiramente segura graças à ajuda de um banco para seu plano de negócios. Esperando ir para casa, para a mãe e o irmão, com algo para mostrar a fim de compensar todo o tempo que passou fora. Esperando provar que estivera certa o tempo todo por seguir o próprio caminho, em vez daquele que os pais escolheram para ela.

Enquanto a mãe de Benny se apoiava contra a bancada da cozinha na Califórnia, um coágulo sanguíneo silenciosamente crescendo e subindo da pélvis até os pulmões, Benny ainda estava em Nova York, sendo demitida do emprego da tarde, embarcando no ônibus errado e se vendo diante do tipo de café que queria ter. Com sua decoração de Natal cedo demais, ficava ao lado de uma livraria em uma vizinhança que ainda não fora gentrificada.

Lá dentro, Benny encontrou conforto no som de uma xícara grossa e esmaltada sendo colocada sobre um pires diante dela, no guinchar e esmagar do moedor de café, no cheiro de gordura de bacon entrando no tecido de sua capa de lã. Benny não comia carne, mas precisava admitir que havia algo no cheiro de bacon que podia aliviar a saudade de casa.

Aquele café a lembrava de um antigo lugar na Califórnia, onde ela e o irmão costumavam ir com o pai quando eram crianças. Havia uma torneira e um balde no estacionamento em que o pai os deixava molhar o carro, enxaguá-lo e secá-lo ao sol, enquanto iam lá dentro comer coisas que só encontravam em lugares assim. Foi bem antes de Benny se mudar para ir à faculdade, e então para a Europa, para o Arizona e, por fim, Nova York. Anos antes de ela nem sequer imaginar que não se daria bem com o pai.

Agora, o pai falecera havia quase seis anos, e Benny tinha quase trinta e sete, ainda trabalhando em vários empregos e incapaz de convencer um banco a lhe dar um empréstimo para abrir o próprio café. Mas assim como alguém podia sentir o vento mudar de direção e ficar mais forte, Benny sentia que a vida estava prestes a mudar. Estava guardando dinheiro, estava melhor emocionalmente do que no ano passado, e queria tentar mais uma vez antes de desistir da ideia do negócio. Principalmente porque, do contrário, ela não tinha ideia do que fazer.

O lugar que viu em Nova York ia ser fechado. Havia uma placa na porta da frente. Se conseguisse pagar o aluguel de um espaço assim, Benny colocaria poltronas e mesas de café com tomadas para carregar notebooks e celulares. Manteria a iluminação suave e as cores quentes, e conservaria o espaço central organizado. Ofereceria um menu enxuto e apenas uma sobremesa-assinatura por temporada. A sobremesa de inverno seria o bolo preto de Eleanor.

Benny precisava encontrar logo outro emprego. Bagunçara tudo ao ser demitida, mas mesmo assim se sentia leve por ter se recusado a mentir para a cliente. Não que Benny não saiba como seguir o roteiro de um call center, como o supervisor sugeriu; é que ela entende que uma das coisas que a faz humana é a disposição em se desviar do roteiro. O problema é que roteiros são como batalhas. É preciso escolher quando segui-los e quando não. E é necessário estar preparado para as consequências.

Benny respondera à ligação da cliente com um "Meu nome é Sondra, como posso te ajudar hoje?" padrão. Na empresa, nunca se usava os nomes de verdade. Era preciso adotar um que fosse fácil de pronunciar, e melhor ainda se fosse diferente o bastante para ser autêntico, como Sondra — com um som de "o" em oposição ao som de "a" em Sandra. Benny era treinada naquele tipo de coisa, em fazer as pessoas se sentirem confortáveis. O roteiro ajudava, com uma lista de saudações apropriadas e outra lista de coisas para pedir. Código de erro, número de série, *só um momento, por favor*, et cetera, et cetera.

Ela informou à cliente que com certeza era um problema no cabeçote da impressora, que não era removível, embora, sentia muito em informar, aquela máquina em particular, em posse da cliente, não estivesse mais sob garantia. Não valia a pena procurar uma assistência, Benny informou, pois apenas a consulta, sem o conserto, custaria mais da metade do valor para comprar um produto novo.

"E pensar que eu mal usei essa coisa", disse a cliente.

"Esse é o problema, senhora", continuou Benny. "Essa tecnologia em especial não é aconselhável para pessoas que não usem a impressora diariamente, ou pelo menos com regularidade."

Nesse ponto da ligação, ela ainda estava usando a linguagem recomendada.

"Mas ninguém me falou isso quando comprei", argumentou a cliente. "Além do fato de que agora serei forçada a comprar uma impressora nova depois de apenas dois anos, parece um baita desperdício. A gente não devia estar reduzindo a produção de lixo?"

"Sim, senhora, concordo plenamente", afirmou Benny.

Foi a próxima frase que a fez ser demitida, de acordo com seu chefe, que por ventura estava passando pelo corredor atrás do cubículo dela e a ouviu.

"Infelizmente", disse Benny, "estamos vivendo em um lixão para eletrônicos, de impressoras, computadores e celulares que pifam ou que somos encorajados a substituir por modelos mais novos anunciados como mais desejáveis, e isso, senhora, é um dos principais motivos para a degradação ambiental que nosso planeta tem sofrido hoje."

Benny não esqueceu de perguntar:

"Há mais alguma coisa que eu posso fazer por você hoje?"

Mas não ajudou em seu caso, embora ela tenha continuado convencida de que a cliente desligara se sentindo relativamente satisfeita, porque às vezes tudo o que queremos é que alguém reconheça que estivemos certos desde o início.

Pelo menos o supervisor a demitiu pessoalmente. Na época em que Benny ainda saía com Joanie, a pobre Joanie só ficou sabendo da demissão na manhã em que a chave eletrônica do prédio não abriu a porta de entrada dos funcionários. Benny ficou profundamente ofendida pela namorada. Ela até foi ao antigo local de trabalho de Joanie para dizer o que pensava para o gerente, mas foi escoltada para fora do prédio pelo segurança. Todavia, esse episódio apenas aumentara o ressentimento que Joanie vinha sentindo sobre o emprego e a falta de respeito do chefe. Sobre a falha de Benny em contar aos pais dela sobre as duas. De novo.

Talvez, Benny pensou, ela pudesse complementar a renda vendendo mais ilustrações. Ela não se empenhara para vender os outros, apenas recebera ofertas de valores ridiculamente altos quando as pessoas viam os rascunhos que fazia para passar o tempo em cafés, aeroportos e, uma vez, na lavanderia. Ela replicara o ambiente da lavanderia em papel grosso com superfície lisa e conseguiu ganhar o suficiente para pagar um mês de aluguel.

A princípio, Benny se sentira como uma fraude, mas então pensou melhor. Tinha estudado desenho, não tinha? E se podia ser paga para usar uma fantasia de bicho, como fazia nos fins de semana no shopping, então por que não aceitar um bom dinheiro por sua arte? Só não tentara antes porque não achou que fosse possível.

Benny pegou o caderno de desenho e o colocou na mesa do café. Desenhar, como confeitar, geralmente esvaziava a mente, mas ela ficou pensando sobre como o local a lembrava do pai e, consequentemente, da mãe. Quando estava pronta para voltar ao apartamento, tomara uma decisão. Iria para casa naquele inverno, não importando o que acontecesse. Era hora. Fazia um mês desde que a mãe deixara aquela mensagem de voz na caixa postal.

Benedetta, por favor, venha para casa.

Talvez Eleanor estivesse pronta para se desculpar. Talvez Benny estivesse pronta para ouvir. Além disso, a mãe soava cansada. A mãe nunca soava cansada. Sim, com certeza era hora.

O celular de Benny tocou. Era o número do irmão. O irmão nunca ligava. De repente, todo mundo estava entrando em contato.

Agora, apoiada contra a parede de seu antigo quarto, deixando o suor escorrer na parte de trás do suéter, Benny não consegue se livrar do sentimento de que talvez, só talvez, ela saia no corredor e encontre a mãe, ou veja o pai entrar no quarto e estreitar os olhos para a cor das paredes, como sempre fazia. Que, talvez, tudo isso possa ser desfeito.

Byron

O celular de Byron está vibrando na bancada da cozinha, a tela piscando, *um-dois, um-dois*, como relâmpagos brilhando dentro das nuvens. Ele se sente como o celular. Agitado. E onde diabos está Benny?

"Desculpe, me dê um minuto", diz para o sr. Mitch.

Byron se levanta para desligar o celular quando reconhece o número. Lynette.

Faz três meses desde a última vez que conversaram. Ela deve ter ouvido falar da morte de Eleanor.

Byron apagou o número de Lynette na noite em que ela o deixou. Apertara "apagar" com um senso de satisfação, como se ela pudesse sentir a provocação do gesto dele no ar, como se fosse fazê-la se arrepender de sua saída precipitada. Só mais tarde ele percebeu que quando Lynette bateu a porta ao sair, ela já esvaziara seu lado do guarda-roupa, enfiara o notebook e a pasta de dente na bolsa, deixara sobre a mesa do estúdio os brincos que ganhara dele no mês anterior.

A princípio, Byron não notara nada daquilo, tinha visto apenas os braços de Lynette gesticulando, o rosto ficando molhado enquanto discutiam. Ela vinha se comportando bastante assim nos últimos tempos. Chorava, gritava, enchia a paciência dele com planos para o futuro. Quem é que fala de futuro hoje em dia? Byron não gostava daquele tipo de pressão. O fato de morarem juntos não significava nada para ela? Ele ter se oferecido para ser o mentor do sobrinho dela, Jackson, não contava? Por que nada do que Byron fazia parecia ser suficiente?

Oficialmente, Byron não assumiu estar com Lynette até que o documentário em que trabalhavam juntos acabara. Mesmo assim, ele soube no primeiro momento em que a viu que precisava tentar. Sabia que era isso que estava fazendo durante os intervalos das filmagens quando eles conversam ao escolher sanduíches e frutas da mesa do bufê. Sabia que era isso que estava fazendo quando convidou o diretor e toda a equipe para um churrasco em casa. Sabia que era isso que estava fazendo quando observou Lynette descer para o deque da casa, viu os lábios dela se entreabrirem devagar diante da vista e os ombros se endireitarem com a maresia.

Seria óbvio demais dizer que ele não conseguia resistir à coroa macia dos cabelos dela, ou às curvas do corpo, ou à visão dos dedos negros com unhas pequeninhas pintadas da cor do vinho digitando no notebook, ou à maneira silenciosa com a qual se movia pelo tumulto do set. Lynette conseguia habitar os espaços de modo que era diferente das outras pessoas, e Byron queria estar lá com ela.

No fim, Lynette era muito crítica em relação a Byron, embora no começo tivesse se atraído por tudo em relação a ele. Na época, ela não parecia ligar para o status dele, nem para sua expertise ou a casa com a vista do Pacífico. Então as coisas ficaram sérias entre os dois, e de repente ela passou a esperar que ele separasse quem era das obrigações que tinha na vida.

Lynette, que não teria conhecido Byron se ele não fosse o apresentador daquele documentário.

Lynette, que Byron suspeita que jamais o olharia se a situação fosse diferente.

Lynette, cujo pescoço tinha cheiro de noz-moscada e que batera a porta quando o deixou de vez.

E agora, pela primeira vez em três meses, seu celular se acende com o número de Lynette. Talvez nem seja sobre Eleanor. Talvez Lynette precise de algo. Ligar para falar sobre o falecimento da mãe seria uma desculpa. O amigo de Byron, Cabo, diria que ele está sendo um babaca por pensar em Lynette assim. Cabo diria que é claro que ela está ligando para falar de Eleanor. E Cabo não mediria as palavras se pensasse ser diferente.

Byron vai ligar para ela mais tarde. Ou talvez nem ligue. Foi ela quem desistiu do relacionamento deles. Byron sente aquela antiga queimação logo abaixo do esterno. Está irritado por Lynette ainda afetá-lo assim. Olha mais uma vez para a tela do celular piscando, e então aperta "rejeitar" para silenciar a ligação.

Byron e Benny

Byron quer terminar de ouvir a gravação da mãe, mas Benny está perambulando pela casa. Benny, que sempre dizia que precisava ir ao banheiro quando na verdade só queria sair para fazer outra coisa. Byron a encontra no antigo quarto dela, vestida com um antigo moletom da faculdade e apertando uma coisa pequena contra o peito.

Benny o olha, o rosto todo contorcido. Ele sabe no que ela está pensando.

"Quem é ela, Byron?"

Ele balança a cabeça.

"Não faço ideia. É a primeira vez que ouço falar que a gente tem uma irmã."

"Não estou falando dessa tal de *irmã*. Estou falando de Covey. Quem diabos é ela?", Benny afundou. "O que ela tinha a ver com a mãe? Elas deviam se conhecer, com todas as coisas que tinham em comum. A ilha, o mar, o bolo preto. Você não acha?"

"Não sei o que achar."

"Isso está demorando demais. Vamos lá fazer o sr. Mitch nos contar de uma vez."

"Não. Você ouviu o que ele disse, ele não vai nos contar. Vamos voltar e ouvir."

Benny assente. Está com aquela expressão emburrada de quando tinha seis anos e, mais uma vez, Byron precisa resistir ao impulso de abraçá-la. Ele precisa se lembrar de que esta não é mais sua irmãzinha. É uma mulher que ele não vê há oito anos, que não foi ao funeral do próprio pai, que não estava lá no aniversário de setenta anos da mãe, e com quem ele só trocou meia dúzia de palavras em todos aqueles anos. Parece que ninguém é mais o que costumava ser. A irmã dele não é, e nem a mãe.

Byron estende um molho de chaves.

"O que é isso?", quer saber Benny.

"Precisei trocar as fechaduras da porta da frente. Estas chaves são suas."

"Mas eu nunca entro pela porta da frente."

"Bem, nós temos uma porta da frente, então só pegue as chaves."

Benny estende a mão.

"O que aconteceu? Um assalto?"

Byron balança a cabeça.

"Terremoto. Tirou o batente da porta de lugar."

"Ah é, me lembrei agora."

"Lembrou?", pergunta Byron, o sarcasmo franzindo seu lábio superior. "O que você quer dizer com lembrou, Benny? Você nem estava aqui. E, a propósito, você nem sequer se deu ao trabalho de ligar para ver se a gente estava bem, não foi?"

"Eu não precisei. A mãe disse."

"A mãe? Você falou com a mãe?"

"Não, não literalmente. Ela deixava mensagens de vez em quando."

"Você esteve em contato com ela? Todo esse tempo? Pensei que vocês não estivessem se falando."

"Acabei de falar, de vez em quando ela deixava uma mensagem. Aniversários, feriados, sabe? E também no terremoto."

"Mas você nunca veio vê-la."

Benny balança a cabeça.

"Ela nunca pediu para que eu viesse. Ela nem sequer me pediu para ligar de volta. Eu liguei para casa umas duas vezes, mas ela não respondeu. Escrevi uma carta, não faz muito tempo, e ela me deixou uma mensagem curta. Ela não disse que estava doente." Benny abre a boca para dizer mais alguma coisa, e então para, balançando a cabeça.

"Ela estava tomando remédios fortes nos últimos meses. É claro que ela queria te ver. Ela estava muito magoada, sabe?"

"A mãe? Ela estava magoada? E eu? Eu que fui rejeitada por meus próprios pais."

"Eles não te rejeitaram, Benny. Eles estavam chateados porque você foi embora."

"Eles não estavam chateados porque fui embora. Eles já estavam chateados, e nós dois sabemos por quê."

"E você piorou as coisas. Você foi embora no meio de um feriado, e nem sequer ligou para se desculpar. Você nunca deu uma chance a eles. E eu também estava bastante chateado, Benny. Não, espere, me deixe corrigir: eu estava puto com você. Ainda estou puto com você. E o funeral, Benny? Quando te liguei daquela vez, você disse que viria."

"Eu fui ao funeral, Byron. Fui até a Califórnia, fui ao cemitério, é só que..."

"Do que você está falando? Você estava lá? Sabe, achei que tivesse te visto, mas então pensei comigo, *Não, Byron, você está imaginando coisas*. Mas não estava. Você está dizendo que veio até aqui e teve a coragem de nos deixar sozinhos?"

"Vocês não estavam exatamente sozinhos, Byron. Havia muitas pessoas lá."

"E qual é a sua desculpa? Com toda aquela gente lá, você não precisava estar?"

"Não, não é isso que estou dizendo, é só que eu não podia..."

"Não podia o quê, Benny? Não podia *o quê*? Não podia sair da droga do carro para o funeral do próprio pai? Não podia sair do carro pela mãe e por mim? E depois só me mandou uma mensagem dizendo *desculpa*."

"Não é tão simples, Byron."

"Não, não é tão *complicado* assim."

Byron se vira para sair do quarto, mas não sem antes ver o que Benny está segurando. É o velho copo medidor de plástico da mãe deles. Ele volta e tira o copo dela.

"Não, Byron!", Benny grita enquanto o segue pelo corredor. "Byron!" Agora ela está puxando o suéter dele com uma mão e tentando agarrar o copo com a outra.

"Não faça isso", diz Byron, afastando Benny do suéter. "Isso é caxemira."

"Isso é caxemira?", Benny repete. "Isso é *caxemira*? Tá de brincadeira, Byron?"

"Que ridículo", diz Byron, enfiando o copo nas mãos de Benny. "Toma. Isso te faz sentir melhor? Guardar esse copo pelas recordações te faz sentir como se você fosse uma boa filhinha? Onde diabos você estava todos esses meses, Benny?"

"Você não quer saber de verdade, né, Byron? Você na verdade não quer ouvir sobre mim. Você só quer me relembrar de que você é Byron Bennett, o filho perfeito, admirado e aceito por todos. Bem, quer saber de uma coisa? Você não é tão perfeito. E nenhuma pessoa pode ter sentimentos até que você decida que ela tem."

Byron está aturdido. É isso que ela pensa? É isso o que Benny realmente pensa dele?

"Por que você não ligou mais cedo, hein, Byron? Se a mãe estava tão doente?"

"Por que *eu* não *te* liguei mais cedo? Você está se ouvindo? Você sabe o que ela diria se te ouvisse dizer isso?"

Byron se vira e segue pelo corredor, murmurando: "Os Bennett não são assim". E então se encolhe. Ele soa tanto como o pai.

Benny grita:

"Errado, Byron. Os Bennett sempre foram assim. Nenhum erro é permitido, não há espaço para compreensão, não há espaço para conflito."

Byron para e fica assim, embora não olhe pra trás.

"Eu costumava pensar que era porque somos negros, sabe?", diz Benny. "Que nossos pais queriam que a gente conquistasse coisas, que tínhamos que nos esforçar em dobro, estar além da repreensão, esse tipo de coisa. Mas agora entendo. Tínhamos que ser perfeitos para compensar o fato de que nossa família foi construída sobre uma mentira colossal."

Quando Byron enfim chega à sala de estar, o sr. Mitch não está lá. Ele ouve o som de água corrente no banheiro social. Byron não sabe que o sr. Mitch está simplesmente apoiado na parede rosa empoeirada, de olhos fechados, fingindo não ter ouvido toda a gritaria.

Perdidos

Charles Mitch já viu coisa pior. Irmãos que não se importam um com o outro. Parentes que só querem saber de herança. Ele consegue perceber que Byron e Benny não são assim, mas a situação está difícil de qualquer jeito. Eles perderam a mãe e parecem não encontrar o caminho de volta um para o outro. Sim, Eleanor o avisou de que poderia ser assim, pior ainda porque Byron e Benny costumavam ser inseparáveis.

A vida de Benny um dia girou em torno do irmão. Quando foi que ele se tornou essa pessoa? Ou ele sempre foi assim? Byron acusou Benny de não estar lá pela própria família. Mas e ela? Já ocorreu a Byron, tão acostumado a ser aplaudido pelo mundo todo, que alguém precisava estar lá por Benny também?

Byron não sabe o que fazer sobre Benny. Eles não trocaram uma palavra civilizada desde que ela chegou. É como se ela fosse hostil em um segundo e carente no outro. Mas isso não é novo, Benny exagerando as coisas. Tem sido assim faz muito tempo, desde que ela largou a faculdade. Sim, foi quando realmente começou.

Como largar a faculdade

Benny, na escola dos sonhos dos pais.

Benny, dezessete anos, a melhor aluna da classe.

Benny, recebendo olhares de reprovação na União dos Estudantes Negros.

Benny, sem ser negra o suficiente. Benny, sem ser branca o suficiente.

Benny, sem ser hétero o suficiente. Benny, sem ser lésbica o suficiente.

Benny, sozinha sábado à noite.

Benny, deitada na cama cheia de hematomas.

Benny, assinando papéis na administração.

Benny, descendo a escadaria de mármore.

Benny, dezenove anos, largando a faculdade.

O que não é dito

No terceiro ano de faculdade, Benny foi encurralada no dormitório por duas garotas que a viram flertar com um dos caras da fraternidade afro--americana. Elas a chamaram de traidora. Uma delas a empurrou até o quarto e, quando Benny prendeu o pé na perna de metal da cama e caiu, teve o rosto chutado.

Foi mais a surpresa do acontecido que manteve Benny no chão, do que os golpes dados pela garota. Afinal de contas, Benny tinha um metro e oitenta de altura, e embora nunca tivesse amado surfar e nadar tanto quanto os pais e Byron, ela praticara esportes e crescera bem forte.

No fim das contas, todos os ferimentos foram leves; os hematomas curariam com o tempo. Mas houve uma mágoa mais profunda que levou Benny a largar a faculdade. Aquelas eram garotas que ela pensara que a apoiariam pelo que tinham em comum, e não que a espancassem. Aquela que a chutou enquanto estava no chão dançara uma vez com ela no bar dos estudantes, depois a encostara contra uma parede que cheirava a cerveja e tênis e a beijara. As duas sorriram e voltaram para a pista de dança.

Esse é o tipo de coisa que não se diz. Que aquelas eram estudantes do último ano que a princípio a deixaram feliz de estar no campus. Que em vez de se aliar a Benny, a excluíram. Que enquanto aquela garota a chutava, a outra não disse *pare*. Mas Benny nunca as denunciaria. Recusou--se a dar a qualquer pessoa a chance de olhá-la de cima a baixo da forma como às vezes faziam e dizer: *viu?*

Dali em diante, com cada mudança, primeiro de volta à casa na Califórnia, depois na Itália, depois no Arizona, Benny ansiava por algo mais do que qualquer coisa, uma vida que fosse emocionalmente normal. Uma vida que fosse segura.

O Arizona pareceu um bom lugar para começar depois que Benny decidiu cursar a escola de arte. Ela iria o mais longe possível da emoção da universidade ao nordeste que deixara para trás. Estudaria algo que interessasse a ela, e não aos pais. Usaria aquele tempo para descobrir exatamente como seguir em frente, como encontrar seu lugar no mundo.

Benny foi energizada pela paisagem ampla e aparentemente árida que, vista de perto, parecia pipocar de vida. As folhas peludas da algarobeira aveludada. A casca azul-esverdeada e as flores amarelas do palo verde azul. As javelinas eriçadas, os monstros-de-gila manchados, as cascavéis bebês que agitavam as caudas minúsculas para alertar sobre a potência já acumulada dentro delas.

A faculdade do Arizona contava com um bom programa de arte pelo qual Benny podia pagar, e ela tinha nota suficiente para entrar sem ter que responder a muitas perguntas. E foi assim que Benny conheceu Joanie. Na época, Joanie era uma estudante de pós-graduação, assistente em cerâmica. Ela tinha um maxilar bem definido e um rabo de cavalo ondulado que atraiu Benny na primeira vez que a viu passando pelo corredor usando um macacão salpicado de argila.

E foi então que Benny viu o vaso azul. Era quase o fim da primeira aula e alguns dos estudantes tinham ido até a casa de Joanie para beber e petiscar. O piso de cimento da sala de estar era fresco e vazio. O único tapete no espaço central era cor de vinho e estava pendurado em uma das paredes. Abaixo dele, no chão, havia uma fileira de peças de cerâmica de Joanie. Os visitantes estavam aglomerados em frente a um enorme vaso azul.

Dizer que o vaso era azul era quase tão impreciso quanto chamar uma pessoa de interessante, mas todo mundo concordava que era pelo menos meio azul. Benny ficou encarando o objeto, que era da altura de sua cintura, pelo que pareceu uma hora, passando o olhar pela borda inferior, mais cor de esmeralda, até a rica parte central e celestial; mirando o salpico de água-marinha no topo, os pontinhos de dourado e âmbar perto da borda superior e, enfim, parte da abertura e do corpo do vaso, que foram deixados sem tinta, o tom avermelhado natural da cerâmica exposto. Benny o contemplou, e então olhou para Joanie. E Joanie sorriu de volta para ela de um jeito que Benny passaria a conhecer.

Quando estavam juntas havia quatro anos, Benny ainda não contara à família sobre o relacionamento, e isso se tornou um problema. Joanie era dez anos mais velha, *já passei por isso antes*, além disso elas estavam vivendo no século vinte e um, pelo amor de Deus, ela havia dito. Benny tentou compensá-la. Encheu a cozinha de Joanie, certamente mais bonita que a dela, com temperos e salteados. Enviou e-mails para promover as exibições de Joanie. Esperou por ela toda sexta-feira à noite do lado de fora do seu escritório de meio período, para que pudessem comer pizza juntas.

Joanie, porém, era o tipo de pessoa que parecia não ligar para as desconsiderações dos outros até que enfim cruzassem alguma linha invisível. E agora era a vez de Benny descobrir o que aquilo poderia significar.

Quando outro inverno se aproximava, e com eles os planos dos feriados, Joanie disse que Benny a estivera pajeando demais, sufocando-a, quando tinha sido apenas uma coisa que ela pedira. Benny correu para a casa de Joanie. Assim que entrou, ela viu que o vaso azul e duas das outras peças tinham sumido, deixando espaços vazios pelo chão. Foi então que Benny percebeu o tapete da parede, enrolado e envolvido em plástico, as caixas de papelão enfileiradas perto do balcão da cozinha. Joanie contou a Benny que decidira se mudar para Nova York e aceitar um emprego como professora e que iria embora antes do Dia de Ação de Graças. E assim foi o fim de Joanie e Benny.

Mas era temporário, Benny disse a si mesma enquanto acelerava para longe da casa de Joanie, as mãos apertando o volante com força. Só por enquanto, ela disse a si mesma na semana seguinte, enquanto dirigia para a Califórnia, de olho no velocímetro, tentando ficar abaixo de cento e cinquenta quilômetros por hora.

Os Bennett

Dia de Ação de Graças, 2010, bem naquela casa. Quando o pai de Benny enfim entendeu o que ela estava tentando dizer sobre sua vida amorosa, ele elevou a voz. E o pai não era o tipo que fazia isso. Ela tentou interceder, mas o pai continuava a interrompê-la. E então ele se levantou.

"Não sei como é que você vai conseguir viver uma vida decente com esse tipo de confusão", Bert disse.

"Decente?", Benny repetiu. "Você está dizendo que eu não sou decente?"

"Não levante a voz para mim, mocinha."

"Pai, você é que está gritando comigo. Você é que me perguntou se eu estava namorando alguém. Foi você que quis saber por que eu não trago alguém para casa. Eu só estava tentando explicar que pode ser um *ele* ou uma *ela*."

"Então sua mãe e eu devemos aceitar você dormindo com qualquer um?"

"Eu não estou dormindo com qualquer um, pai. Estive com a mesma mulher por quatro anos. Só namorei umas duas pessoas. Mas esse não é o ponto..."

"O ponto é que você nem sequer sabe o que realmente quer."

"Sim, sei, pai. Isto é quem eu sou. Sou a Benny."

Havia uma expressão no olhar dos pais que ela nunca tinha visto. Tudo ficou silencioso, como antes de uma panela de água começar a ferver. Ela olhou para Byron, mas ele estava apenas sentado ali, encarando o chão. Ele não ia ajudá-la, né? Benny temera que fosse assim. Ela inspirou e expirou devagar, deixando a mágoa do que estava pensando passar por seu corpo antes de se ouvir falar tudo.

"É você que não sabe, pai." Benny se esforçou para evitar que a voz tremesse. "É você que não sabe se ainda me ama."

E foi quando o pai lhe deu as costas e saiu da sala, a mãe o seguindo, dizendo: "Bert, Bert". Benny não tinha intenção de passar o Dia de Ação de Graças sozinha, mas não via como poderia ficar depois do pai dizer que ela era *indecente* e da mãe ir atrás dele com os olhos marejados, e com um monte de gente a caminho da casa deles para o jantar.

Os Bennett geralmente entravam e saíam pela porta dos fundos, a que levava diretamente para a cozinha, mas em vez de cruzar a casa como sempre, Benny foi direto para a porta da frente. Foram necessárias duas tentativas para abri-la, sua tendência a emperrar era um dos motivos para que preferissem a porta dos fundos. Quando Benny enfim a abriu, passou por ela sem dizer uma palavra.

Deixou a porta aberta. Pensou que o irmão fosse segui-la, mas não. Ao chegar em casa, conferiu a secretária eletrônica, pensando que Byron teria ligado, teria resmungado *Que diabos você estava pensando?* Mas ele não ligara. Pelo menos a longa viagem de carro de volta ao Arizona tinha suas vantagens. Quando Benny virou a esquina de casa tarde da noite, o feriado acabara, e ela não era a única pessoa no quarteirão a ser vista passando pela calçada, girando a chave na porta e acendendo as luzes de um apartamento vazio.

Benny tentou se reconfortar no fato de que muitas pessoas nem sequer celebravam o Dia de Ação de Graças.

Mas o problema era que ela não fora criada assim. Aquele era o momento do ano em que sua família se reunia com os amigos e tiravam tempo para agradecer. Era estar junto o que contava, e Benny acabara de ser excluída.

Nas semanas seguintes, o telefone fixo da casa tocava, o identificador de chamadas se acendia com as palavras *Número Privado*, Benny atendia, mas não havia resposta, ninguém dizia nada. Benny pensava que era a mãe ligando, porque o pai não ligaria. Às vezes, depois de um momento de silêncio, um atendente de telemarketing a cumprimentava com o tom alegre que uma pessoa tende a usar quando se prepara para a rejeição.

Benny era sempre educada quando dizia "não" para os atendentes porque entendia que eles estavam apenas tentando ganhar a vida, tentando sobreviver a mais uma semana, esperando um sinal de aceitação.

Esperando por aceitação. Benny entendia um pouco do assunto.

Ela começou a revirar seus pertences naquela mesma noite. O que levar para Nova York, o que doar. Havia aquele grupo de caridade que mandava um caminhão e fazia as pessoas se sentirem melhor por ter que se desfazer de suas coisas. Quando Benny se mudou para Nova York pouco depois, esperando que, com o tempo, Joanie a perdoasse, nem sequer se deu ao trabalho de enviar o novo endereço para a família. De qualquer forma, eles tinham o número do seu celular e fazia tempo que não ligavam, não desde que ela enviou uma mensagem dizendo que passaria o Natal em outro lugar.

Byron na TV

Anos após a mudança para Nova York, o irmão de Benny se tornou tão popular que ela poderia vê-lo todo dia se quisesse em seu notebook, seja no noticiário, seja em um programa de entrevistas tarde da noite. Atualmente, Benny tem mantido um link no celular que a leva a um documentário em que uma equipe de TV segue Byron por aí. O Byron da TV parece muito mais acessível agora do que o outro Byron, que está na sala de estar com o sr. Mitch.

O Byron da TV conta ao entrevistador que a maior parte dos oceanos permanece inexplorada, que dados sobre a profundidade e o relevo oceânico podem ser usados para muitas coisas. Previsão de tsunami. Controle de poluição. Mineração dos materiais para os eletrônicos que as pessoas utilizam todos os dias. Tudo o que precisamos saber sobre nosso passado e futuro está aqui, Byron diz para a câmera, apontando para uma tela que mostra imagens de sensoriamento remoto. E tudo o que podemos aprender sobre quem somos como seres humanos e o que estamos dispostos a fazer será testado por esse tipo de tecnologia.

Robôs debaixo do mar têm ajudado cientistas a conduzir um enorme projeto de mapeamento, mas Byron diz que obter mais informações será um teste imenso da boa-fé internacional. A cada novo avanço tecnológico, o conhecimento precisa ser compartilhado. Acordos devem ser feitos e respeitados. Do contrário, há um risco de que a ganância humana seja a força dominante, assim como tem sido na terra, diz ele.

"E se eu tivesse um pomar em casa e toda vez que quisesse algo como milho ou tomate para o jantar, arrancasse todas as plantas pela raiz ou cortasse uma árvore inteira só para pegar, digamos, algumas maçãs?", pergunta Byron. "Bem, você diria que não faz sentido, certo?"

Byron agora aponta para uma imagem em tela cheia de uma vista idílica do mar.

"Precisamos ser mais cuidadosos com nossos recursos hídricos porque isso, aí fora, é o maior jardim que temos na Terra. Pode parecer infinito, mas não é. Precisamos dar mais atenção ao relevo oceânico, precisamos permitir que floresça."

Todas as coisas que inicialmente ameaçaram Byron quando era um jovem acadêmico de ciências oceânicas acabaram transformando-o em um queridinho da mídia. Ele fala sobre coisas como tecnologia sonar, topografia e fontes hidrotermais em linguagem popular; ele parece um modelo de uma grife famosa; e, claro, ele é negro.

Houve um momento de ouro ali, mais ou menos na época em que Byron terminou o ph.D., em que minorias étnicas estavam sendo mais encorajadas do que nunca a ter diplomas de ciências e tecnologia, embora nem sempre conseguissem os empregos com o maior potencial de crescimento profissional. Byron tinha uma ideia muito específica do que queria fazer com sua formação. Continuou batendo em portas e quando, enfim, uma delas se abriu em uma fundação recém-formada, quem diria, disse a Benny na época, ele passou da recepção direto para o emprego dos sonhos.

Byron agarrou a oportunidade, e as redes sociais o levaram pelo resto do caminho. Hashtags geralmente ao lado de #ByronBennett incluíam #oceano #ciências #debaixodagua #ondas #tsunami #aquecimentoglobal #meioambiente #riscogeologico #oleo #gas #aqueduto #minerais #mineracao #defesa #afroamericano #estudeciencia e #estudantes.

Ao espiar Byron on-line, Benny conseguia fingir, às vezes, que não era verdade que não haviam se visto todos aqueles anos, ou que não tinham se falado havia muito tempo. Ela se permitia esquecer que não tinha mais o tipo de irmão que pegaria o telefone só para dizer "oi", que quereria saber como ela estava. Que poderia pegar um voo, bater na porta dela e a puxar para um abraço de urso se Benny ligasse para ele no meio da noite e dissesse *preciso de ajuda.*

Benny sabe que parte disso é sua culpa. Mas está aqui agora, não é? Mesmo assim, parece que ela poderia berrar com toda a força e Byron, no outro cômodo, não a ouviria. Ou escolheria não ouvir.

Byron

Byron e o sr. Mitch estão jogados no sofá da sala, cada um mexendo no celular enquanto esperam Benny voltar. Byron está fingindo que não acabou de ter uma discussão séria com a irmã e o sr. Mitch está fingindo que não a ouviu.

O celular de Byron toca, e ele vê que é Lynette de novo. Desta vez, atende.

"Lynette, como você está?"

"Não, como *você* está? Sinto muito pela sua mãe, Byron."

Estranha essa conversa supereducada depois de três meses de silêncio absoluto entre eles, depois de como saíram da vida um do outro. Não, corrigindo. Depois que Lynette saiu da vida de Byron. Mas agora que ouve a voz dela, ele está feliz pelo esforço. A mãe dele gostava muito dela. Lynette diz que estará no funeral amanhã.

"Talvez a gente possa conversar depois?", pergunta ela. "Podemos fazer isso? Sentar juntos em algum lugar?"

"Claro, se você quiser", diz Byron.

"Sim. Quero. Na verdade, tem uma coisa que preciso falar com você."

Ah, lá vamos nós. Então ela precisa de algo dele, no final das contas. Lynette, Lynette, Lynette.

Costumava ser tão fácil falar com ela. Mas aquela era a antiga Lynette, antes de eles brigarem e ela deixá-lo. Byron queria ter alguém como a antiga Lynette com quem conversar agora. Ele contaria a ela sobre o áudio da mãe, sobre o bolo preto guardado no congelador. A antiga Lynette riria do bolo. Ela diria: *Isso é bem a cara da sua mãe, Byron.* E ela faria Byron rir também, agora, apesar do buraco da perda em sua caixa torácica.

A mãe e o bolo preto eram o que fizera Benny começar a cozinhar, para início de conversa. Ele não conseguia entender por que os pais pareciam tão surpresos quando ela começou a falar sobre querer ir para a Europa estudar culinária. Embora, é óbvio, todos tenham ficado bastante atordoados um tempo antes, quando Benny largou a faculdade e se recusou a falar sobre o assunto.

"Só não parecia certo", era tudo o que ela dizia. "Preciso tentar de uma forma diferente."

"Deem tempo a ela", Byron aconselhou os pais.

Quando Benny falara sobre a diáspora de comida e das receitas que a intrigavam, Byron entendera. Ele sugeriu que Benny voltasse à faculdade e estudasse algo relacionado, como uma graduação em antropologia. Mas Benny recusara. E então se foi, e, quando voltou, decidiu que queria estudar arte. Como diabos Benny ia se sustentar, Byron queria saber.

Houve um tempo em que Benny teria pelo menos debatido a ideia com ele, mas algo havia mudado nela, algo quebrara. Ela só se parecia com sua versão criança quando estava na cozinha com a mãe.

Eleanor costumava dizer que faria um bolo preto no casamento de cada um, mas nenhum deles se casou. Os bolos da mãe eram uma obra de arte, Byron admitia. Aquela colherada molhadinha e crocante, o amargor da bebida no fundo da boca. Mas Byron nunca compartilhara do apego emocional dos pais pela receita. *Tradição*, a mãe costumava dizer. Mas tradição de quem exatamente? O bolo preto era basicamente um pudim de ameixa entregue aos caribenhos por colonizadores de um país frio. Por que reivindicar como suas as receitas dos exploradores?

Tradição? E que tal *gizzada* de coco? Que tal sorvete de manga? Que tal bife de porco com *jerk*, arroz e ervilha, pimentão, leite de coco e banana-da-terra, todos aqueles sabores que Byron aprendeu a apreciar graças à comida da mãe? Agora sim, aquilo era o que ele chamava de comida da ilha. Mas não, nunca fora suficiente para ela. Mais do que qualquer outra receita, era a do bolo preto que levava aquela doçura à voz de Eleanor. Aquele brilho aos olhos dela.

Quando Bert morreu, Eleanor enterrou o que sobrara do bolo preto de aniversário de casamento junto a ele, mas manteve um pote de frutas imersas em rum e vinho do porto no armário mais baixo da cozinha.

95

Ainda precisava pensar no Natal. Ela costumava esperar para fazer o bolo preto todo inverno com Benny, mesmo depois que a filha foi morar sozinha. Mas depois que Benny foi embora naquele Dia de Ação de Graças, Eleanor nunca mais fez o bolo. Ou pelo menos era o que Byron achava.

Agora ele sabe que a mãe fez pelo menos mais um bolo.

Distância

O pêndulo balançou. Depois de algumas horas tensas, Byron e Benny agora estão sendo extremamente educados um com o outro, a hostilidade de mais cedo atenuada pela tensão de ouvir a história da mãe.

"Você conhece esse cara?", Byron pergunta para Benny, gesticulando com seus palitinhos para a tela da TV. "A mãe gostava muito dele."

Eles estão assistindo imagens de um francês que foi forçado a abandonar seu nado pelo Pacífico devido ao mau tempo.

"É, já li sobre ele", diz Benny. "Ela gostava dessa coisa toda."

Benny e o sr. Mitch assentem. Eles pediram comida tailandesa e pausaram a gravação de Eleanor depois da zilhonésima vez que os vizinhos bateram na porta por terem visto as luzes acesas. Mais cedo, Byron deu uma olhada nas caçarolas na geladeira que os visitantes haviam levado e decidiu que não conseguiria comê-las. Pela primeira vez, ele e Benny concordaram.

"É a intenção que conta", disse Benny, enquanto estavam lado a lado olhando para as travessas grandes e retangulares com seus conteúdos cobertos por molho. "O fato de terem tido o trabalho de preparar e trazer é o que realmente conta, certo?"

Byron assentiu.

"E nós somos gratos, não é?"

"Somos", concordou Byron. "Vamos servir amanhã depois do funeral."

Ele começou a procurar na lista de contatos do celular o nome do delivery favorito de Eleanor. Agora, enquanto se sentam em volta da mesa da cozinha, estão mais cutucando os pratos do que de fato comendo.

Já está bastante tarde para outra pessoa tocar a campainha. Depois dessa pausa, concordaram, nada de celulares até que avancem na gravação da mãe. Mas de jeito nenhum vão conseguir ouvir tudo antes do funeral do dia seguinte. Estão cansados demais. Estranho, pensa Byron, como pode ser difícil manter os olhos abertos em um momento como esse, mesmo quando a pessoa mais importante da sua vida partiu, mesmo quando você ouve a voz de sua mãe dizendo que grande parte das coisas em que você cresceu acreditando sobre sua família é mentira.

É uma pena o que aconteceu com o francês. Byron estava acompanhando o nado dele também, em especial por causa da parte da ciência, a coleção de amostras, a campanha para melhorar a saúde do oceano. Mas a mãe assistia pelo puro desafio da coisa, homem versus água. Eleanor estivera acompanhando o nado pela internet todos os dias. Parecia que era ela no barco de escolta, marcando a direção, de olho em tubarões, entregando bananas. Byron quase conseguia sentir o batimento cardíaco dela *acelerando, acelerando, acelerando* ao olhar para a tela.

Com certeza, a mãe também estaria esperando notícias do estadunidense que preparava o pouso de seu minissubmarino em cinco dos pontos mais profundos do fundo do mar. Essa série de expedições enviará informações para cientistas que mapeiam os oceanos, como Byron. Mas Eleanor não ficaria tão impressionada com esse projeto. Era a interação direta entre o corpo humano e a natureza que sempre a fascinava mais.

Byron ficava intrigado pela expressão no rosto da mãe enquanto ela espiava o site do cara francês, a mesma que ela tinha quando observava as ondas quebrando. Ele também fazia essa expressão?, Byron se perguntou, pouco antes de bater com a prancha na água. Foi a mãe quem o ensinou a surfar, a encontrar o próprio equilíbrio, a ficar de olho em brechas nas ondas. Foi a mãe que o ensinou a ter foco, a viver bem consigo mesmo.

E foi o pai que mostrou a Byron como um homem ficava depois de conquistar tudo aquilo. Seus pais eram pessoas excepcionais. Ele não acha que um dia se sentirá tão corajoso quanto a mãe era ou tão seguro em suas ações quanto o pai.

Agora estão entrevistando outros nadadores de longa distância, incluindo Etta Pringle, a *grande dame* de todos eles, a mulher negra que fizera todas as travessias famosas. Byron sabe que devem voltar a escutar a gravação, mas Etta Pringle tem um sotaque igual ao da mãe. Um das Índias Ocidentais que soa bem britânico. Das antigas. No último inverno, quando Eleanor quebrou a perna naquele tal acidente, Byron a levou para ver Pringle falar no centro de convenções.

"Nado à distância é como muitas coisas na vida", Pringle disse à audiência naquele dia. "Não há como substituir a preparação, o treinamento, para nadar aqueles quilômetros e construir força e resistência. Mas nenhum desses elementos importa se você não tiver a mentalidade certa."

A nadadora de maratonas tocou a lateral da cabeça com um dedo, e então assentiu enquanto olhava ao redor da sala. Ela parou e estreitou os olhos ao ver a mãe de Byron. É, pessoas da ilha. Elas podem se reconhecer a quilômetros de distância. Satisfeito porque a mãe estava adequadamente instalada, Byron saiu para atender a uma ligação do trabalho. Uma coisa levou à outra e, quando ele terminou, perdera toda a palestra.

Quando voltou ao auditório, viu que a palestrante abraçava Eleanor, rindo com ela, e em seguida foi conduzida por outra saída no fim do corredor por um pequeno grupo de assistentes. Apenas a mãe e outros poucos retardatários permaneceram no salão. Ela estava batendo no chão com as muletas, se aproximando rápido.

"Foi bom?", Byron perguntou.

"Foi bom", confirmou Eleanor, dando um grande sorriso.

"O que ela disse?"

"Ela ficou feliz que eu vim ao evento."

Byron riu.

"Não, mãe, eu quero dizer o que Etta Pringle disse sobre natação? O que ela disse sobre a mentalidade certa?"

"Ela disse que você precisa amar o mar mais do que o teme. Você precisa amar a natação tanto que faria qualquer coisa para continuar." Eleanor olhou pela janela do carro. "Assim como a vida, sabe?"

Agora, Byron está pensando nas garotas da gravação da mãe. As nadadoras. Como, exatamente, a mãe sabia sobre elas? O que acontecera com elas? E o que era tão ruim sobre aqueles tempos para ela ter que esperar até o fim da vida para contar a verdade aos filhos?

Antes
Mãe e Pearl

Antes da mãe de Covey desaparecer, ela e Pearl haviam conseguido uma longa lista de clientes. O bolo preto de Pearl era amplamente reconhecido como o melhor na cidade, embora algumas pessoas ficassem irritadas em admitir. Para elas, Pearl era arrogante demais para uma doméstica de pele tão negra. Pearl encontrara a parceira perfeita na mãe de Covey, que podia fazer flores de glacê incríveis. De novo, algumas das mulheres da parte alta da cidade se sentiam incomodadas com isso. A mãe de Covey demonstrara mau gosto ao ter uma filha com um chinês.

Covey ouvira pessoas dizendo essas coisas porque ninguém achava que crianças pequenas tivessem ouvidos. Os professores nos corredores da escola. Os compradores no mercado, perto de cenouras e batatas. Ela os ouvira dizer que Mathilda Brown era tão bonita que podia ter se casado com um rico. Ou pelo menos poderia arrumar coisa melhor do que Johnny "Lin" Lyncook. O homem estava sempre nas rinhas de galo e todos sabiam que nada bom podia vir daquilo. Era um mistério para eles como Lin permanecia tão popular entre alguns dos homens mais respeitados da cidade.

Mesmo assim, havia considerações mais importantes, como a satisfação de ter um bolo preto digno de aplauso levado no almoço de casamento de sua filha. Um bolo que seria assunto por anos. A mãe de Covey poderia transformar o açúcar em flores de pervinca delicadamente coloridas ou, para as noivas mais ousadas, em flores de hibisco e orquídeas em vermelho brilhante, roxo profundo e dourado. E Pearl conseguia fazer uma pessoa ficar com água na boca só de pensar em seus bolos.

Mathilda e Pearl lucraram e dividiram a renda do bolo e ganharam alguns admiradores abastados no processo, mulheres com o sobrenome certo e fundos suficientes para fazer as coisas acontecerem. Algumas das quais, com o tempo, entenderam os infortúnios que podiam se abater sobre uma mulher com menos recursos.

Um dia, aquelas alianças dariam frutos e mudariam o rumo da vida de Covey. Mas até lá, ela não fazia ideia de que a mãe sairia da ilha com a ajuda de uma ex-cliente. Não sabia que Pearl continuaria sendo empregada de seu pai, em parte, para ficar de olho nela. Covey era jovem demais para entender o que significava ser mãe, o que deve ter custado a Mathilda ir embora. Ela só sabia que o bolo preto significava irmandade e uma cozinha cheia de risadas.

Covey

Na primavera de 1965, a vida de Covey tomou um caminho que por fim a conectaria com Eleanor Bennett. Naquele dia, o chão da cozinha estava cheio de cascas de tamarindo, que racharam sob os pés de seu pai enquanto ele se aproximava.

"Humm, doce de tamarindo", disse Lin, alcançando a tigela e beliscando um pouco de polpa enquanto Covey a amassava junto com o açúcar.

Pearl, descrita como a melhor cozinheira na freguesia, ensinara Covey a misturar um pouquinho de pimentão e algumas gotas de rum antes de separar a polpa em bolinhas, embora a forma favorita dela de comer tamarindo fosse recém-tirado da casca, apanhado da terra abaixo da árvore, rachado até abrir, separado das partes pegajosas e mergulhado direto em uma tigela de açúcar antes de ser colocado inteiro na boca, a acidez da fruta fazendo o rosto se contorcer.

Covey afastou a mão do pai. Enquanto ele ria, ela percebeu um tom atencioso na voz dele, um tom que subiu por suas costas e as fez endurecer em uma parede de resistência. Quando o pai de Covey mencionou Clarence Henry, ela sabia que significava problemas.

"O Homenzinho?", disse Covey. "O que aquele delinquente vai fazer aqui?"

"Clarence Henry", corrigiu Lin, insistindo em usar o nome formal do homem em vez do apelido que ele ganhara por seus ombros largos, "está vindo te ver".

"Me ver? Para quê?"

"Acho que está vindo te cortejar."

Covey deixou escapar uma risada sonora.

"Me *cortejar?*"

Ela não sabia o que soava mais absurdo, a ideia de Homenzinho ser tão requintado a ponto de cortejar alguém ou a ideia de que esperavam que ela entretivesse a visita de um gângster valentão que era quase tão velho quanto o pai dela. Pelo que Covey ouvira, Homenzinho não era o tipo de pessoa que deveria ser bem-vinda na casa de ninguém, nem mesmo no domingo.

"Me cortejar? *E que que faz ele pensar que...*"

"Linguajar!" Foi tudo o que o pai precisou dizer para evitar que Covey falasse patoá, que sempre fora proibido para ela.

Ela recomeçou.

"O que fez aquele homem pensar que ele pode vir e me cortejar, quando você nem sequer acha que eu tenho idade para ir à praia com meus amigos?"

"Eu nunca disse que você não pode ir à praia, eu disse que você não pode nadar sozinha no mar bravo no meio da porra de um furacão." Palavrões, por outro lado, eram permitidos para Lin.

"Pai, não era um furacão de verdade."

"Não, claro que não, só uma tempestadezinha mortal."

"Além disso, eu não estava sozinha."

"Eu também estava lá, lembra? Vi como você *não estava sozinha*. Vi como você teve que puxar o suposto *barco de segurança* para a segurança. Que piada." Ele pôs as mãos no quadril. "E não tem conversa, mocinha. Clarence Henry está vindo esta tarde, então é bom você ir se limpar."

"Clarence Henry pode vir e *te* cortejar, pai, eu não vou estar aqui."

"Ah sim, você vai estar, Coventina." Lin ergueu o tom de voz da maneira que fazia com frequência ao beber, mas havia uma suavidade nos olhos, uma espécie de pergunta. Não, uma espécie de súplica que deixou a pele de Covey gelada.

"O que você fez, pai? O que você fez?"

"Covey, faça isso por seu pai, sim?", disse ele, mais suavemente. "Só alegre o homem. É domingo. Deixe que ele venha e tome uma gelada. Tenho alguns negócios com ele, e ele expressou um interesse em..."

Covey bateu a mão com força no balcao da cozinha, ao lado de uma pequena torre de doces que se formava em papel-manteiga. Dois doces de tamarindo caíram no chão.

"Você fez negócios com o Homenzinho?", disse ela. "Que tipo de *negócios*, pai? Apostas? Você não deve dinheiro a ele, deve?"

O pai de Covey não respondeu, mas a mudança de expressão em seu rosto foi resposta suficiente. Covey lhe deu as costas e se afastou, esmagando um doce de tamarindo sob o pé. Agora ela podia entender por que a mãe deixara Lin. Só não entendia por que fora deixada para trás também.

"Coventina!"

Ela não se virou enquanto o pai gritava seu nome, mas estava trêmula. Pensou na reputação de Homenzinho como um agiota cruel, como alguém cujas ameaças tinham consequências mortais. As mãos de Covey ainda tremiam ao abrir a porta do guarda-roupa no quarto e tentar subir o zíper do vestido que escolhera.

Covey queria sair da casa, mas se fizesse isso, poderia significar um problema enorme para o pai. Até se dissesse a coisa errada para o Homenzinho poderia ter problemas. Mais tarde, ela manteve esses pensamentos firmemente presos na cabeça enquanto mostrava a Homenzinho Henry o caminho para a sala da frente, e ele se recostava no sofá, fechando os dedos ao redor de um doce de tamarindo.

"Delicioso, Coventina", disse ele, olhando para a depressão abaixo da clavícula dela antes de passar para a cintura. "Você está se tornando uma mocinha muito prendada, além de ser muito bonita."

Coventina mordeu um doce de tamarindo para camuflar a expressão que sabia estar fazendo. Pensou na mãe, que certamente não teria escondido o desdém. Não, a mãe teria colocado as mãos na cintura e olhado tão feio para o Homenzinho que ele teria se levantado e saído pela porta, assim como o pai fez mais de uma vez. Mas a mãe não estava ali. Bem quando Covey mais precisava dela.

Covey pensou nas facas que Pearl guardava na gaveta mais baixa da cozinha, as maiores e mais afiadas, reservadas para cortar carnes e descascar cana. Um dia, ela se arrependeria de não manter aquelas facas consigo.

O preço

Lin não tinha certeza de em qual momento, exatamente, o destino o colocara no caminho do Homenzinho. Ele já estava com problemas quando os primeiros rumores daquela confusão antichineses que causara o incêndio em uma de suas lojas. Quando as rinhas de galo não estavam indo tão bem, Lin apostara mercadorias de sua loja, imaginando que recuperaria o valor, mas as dívidas continuaram se acumulando.

As coisas pioraram depois de a esposa o deixar e, mesmo assim, ele garantia que a filha nunca ficasse sem uniformes novos, que ficavam pequenos em um ritmo perturbador. Nisso, Lin e Mathilda sempre concordaram. Covey ia ter uma boa educação, não importando o fato de ser garota.

No fim, as finanças de Lin estavam tão ruins que ele teve que recorrer ao Homenzinho Henry. Lin devia ter pensado melhor. Devia ter pensado que era apenas uma questão de tempo antes que ele fosse cobrar seu preço. Lin percebera que isso era com o que a maioria dos homens neste mundo se preocupava, o preço que esperavam que você pagasse. E a pessoa que mais sofreria seria a filha, a única coisa de valor que lhe restara. Porque se aproximava rápido o dia em que Lin teria de se perguntar: *O que você está disposto a fazer?*

Covey

Os Wailers tocavam o tempo todo no rádio durante aquela primavera, e um pouco de música para dançar ajudava Covey a se sentir melhor, mesmo em tempos como aquele. Pearl terminara o trabalho e havia saído, então Covey ligou o rádio e encontrou a estação, erguendo a parte de trás do cabelo para refrescar a pele suada. Ela estava de costas para a porta da cozinha quando o Homenzinho entrou na casa.

Desde o incêndio, o pai a avisara mais de uma vez para trancar a porta da frente quando estivesse sozinha, mas o Homenzinho usara a entrada dos fundos. Pearl devia ter deixado o portão aberto quando saiu. E bastou girar a maçaneta para que ele entrasse.

Agora, fazia semanas que o Homenzinho aparecia aos domingos, e durante aquele tempo, o prejuízo do incêndio na loja de Lin fora completamente coberto. A conexão entre os dois parecia evidente para Covey. E isso era ainda mais alarmante porque o pai indicara que o Homenzinho estava interessado no que chamava de uma *relação mais próxima* com Covey.

Quando Lin tocava no assunto do Homenzinho, Covey saía da sala. O pai recuperaria o juízo, pensava ela, e certamente o Homenzinho perceberia que era uma ideia absurda passar tempo com ela. Mesmo assim, lá estava ele, de novo, entrando sem avisar na cozinha da família bem no meio da tarde em um dia de semana, como se fosse dono do lugar.

"Os Wailers", disse ele. "Música boa."

"Meu pai não está", disse Covey.

"Eu sei. É por isso que estou aqui." Ele se aproximou de Covey. "Você não está feliz que estou aqui?"

Ela prendeu a respiração. Ele estava perto o bastante para que ela sentisse sua colônia de barbear, doce demais. Estava perto o bastante para que ela sentisse a respiração dele em sua testa.

"Nós podíamos nos conhecer melhor", disse o Homenzinho.

Ele tentou beijar Covey, mas ela virou o rosto para o lado. Quando ele tornou a se inclinar, ela o afastou, mas dessa vez, ele agarrou os pulsos de Covey e os segurou contra a parede, o toque tão forte que ela pensou que os ossos poderiam quebrar sob a pressão. Na escola, a garota aprendera sobre um tipo de sapo na Ásia que podia se encolher e parecer morto para afastar predadores. Ela ficou parada e focou isso, pensou na barriga vermelha exposta do sapo, sua superfície incandescente cruzada por manchas pretas, seu corpo cheio de veneno, por precaução.

Covey manteve o rosto virado para o lado, o maxilar trancado, os olhos estreitos, tentando parecer corajosa, mas tinha certeza de que o Homenzinho conseguia ouvir seu coração batendo forte no peito. Era um segredo conhecido que ele forçara garotas antes. Ela pensou nas facas na gaveta da cozinha. Estavam longe demais para serem úteis.

"Então você é uma garota tímida, é? Ou só está fingindo?", Homenzinho abaixou o tom de voz. "Me pergunto se você é modesta assim quando desce à praia com aquele garoto Grant."

Então era aquilo o que as pessoas queriam dizer com sangue-frio. Covey achava que ninguém sabia sobre ela e Gibbs, exceto Bunny e Pearl, que por fim descobriram. Mas Pearl uma vez dissera que Homenzinho e o irmão dele tinham pessoas em cada canto da freguesia, de olho em quem lhes devia. E quando você deve algo para alguém perigoso, se dispõe a espiar por ele. Você talvez até estivesse disposto a machucar outra pessoa para evitar que sua família se machucasse. A coisa mais importante era impedir que os irmãos Henry te notassem. Mas Homenzinho já notara Gibbs. O mero som do nome dele na boca de Homenzinho foi suficiente para Covey entender que talvez Gibbs estivesse vulnerável.

"*Por que que cê perde tempo com aquele pivete, hein?*", sibilou o Homenzinho, soltando os pulsos dela.

Ele se afastou, mas ter ouvido o nome de Gibbs deixou as pernas de Covey tão moles que ela não ousou se mexer.

"Você acha que Gilbert Grant vai ajudar o seu pai a pagar as dívidas,

Coventina? Você acha que Gilbert Grant, mais interessado na universidade do que sair e ganhar um salário decente, poderia arranjar o dinheiro que seu pai precisa para evitar que alguém o abra com um cutelo?"

"Meu pai...", começou Covey.

"Seu pai", disse o Homenzinho, "é um apostador que nem sequer conseguiu manter a esposa em casa. Não conseguiu nem manter as escrituras das lojas. Você sabia disso, Coventina? Sabia que aquelas lojas não pertencem mais ao seu pai? Ah, não? Bem, é verdade. Elas pertencem a mim. E se você não quiser que seu pai perca esta casa e não quiser morar em uma cabana ou pior, então você vai se comportar perto de mim, mocinha."

Homenzinho se virou e saiu da cozinha sem dizer mais nada. Na noite seguinte, quando o pai contou a ela que Homenzinho pedira a mão dela em casamento, Covey não conseguiu disfarçar a raiva. Ela apenas sussurrou: "Não, pai, por favor, pai". Aquela era uma sensação estranha e nova para Covey, a sensação de ter sua voz roubada.

Por quanto tempo ficou sentada sozinha no quarto, ela não sabia. Covey saiu e ouviu os zumbidos e estalos do jardim, os sons das fungadas do pai soando da janela do quarto. Ela inspirou a umidade que começava a cair sobre as folhas, transformando fruta madura em podre. Ela afastou um inseto, secou uma lágrima. Tudo estava igual, mas nada estava igual. Ela queria encontrar Gibbs e contar a ele, mas sabia que não podia. Não naquela hora. Embora ele fosse ficar sabendo logo.

A sensação de atordoamento estava começando a passar. De debaixo dele, veio algo que à distância parecia um trovão, como um vento ululante vindo do mar, como um animal selvagem se aproximando. E agora ela era aquele animal, e estava abrindo o portão e correndo pela rua, lágrimas molhando o rosto, o pescoço, a camiseta, e depois subiu a estrada, a voz saindo dela como um rosnado.

Covey e Gibbs

Covey não sabia como ia contar a Gibbs sobre Homenzinho, mas Gibbs já sabia. No dia seguinte, Covey estava saindo da escola com Bunny quando viu Gibbs atravessar correndo a rua que passava entre a escola e as falésias, indo em direção a ela.

"É verdade?", perguntou ele, alto.

"Shhh", disse Covey, olhando para a frente e descendo a rua rápido.

"Bem, é verdade?", perguntou Gibbs, abaixando a voz. "É verdade o que estão dizendo sobre você e o Homenzinho?"

"Espere, espere", disse Covey.

Eles caminharam por um tempo com Bunny, ambos de boca fechada, até que Bunny enfim disse *mais um tico* e continuaram em linha reta, enquanto Covey e Gibbs viravam na rua que levava à praia.

"Quando você ia me contar sobre você e o Homenzinho?"

"Não existe *eu e o Homenzinho*, Gibbs, isso é coisa do meu pai. Eles enfiaram na cabeça que eu tenho que me casar com ele, mas é claro que não vou."

"Se o Homenzinho quer casar com alguém, ele vai."

"Mas você não vê que é ridículo? Meu pai vai perceber daqui a pouco. E o Homenzinho? Você consegue imaginar ele casado? Ele vai esquecer essa história, está só mostrando que grande homem ele é, que pode conseguir o que quer. Não vou me casar com aquele homem, Gibbs." Covey abraçou Gibbs. "Mas, por favor, preciso que você fique calmo por mim. Precisamos deixar algum tempo passar."

"Tempo? Que tempo?", retrucou ele. "Vou embora para a Inglaterra em duas semanas. O que vai acontecer com você?"

109

Gibbs segurou o rosto de Covey com ambas as mãos. Aquela não era a vida que Covey imaginara para si apenas alguns dias antes. Ela tinha esperança de seguir Gibbs no ano seguinte, quando tivesse resolvido a papelada da escola, a bolsa de estudo e uma passagem para a travessia transatlântica. Ela planejava se mudar para a Inglaterra com Gibbs. Planejava se casar com Gibbs, ir à universidade com Gibbs. Ter filhos com Gibbs.

"Covey, por favor, venha comigo agora."

"O quê, para a Inglaterra? Mas não estou pronta."

"Então esperarei por você. Iremos juntos."

Covey arfou. Não ia dar. Ela precisava afastar Gibbs do Homenzinho.

"Não, você não pode ficar. Seus estudos..."

"Não há outro jeito, você não percebe?"

Mas Covey conseguiu convencer Gibbs de que estava certa. Ele partiria e, Covey prometeu, ela faria planos para a própria partida.

"Não se preocupe", Covey disse a ele no último dia em que estiveram juntos, embora estivesse começando a se preocupar também.

Eles estavam nadando em seu lugar secreto, aquele trecho da costa para onde iam quando queriam nadar juntos sozinhos. Enquanto Covey se agarrava a Gibbs, enquanto sentia a boca de água salgada dele na sua, ela se lembrou de como Homenzinho pronunciara o nome de Gibbs no dia em que a encurralou na cozinha. Ele dissera *Gilbert Grant* como uma maldição, como um aviso, como um ultimato.

Matrimônio

Mais de dois mil anos depois que os primeiros casamentos entre homens e mulheres foram registrados na Mesopotâmia, havia planos para uma cerimônia similar em agosto de 1965 na costa norte de uma pequena ilha índio-ocidental. Mantendo a tradição, Coventina Lyncook se casaria com Clarence Henry, não apenas para o benefício próprio de Henry, mas também para o bem maior social. No caso de Covey, o casamento resultaria em atenuar as obrigações financeiras do pai com Homenzinho.

Covey estava em um banquinho baixo no ateliê de uma costureira da cidade, sentindo o vestido de noiva ser preso aqui e ali por alfinetes, sem acreditar de fato que seu casamento com Homenzinho realmente aconteceria. Covey, que fora levada até ali pela mãe do Homenzinho, escolhera o vestido mais feio que pôde encontrar, uma monstruosidade de mangas bufantes e plumas, na esperança de consumir o máximo possível do dinheiro e da paciência da mulher.

Com certeza o pai de Covey daria um jeito. Tinha que haver uma alternativa, ela pensava. Enquanto isso, se recusava a falar com o pai. Ela se olhou no espelho da costureira e ponderou se, na pior das hipóteses, uma das facas que Pearl usava na cozinha poderia ser escondida nas muitas dobras do vestido de noiva. Se fosse necessário, ela teria coragem de usá-la? O que estaria disposta a fazer?

E o que faria depois disso?

Covey continuou acreditando que o pai ia resolver as coisas com o Homenzinho, que haveria uma reviravolta de última hora. Tudo se acalmaria, ela e Bunny poderiam participar do campeonato do porto, e Covey viajaria para se encontrar com Gibbs no ano seguinte. Mas o Homenzinho teria que sair de cena primeiro.

Apenas dois dias antes da cerimônia, quando Pearl foi até o hotel para começar a trabalhar no bolo, que o casamento de Covey pareceu inevitável. A garota, ignorando a delicada situação de a pessoa ter que trabalhar para viver, ficou furiosa com Pearl. Como ela ousara concordar em fazer um bolo para um casamento que aconteceria contra a sua vontade? Quando Pearl apareceu com Bunny para vê-la logo antes da cerimônia, a garota não a olhou no rosto. Apenas virou a bochecha para receber um beijo.

Bunny abraçou Covey com força, balançando-a de um lado a outro, e então a conduziu para o corredor onde Lin esperava. Enquanto o pai dobrava o braço para apoiar a mão enluvada de Covey, ela sentiu a mente se soltar do corpo e vagar, como acontecia durante seus longos nados, quando podia ver os movimentos dos braços de cima, o curso da corrente, a distância de seu destino.

Agora, no salão de casamento, Covey flutuou acima da fileira de convidados com seus casacos escuros e chapéus esculpidos. Ela pairou sobre o círculo careca no centro da cabeça do Homenzinho, e então flutuou além dos arranjos florais e através das janelas de vidro, indo a nordeste em direção ao oceano Atlântico, procurando por Gibbs no lado mais distante.

Então o Homenzinho estava pressionando a boca contra os lábios de Covey, e ela retornou ao corpo. Os convidados aplaudiam. O resto foi um borrão. Houve um almoço, um discurso ou dois. O pai dela, parecendo distraído, levantou-se e ergueu uma taça na direção do casal, dizendo algumas palavras. Então Covey estava de pé no centro do hall, vendo o bolo preto de Pearl ser levado da cozinha do hotel para o salão. Covey sentiu o Homenzinho colocar os dedos na lateral de sua cintura, e seu coração se apertou em uma pequena bola de aço.

Bolo preto

O que aconteceu a seguir já havia sido iniciado dois dias antes do casamento. Na quinta-feira, Pearl acendeu o fogo sob a panela pesada e abriu uma saca de açúcar mascavo. Ela afundou uma colher medidora no fundo do poço de cristais marrons, liberando o cheiro de terra e melaço. Era o melhor açúcar bruto produzido na ilha, mas seria desperdiçado em breve, junto com oito horas de trabalho, na produção de um bolo para o que seria uma farsa de casamento.

Sacrilégio.

De acordo com a tradição, os noivos deveriam guardar uma parte do bolo de rum para marcar seu primeiro aniversário. Agora, alguns casais modernos que se casaram por amor e possuíam freezers elétricos guardavam pedaços de seus bolos por períodos mais longos, cortando um pouco para comemorar a cada ano que passava. Mas esse casamento, pensou Pearl, não seria digno de tal honra. Para Pearl, o dia do casamento de Covey seria um dia de luto e 1965 um ano de despedidas amargas.

Pearl conhecia Covey desde que a garota nascera, quando fora contratada por meio de um amigo dos pais dela. Ela fora trabalhar para eles na costa norte, tirando um tempo para ter seus dois garotos. Difícil acreditar que antes de ir até lá, Pearl nunca deixara a capital. Ela crescera ouvindo falar da famosa lagoa daquela área, assim como todo mundo, mas nem mesmo as mais belas praias do Sul a haviam preparado para tal beleza. Aquela água aparentemente sem fundo com suas cores que mudavam. As praias próximas com enseadas de água-marinha, rodeadas por densa vegetação. As areias que se iluminavam à noite com criaturas minúsculas e brilhantes.

Pearl passou a amar aquela parte da ilha, passou a amar um homem nativo e passou a se importar com Coventina quase tanto quanto com suas próprias crianças. E a mãe de Covey — sra. Mathilda, como costumava chamá-la na frente de outras pessoas — dera a Pearl algo que ela não esperava. Uma amizade.

Pearl não culpava Mathilda por fugir do pai de Covey. A casa deles estava cheia de arrependimento. O que ela não conseguia entender era como Mathilda podia ter ficado longe da filha por tanto tempo. Ela prometera mandar buscar Covey, deixara dinheiro com Pearl para os preparativos. *Quando a hora chegar*, dissera Mathilda. Mas a hora nunca chegara.

Seis anos haviam se passado desde que a mãe de Covey fora embora e Pearl não ouvira falar dela nos últimos quatro. É claro que Covey não sabia daquilo. Ela nunca contara à garota que elas estiveram em contato depois da partida da mãe. E Pearl decidira que nunca deixaria Covey saber. Ela odiava pensar que algo sério poderia ter acontecido à Mathilda, mas era pior pensar que Mathilda poderia, por algum motivo, ter mudado de ideia.

Pearl tentou compensar parte do cuidado maternal que faltava a Covey, mas sabia que não era a mesma coisa. Ela garantiu que Covey se mantivesse limpa e comesse bastante. E, todas as tardes, antes de ir para casa, ela abraçava e apertava Covey com força, mesmo quando a garota ficou mais alta que ela. Mas toda essa história de casamento mudou as coisas entre elas.

Aos dezessete anos, Covey estava crescida, virando cabeças aonde quer que fosse, embora não parecesse notar. Ela só parecia se importar com o menino Grant, Bunny e a natação. Sempre a natação. Mas o Homenzinho acabara com tudo aquilo. Ele passava na casa quase todas as tardes agora, sua voz alegre, mas os olhos como pedras.

Quando se sentia triste, Covey tinha mania de entrar na cozinha, se empoleirar no banquinho e dizer o nome de Pearl da mesma forma que dizia quando pequena. *Peaaarrrl*. No entanto, conforme o dia do casamento se aproximava, Pearl observou Covey se afastar dela. A garota parou de ir à cozinha. Só conversava se falassem com ela. Isso feriu seu coração, embora ela compreendesse o motivo da atitude.

Mais cedo naquela semana, Covey entrara na cozinha e vira Pearl juntando os ingredientes para o bolo de casamento.

"O que é isso?", Covey perguntou, quando viu o que Pearl estava fazendo.

Antes que Pearl pudesse responder, Covey saiu da cozinha e, assim, o relacionamento delas mudou. Ela entendeu que Covey se sentiu traída. Pela Pearl, pelo pai, por pessoas que deveriam tê-la protegido de tal destino. Mas como, exatamente, Pearl poderia ter feito algo para impedir?

Cozinhar sempre conseguia acalmar o que a afligia. Pearl colocou colheradas de açúcar na panela e respirou fundo. O cheiro a levou de volta às tardes quentes de sua infância, ao cheiro de cana-de-açúcar fresca sendo cortada e descascada, aos sucos doces que escorregavam em sua boca ao mastigar a fibra da cana, à sombra alaranjada das flores de uma árvore ponciana. Pearl compartilhou esse doce especial com Covey quando ela era pequena, assim como fez mais tarde com os dois filhos.

Agora, Covey queria que Pearl a seguisse até sua nova casa, mas o noivo era contra. A hostilidade indisfarçável do Homenzinho em relação a Pearl tornou mais fácil para ela decidir seu próximo passo. Logo depois do casamento, Pearl deixaria de ser empregada do pai de Covey. Ela sempre recebia propostas de esposas de homens importantes. Mas Pearl preferia ir para um dos resorts nas colinas, onde os salários seriam bons e os hóspedes nunca ficariam tempo suficiente para que ela se metesse em suas vidas.

Apenas uma questão restava. Como Pearl poderia ajudar Covey a se livrar do Homenzinho?

Aquela besta.

O açúcar começou a escurecer e soltar fumaça enquanto Pearl mexia. Quando estava quase preto, ela pegou uma panelinha de água fervente e despejou o conteúdo no açúcar, virando o rosto enquanto a mistura chiava e respingava. Ela adicionaria a mistura à massa para escurecê-la, mas só depois que tivesse batido a manteiga, adicionado os ovos, a farinha, as especiarias e, por fim, a mistura de frutas que estava mergulhada havia semanas em rum e vinho do porto. Aquele bolo seria uma obra de arte.

Enquanto Pearl quebrava os ovos e os incorporava à massa, ela se perguntou se havia uma maneira de envenenar uma parte do bolo sem colocar Covey ou os convidados em risco. Ela tinha algo que podia usar, algo que faria efeito com rapidez, algo que enfiara no bolso do avental por impulso. Pearl abriu o jarro de frutas marinadas e o mexeu outra vez. Quando colocou as duas primeiras assadeiras de bolo no forno, Pearl estava sem esperanças. Não sabia mais o que fazer.

Com certeza, poucos convidados do casamento ficariam tristes se Homenzinho Henry fosse levado pelo diabo, mas não havia como atacar um homem tão poderoso sem enfrentar o perigo. Mesmo que Pearl arranjasse uma maneira de envenenar apenas a fatia de bolo dele, haveria uma obrigatória demonstração de indignação entre os cidadãos e a polícia, e a evidência apontaria direto para Pearl.

Ela pegou uma garrafa de veneno do bolso e a virou para lá e para cá, estudando o rótulo. Não, Pearl não tinha intenção de acabar presa. Ela não podia fazer isso com os filhos ou com a lembrança de seu falecido marido. E não estava mais certa de que aquilo resolveria os problemas de Covey. Se ele morresse de repente, a família dele não hesitaria em forçar Covey a se casar com o irmão dele. Pearl colocou a garrafa de volta no bolso.

Precisava pensar. Ela sabia como as pessoas a viam. Poucas pessoas suspeitavam que uma mulher como Pearl tivesse recursos ou esperteza necessários para cuidar de certas coisas. Havia vantagens em ser vista como inferior por outras pessoas. Era exatamente por esse motivo que Pearl se sentia confiante de que encontraria uma maneira de ajudar Covey. Esses pensamentos acalmavam sua mente. Isso, e as poucas palavras de oração ao Senhor para livrá-la daquele inferno.

Na manhã do casamento, Pearl cobriu o bolo com um conjunto de flores de glacê, delicadas pervincas que deslumbrariam os convidados e que soletrariam um código que só Covey poderia decifrar. Pearl ajustou as cores para dar a elas um tom lilás. A camada superior do bolo, cheia de flores, era a parte que iria para casa junto com os noivos. Apesar de sua inquietação, Covey sorriria quando as visse, Pearl tinha certeza. Covey nunca gostara de lilás. Assim como a mãe dela. Covey entenderia o que Pearl estava tentando dizer.

Pearl enfiou a mão no bolso do avental e pegou a pequena garrafa que estivera carregando consigo por três dias. Ela começou a pegar mais glacê de uma tigela para colocar em um saco de confeitar. Foi então que ouviu um *psst* e se virou para encontrar Bunny na porta da cozinha. Colocou a garrafa atrás da tigela e acenou para que a garota entrasse.

"Bem, olha só você", disse Pearl.

Bunny girou para mostrar o movimento pálido do vestido que usava para o casamento. Ela mostrou os sapatos — tingidos para combinar. E então o sorriso de Bunny desapareceu. Ela se aproximou de Pearl, se inclinou no balcão da cozinha, e abaixou a cabeça.

"Eu sei, Bunny, eu sei", disse Pearl. Indicou o bolo com a cabeça. "Mas olhe."

"É adorável, Pearl", disse Bunny, à beira das lágrimas. Então seu rosto se contorceu. "Mas as flores são lilases."

"Sim, são." Pearl assentiu, orgulhosa.

"Mas Covey odeia essa cor."

"Sim, ela odeia." Pearl pôs as mãos na cintura e esperou que Bunny fizesse a conexão.

Por fim, a garota sorriu e assentiu devagar. Ela se endireitou e colocou a mão dentro da tigela, pegando um pouco do glacê com o dedo. Bunny lambeu o dedo e estendeu a mão em direção à tigela outra vez.

"Não, não, agora chega", disse Pearl. "Ainda preciso terminar. Te vejo lá fora."

"Tudo bem, até mais tarde." Bunny limpou as mãos em um pano de prato.

"Vá com Deus", disse Pearl, se agachando para pegar mais açúcar de confeiteiro debaixo do balcão. Quando tornou a se erguer, Bunny já saía do cômodo.

Na tarde do casamento, o bolo preto foi levado para o salão de recepção sob um véu de renda branca. Houve um momento tradicional de silêncio enquanto quatro garçons erguiam o véu. Os convidados aplaudiram a mais recente criação de Pearl, mas Covey só ficou parada lá, encarando o bolo, sem expressão. Era como se a garota nem sequer estivesse no local. Levou alguns segundos até que seu rosto começasse a mudar. Primeiro, ela pareceu confusa, assim como Bunny ficara. Ela olhou de Pearl para o bolo preto, e então seu rosto suavizou. Por fim, Covey entendeu o que estava vendo. Era um pequeno consolo, mas melhor do que nada.

Ninguém ficou mais chocado do que Pearl com a rapidez do que aconteceu logo depois. Passava um pouco das cinco da tarde, Clarence "Homenzinho" Henry, de trinta e oito anos, agiota cruel e assassino ocasional, se levantou da mesa onde ele e sua nova esposa, Coventina "Golfinho" Lyncook, de quase dezoito anos, haviam terminado seus pratos de bolo de rum, tombou sobre a cadeira e caiu morto no chão de piso branco.

Pearl correu, tentando alcançar a garota. Mas quando chegou, Covey já havia partido.

Lin

"Sr. Lyncook?"

Lin ergueu a cabeça. Fazia tempo que não era chamado por seu sobrenome inglês. A maioria das pessoas o chamava de Lin, incluindo os policiais que frequentavam sua loja. Apenas a esposa e seus professores na escola um dia o chamaram de Johnny. Mas naquela tarde, ele era o sr. Lyncook para todos ali. A filha desaparecera e era suspeita de ter cometido um assassinato, e a polícia estava agora seguindo o protocolo, incluindo aquele jovem que se aproximava dele, seguido pela policial que, mais cedo, pegara o vestido de casamento da filha da areia e o entregara a Lin, gentilmente, como se o tecido fosse se desintegrar.

"Estamos encerrando as buscas noturnas", disse o policial. Lin o conhecia. Ele era o irmão mais velho de Bunny. Lin fora a rinhas de galo com o pai daquele homem. Ele o vira crescer. O garoto costumava chamá-lo de sr. Lin. Costumava ser magro como um junco à beira do rio.

Lin olhou para o vestido de casamento de Covey, enrolado em uma bola em seus braços. Ele achava que aquilo resolveria tudo, o casamento de Covey com um homem rico, mas Covey o acusava de vendê-la para o Homenzinho como pagamento das dívidas. E agora isso. A filha fugindo da única forma que sabia, em direção ao mar.

"Você não poderia...", Lin começou. "Não há...?"

"Desculpe, sr. Lyncook", disse o policial. "Olhe para o céu."

Lin estreitou os olhos para o céu escurecendo, ouviu a força retumbante das ondas enquanto a tempestade se aproximava. Nem Covey poderia sobreviver sozinha lá fora por muito tempo. Ele continuou dizendo a si mesmo que era tarde demais, mas e se não fosse? E se estivessem desistindo cedo demais?

O policial deu as costas para a água e se afastou, seguido por Lin, que, arrastando seus sapatos na areia, de cabeça baixa, não viu os capangas do Homenzinho correndo em sua direção. Homenzinho Henry fora poderoso. O irmão dele não hesitou em ordenar um ataque a Lin, nem mesmo com os policiais presentes. De qualquer maneira, era um segredo amplamente conhecido que a polícia tolerava a maioria das atividades ilegais da família de Henry, ajudada por envelopes de dinheiro estrategicamente posicionados. Mas essa emboscada pública tinha ido longe demais.

Quando os policiais tiraram os bandidos de cima de Lin, ele tinha apenas alguns cortes superficiais. Mas os policiais não prenderam os baderneiros, apenas os perseguiram e os alertaram para não repetir aquilo. O que, é claro, Lin esperava que fizessem. Ele apanhou o vestido de noiva da filha da areia e o balançou. O farfalhar do chiffon liberou um leve cheiro de gardênia misturada com rum e açúcar do bolo cerimonial. Quando o prato dela caiu no chão, deixando um rastro de bolo e glacê em seu vestido, Covey, como todo mundo, deve ter se distraído com o noivo, que estava de pé, engasgando e tropeçando.

"Ela odiava lilás", Lin disse em voz alta.

"Desculpe, senhor?"

Lin balançou a cabeça e enrolou o vestido de novo. Covey odiava lilás e Pearl sabia, e mesmo assim a cozinheira colocara glacê lilás no bolo de casamento da garota. Lin olhou para trás, para a praia, agora coberta de relâmpagos e nuvens carregadas, e pensou sobre onde vira Pearl mais cedo, parada com um pequeno grupo de curiosos perto da estrada de asfalto esburacada que contornava a areia. Eles estavam encarando o mar, inclinados à frente como se o ordenassem, como Lin, a trazer Covey de volta. Mas até Pearl abandonara sua vigília.

Pearl gastara mais anos com a filha dele do que a própria mãe da garota. Ela provavelmente sabia mais sobre Covey do que o próprio Lin. E ela gostava da filha dele, ele tinha certeza. Lin pensou em Pearl na estrada da praia, secando os olhos com a bainha do vestido, uma ideia perturbadora começando a se formar em sua mente.

Bunny

Bunny sentiu um respingo de água do mar no rosto. Não era um bom sinal, tão longe da rebentação. Ela ficou na estrada da praia com Pearl e os outros, procurando por Covey nas águas agitadas da baía. Bunny sabia que mesmo uma nadadora forte poderia calcular errado. Mas, mesmo com pressa, Covey devia ter entendido que tipo de vento estava soprando, que tipo de céu estava se formando. Covey saberia que não podia ficar lá por muito tempo.

E agora Bunny tentava imaginar os cálculos da amiga. Quão longe da costa Covey poderia chegar antes de ter que subir em terra firme outra vez? É claro que a polícia teria pensado sobre isso também, mas eles já haviam voltado do local, desistido de Covey. Não entendiam a garota, ou as correntes, do jeito que Bunny entendia.

No dia do último nado das duas juntas, as coisas foram calmas. Elas passaram facilmente pela água quente e depois se sentaram na areia para secar ao sol, lambendo o sal dos lábios, trançando os cabelos uma da outra, em silêncio. Não havia mais nada a dizer, depois de suas discussões chorosas, depois de seus *e se*. O coração de Bunny partia um pouco cada vez que Covey sussurrava para ela sobre os planos de seguir Gibbs para a Inglaterra, mas Bunny teria aceitado qualquer coisa em vez daquilo, daquele casamento forçado com outro homem, daquele sufocar dos sonhos de Covey.

Através do crepúsculo que avançava, Bunny viu que a tempestade se aproximava rápido. Covey saberia disso, mas Bunny não tinha mais certeza de que a amiga teria tempo de nadar em segurança sem ser cortada pelas pedras ou lançada para fora do mar. Aquilo não era sobre força ou velocidade, era sobre ser feita de carne, osso e sangue. Era sobre ter respeito pela força da natureza. E, simples assim, Bunny entendeu o que Covey poderia tentar fazer.

É claro, Bunny pensou. É claro. Bunny agarrou a mão de Pearl e a conduziu para a casa de Covey.

Pearl

"Ela não está morta", Bunny disse a Pearl. "Não acredito nisso."

Pearl olhou para a garota e sentiu o coração amolecer por ela. A conhecia havia quase tanto tempo quanto conhecia Covey.

"Bunny", disse ela.

"Não", retrucou Bunny, e a teimosia na voz dela quase fez Pearl chorar.

Bunny, como Covey, havia se tornado uma moça da noite para o dia. Ainda era uma garotinha quando entrou correndo pela primeira vez na cozinha com Covey para mostrar a Pearl sua primeira medalha de natação, acenando com o disco cor de bronze e fazendo com que batatas rolassem do balcão e caíssem no chão. Ela ainda tinha tendência a tropeçar e derrubar coisas, aquela criança, mas havia crescido e se tornado tão grande, forte e bela quanto uma árvore.

A mãe de Bunny contou a Pearl que a garota se tornou desastrada depois de uma febre. Às vezes, Bunny ainda sentia dores e, quando estava cansada, mancava. A febre deixara algo nela, dissera a mãe, mas nada que não pudesse ser controlado se Bunny apenas se concentrasse. A natação a ajudara com aquilo. Agora, aos dezessete anos, Bunny era mais alta que Pearl, os ombros largos e quadrados, um olhar de certeza em seus olhos.

"Pearl, se há alguém que pode sobreviver lá fora, é Covey", disse Bunny. Todavia, mais de quatro horas haviam se passado desde o desaparecimento de Covey e os últimos tons rosados desapareceram do céu.

"A grande competição para a qual vocês treinaram", disse Pearl. "Estavam prontas para ela?"

"Quase."

"E quantas horas o nado levaria? Tanto quanto ela está lá agora?"

"Não, menos."

"Então como é que ela vai conseguir estando lá sozinha e com uma tempestade a caminho?"

Bunny balançou a cabeça.

"Eu não acho que ela poderia, Pearl. Mas é isso o que estou tentando dizer, você não vê?", disse ela, batendo o cotovelo em uma panela atrás de si e fazendo a tampa cair no balcão. "Não acho que ela sequer tentaria."

Pearl colocou as mãos nos quadris e virou a cabeça para olhar para Bunny com seu olho bom.

"O que você está dizendo, Bunny?"

"Há um lugar que conhecemos. Perto da costa. Se ela foi para lá, pode estar em segurança", disse Bunny, a voz falhando.

Sem outra palavra, Pearl entregou a ela uma lanterna movida à bateria, um luxo moderno da loja do sr. Lin. Colocou um saco para gelo na mesa da cozinha e o encheu com uma toalha, roupas secas e comida. Saiu da sala e voltou com uma pequena caixa de madeira com notas dentro. A caixa era o único item de valor que a mãe de Covey já teve, uma coisa bonita com entalhes na borda da tampa. Depois que Mathilda foi embora, Covey costumava se sentar na beira da cama dos pais, segurando a caixa, erguendo a tampa e depois deixando-a cair, erguendo-a e deixando-a cair, de novo e de novo.

Pearl rasgou uma tira de folha de papel pardo e escreveu o nome e o endereço de alguém confiável. A mulher era alguém em quem se podia confiar porque, como Pearl, seu valor não era amplamente reconhecido, exceto por certas mulheres influentes que passaram a confiar nela. Era alguém cujo nome nunca fora pronunciado na companhia de seus maridos, cuja presença elas fingiam ignorar.

Enquanto Pearl entregava o saco, Bunny bateu a lanterna em uma garrafa de óleo, fazendo-a tombar.

Concentre-se, Bunny, pensou Pearl.

"Desculpe, Pearl." Ela pegou a garrafa, que despejava seu conteúdo na bancada.

"Deixa isso aí." Pearl pegou um pano. "Vou limpar."

Pearl não podia confiar em Bunny na cozinha, mas sabia que podia confiar nela para buscar Covey, se a garota ainda estivesse viva. Bunny conhecia a costa tão bem quanto a amiga.

"Você sabe que não posso ir com você", disse Pearl. "Os capangas do Homenzinho estão por toda a parte. Você terá que ir sozinha. Apenas aja naturalmente, Bunny, e se encontrá-la viva, não fique com ela, apenas entregue essas coisas e vá embora, caminhando devagar. Seja silenciosa, não tropece em nada."

Pearl tocou o nome escrito no pedaço de papel.

"Garanta que Covey entenda que não deve falar com ninguém, exceto com essa pessoa, que saberá o que fazer."

Ela empurrou Bunny em direção à porta.

"E sob circunstância nenhuma você deve voltar aqui depois que escurecer, entendeu?"

Covey

Covey estava ferida e ensanguentada quando engatinhou na areia, vestida apenas com a combinação que usava sob o vestido de noiva. Primeiro veio a náusea. Em seguida, o desmaio. Quando acordou, estava sendo chicoteada pela chuva. Começou a chorar. O que estivera pensando? Para onde podia ir? Quem a ajudaria? Ela ouvira vozes vindas da praia naquela tarde? Covey fugira. A polícia pensava que ela matara o Homenzinho. A única vantagem dela agora era que todos pensavam que estava morta.

Covey vira o pai mais cedo, enquanto erguia a cabeça acima da água detrás das rochas onde se escondia. Havia uma abertura na pedra por onde ela poderia subir para respirar. Onde deixou Gibbs beijá-la mais de uma vez. Onde lutou sozinha, agarrando coisas que cortavam e doíam, afundando abaixo da linha da água quando o barco de busca se aproximou. O barco diminuiu a velocidade, mas não entrou na depressão. Todos sabiam que ninguém poderia resistir às ondas perto das rochas por muito tempo, que seu corpo seria cuspido fora daquele espaço como um monte de algas marinhas arrancadas.

Covey observou o pai tirar os olhos da água, abaixar a cabeça e se afastar. Segurando o vestido de noiva dela nos braços, ele parou para olhar para trás, caminhou e parou. Quando Covey subiu para respirar outra vez, ouviu um grito. Viu dois homens derrubando seu pai no chão, mas o irmão de Bunny estava lá para afastá-los. Deviam ser os capangas do Homenzinho.

O pai dela estava se agachando para pegar o vestido de novo. Parecia arrependido.

Pai.

Bem, era tarde demais. Ele não tinha ninguém para culpar além de si mesmo. Johnny Lyncook deveria ter pensado duas vezes antes de ir àquelas rinhas de galo, antes de contrair dívidas, antes de vender a filha como um saco de ervilha. Sim, que todos acreditassem que Covey estivesse morta, incluindo o pai. Lin roubara o destino dela, e agora Covey o roubaria de volta.

Ela levou um susto. Havia alguém na escuridão. Ela prendeu a respiração.

"Covey!"

Era Bunny.

Mas é claro!

Bunny era a única pessoa que sabia quão bem Covey conhecia a caverna, tirando Gibbs. Mas Gibbs estava distante agora e não podia ajudar.

"Não permaneça até que seja tarde demais. Se você mudar de ideia", Gibbs dissera enquanto Covey agarrava a camisa dele, chorando, naquele último dia juntos, "me envie uma carta, venha me encontrar."

Mas ela não podia, agora não. Nem sequer conseguia fazer uma chamada de longa distância. Naquele momento, ela era uma fugitiva. Se tinha alguma chance de fugir, se queria proteger as pessoas de quem gostava, teria que fechar a porta para tudo e todos que conhecia.

Bunny estava de pé diante dela com uma lanterna, que ligou e logo desligou. Querida, querida Bunny com uma toalha e roupas secas, com água e comida e dinheiro enviados por Pearl. Bunny, com o endereço de alguém em quem Covey podia confiar. Bunny, que amava Covey o suficiente para garantir que ela pudesse escapar.

Londres

Covey olhou pela janela do ônibus. Podia ver a universidade se aproximando. Apertou o botão de parada e saiu, as pernas tremendo. O campus era uma coisa extensa de ângulos, colunas e vegetação. Londres podia ser engraçada assim. Tanta pedra, tanta vida. Covey encontrou um banco e se sentou, examinando a multidão de pessoas que entravam e saíam. Apertou o cardigã em volta do corpo e observou todos aqueles rostos, conversando, rindo, franzindo a testa. Pessoas que ela poderia ter sido, vidas que ela poderia ter levado.

Havia outras pessoas negras ali, que pareciam estudantes e até uma que devia ser professora. Cabelo grisalho, jaqueta de veludo cotelê, uma atmosfera de bem-estar. Mesmo assim, ela tinha certeza, não teria dificuldade em encontrar Gibbs. Ele seria mais alto e mais retinto que a maioria. E ele reconheceria Covey, ela tinha certeza, mesmo com o rabo de cavalo dela cortado, mesmo com seus cachos escondidos debaixo de um boné com a aba puxada para baixo. Ela se deixou imaginar que Gibbs sentiria que ela estava ali, que ele teria sentido a chegada dela como uma corrente quebrando sobre os juncos, que ele caminharia diretamente até o banco onde ela estava sentada, de coração batendo forte debaixo do suéter.

A chegada de Covey à Inglaterra parecia ter acontecido anos antes, embora tivesse acontecido no outono anterior. Ela se lembrou da faixa escura de água que a separava do navio enquanto contava os minutos para fugir da ilha. Ficou olhando por cima do ombro enquanto seguia a multidão de passageiros subindo a rampa, mas não precisava se preocupar. Todos pensavam que ela estava morta. Eles nunca pensariam em procurá-

-la ali, do outro lado da ilha, em um navio com destino a Londres e Liverpool.

A Lei da Nacionalidade Britânica, de 1948, concedia aos cidadãos da Comunidade Britânica entrada livre na Inglaterra. Covey acabara de fazer dezoito anos no outono de 1965 e estava viajando com o sobrenome da mãe, como babá dos filhos de alguém que conhecia alguém que conhecia Pearl. Uma família com meios para garantir uma transferência tranquila para Coventina Brown, apesar da nova legislação que agora estava limitando a migração das ilhas.

Em troca da passagem e de documentos forjados, Covey prometera trabalhar para sua empregadora por pelo menos um ano. A família que a acolhera não sabia dos riscos envolvidos. Só pensavam estar ajudando uma jovem, parente de um amigo de um amigo, a ganhar novas oportunidades no exterior. E eles eram ricos e de pele clara o suficiente para não serem questionados pelas autoridades. Mas o contato de Pearl na capital relembrara Covey dos perigos de ser pega, e da responsabilidade dela com aqueles que fizeram o possível para ajudá-la.

"Sabe, o que estamos fazendo por você não é cem por cento *convencional*", o contato de Pearl dissera a ela. Covey a conhecia apenas como srta. Eunice. Não sabia o nome todo dela, apenas que era uma parteira com conhecimento de remédios tradicionais consultada por mulheres de toda a ilha a respeito de "questões da natureza feminina".

A srta. Eunice lembrou a Covey que havia leis contra falsificação. Havia leis contra viajar sob uma identidade falsa. Havia leis sobre ajudar um suspeito de assassinato a fugir. Tentar encontrar Gibbs, entrar em contato com Pearl ou Bunny, ou até mesmo socializar com as pessoas erradas no navio, qualquer uma dessas coisas poderia metê-la em confusão, junto com qualquer pessoa que tentasse ajudá-la ou que um dia tivesse tomado conta dela.

O conselho da srta. Eunice era explícito:

"Nunca se sabe quem ao seu redor pode ser um *bocudo*, certo? Não se esqueça de que está indo a um lugar onde as pessoas não são todas negras. Você é uma mulher da ilha e precisa se comportar mais do que elas."

Covey deveria manter o cabelo e os sapatos arrumados, usar vestidos até o joelho ou não muito mais curtos. Deveria ficar longe dos salões de dança e dos espetáculos. Deveria ficar longe de protestos na rua. Havia mais e mais deles na Inglaterra naqueles dias, estimulados por pessoas negras cansadas de casas pobres, de levar golpes dos cassetetes da polícia, de receber treinamento e então ser dispensadas de seus empregos. Ela deveria evitar o mercado grande onde os moradores da ilha gostavam de fazer compras. Deveria reduzir as chances de encontrar alguém de sua antiga vida. Seja discreta, disse a srta. Eunice. Mantenha-se em segurança e fique fora de confusão.

Em outras palavras, pensou Covey, seja solitária.

Mas ela entendia. Precisava ficar o mais longe que pudesse da família do Homenzinho. Ficar fora da vista, deixar o tempo passar. Algum dia, ela poderia ser capaz de retomar os estudos no exterior. Algum dia, poderia ser capaz de procurar Gibbs. Nos dias ruins, nas noites em que não conseguia dormir, Covey pensava em todos os planos que ela e Gibbs fizeram juntos. Mas não poderia arriscar entrar em contato com ele tão cedo; talvez um dia. Talvez não.

Não ser capaz de nadar tornou tudo mais difícil de suportar. Quando podia, Covey saía para caminhar e a surpresa dos arredores a ajudava a se distrair. Ela crescera vendo fotos e filmes de Londres e pensara que conhecia a cidade, mas agora percebia que não tinha ideia de como seria. O trânsito, os anúncios, as lojas de parede de tijolos. Manequins vivos, jovens mulheres, modelando roupas em uma vitrine. Mulheres de escritórios descendo a rua em saias bem curtas, mesmo no inverno. O rio cor de chumbo cortando o coração de tudo, o cheiro de carvão em quase todos os lugares.

De vez em quando, Covey se deparava com um bloco de prédios em ruínas, pilhas de lixo se espalhando nas calçadas e pessoas, brancas e negras, se protegendo do frio em um nível de miséria que ela nunca vira em sua cidade natal. Isso a fazia pensar em todas aquelas coisas que não podia mais desfrutar. Uma sensação quente e sedosa no ar, um toque de fruta amadurecendo, o cheiro adocicado de sal do mar do Caribe. Em certos dias, ela sentia falta até mesmo do cheiro forte de cocô de vaca secando ao sol, do som das moscas zumbindo ao redor. Levaria algum tempo para Covey se acostumar com seu novo ambiente.

E tempo para se acostumar a ser encarada.

A ouvir cochichos quando passava.

E a ser completamente ignorada.

A ser tratada como uma mulher das ilhas.

Viver assim por meses atenuou a decisão de Covey de se manter quieta. Não demorou para que ela conhecesse outras mulheres como ela, garotas do Caribe, que se abriam ao som do sotaque familiar. Havia uma grande casa onde pessoas de vários países se reuniam para socializar e trocar informações, embora, por sorte, não houvesse ninguém da cidadezinha dela.

Conforme Covey ouvia as histórias, entendeu quanta sorte tivera com a família que a contratara, com as botas e luvas que eles lhe deram para protegê-la da primeira estação úmida e gelada. Os empregadores de Covey deram a ela livros da biblioteca da família. Em vez disso, outras garotas lutavam para conseguir acomodações, haviam sido rejeitadas em lugares que tinham placas de *Quartos para Alugar* penduradas do lado de fora, pagavam muito mais por um quarto com uma pia do que qualquer outra mulher branca.

Os empregadores falavam com Covey como se ela fosse alguém, porque eram amigos de um homem do governo de boa posição, cujas conexões remontavam a Pearl. A esposa do homem do governo conhecia a srta. Eunice, e a srta. Eunice, ao que parecia, era a ex-amiga de escola da esposa do atacadista que vendia suprimentos para o pai de Covey e outros lojistas. Nenhum dos homens jamais ouvira falar da srta. Eunice, mas cada uma das mulheres havia se voltado para ela em busca de ajuda em algum momento de suas vidas. E todas elas compraram ou provaram os bolos pretos de Pearl.

Diferentemente de Covey, a maioria das mulheres da ilha que ela conhecera planejava voltar ao Caribe assim que completasse os estudos ou juntasse dinheiro o bastante para retornar, mas a realidade era que poucas teriam as condições de fazer aquilo. Algumas se apaixonavam e outras desapareciam, sob rumores de que haviam ido a outro lugar para ter um filho.

"E Judith?"

"Judith? Faz tempos que não vejo."

Então um silêncio, um assentir, alguns olhares trocados. Elas sabiam que não deveriam perguntar outra vez.

Cada uma das mulheres falou sobre suas vidas antes da Inglaterra. Incapaz de contar a verdade sobre seu passado, Covey relatou uma infância que inventara. Sem um pai chinês, sem uma mãe que fugira. Pintou uma vaga imagem a respeito de crescer com uma avó que vivera muito mais do que os próprios avós que ela tivera. Falou de viver em uma parte rural da ilha que ela não conhecia.

Algumas das mulheres haviam sido recrutadas das ilhas para estudar enfermagem.

"O Serviço Nacional de Saúde sempre precisa de enfermeiras, sabe?", uma delas disse a Covey. "Você deveria pensar sobre isso. Eu poderia te ajudar."

Logo, Covey foi convencida. Ela deixaria o cargo de babá e se matricularia na escola de enfermagem. Não tinha certeza se aquela era a profissão para ela, apenas que faria o que fosse preciso para seguir em frente, para tomar o controle de sua vida. Ela pensou no pai. Lin perdera o controle da vida e ali estava Covey, pagando o preço.

Covey sempre quis ir à Inglaterra, mas não daquele jeito. A solidão a atingia mais na hora de dormir. Às vezes, quando estava chateada demais para ler, se sentava na beirada da cama e corria a mão sobre o topo da caixa de madeira, a tampa de ébano macia ao toque como um braço de criança, as bordas esculpidas fazendo cócegas na ponta dos dedos. Ela erguia a tampa e a deixava cair, erguia e deixava cair, de novo e de novo, pensando na mãe. Pensando no lar que deixara para trás.

Tudo o que restara das ilhas era aquela caixa e o que ela podia manter perto da mente e do coração. Covey tentava não pensar muito sobre se conseguiria ver Pearl, Bunny ou Gibbs outra vez. Disse a si mesma que, cedo ou tarde, as coisas poderiam mudar e ela seria livre para viver sua vida de novo. Mas até lá, a vida não era apenas sua. Covey terminara ali não apenas por causa das ações estúpidas do pai ou da crueldade do Homenzinho. Ela também estava ali por causa da bondade de outras pessoas. Era seu dever ficar invisível.

No entanto, conforme os meses passavam, ela achava mais difícil lutar contra o pensamento de que Gibbs estava em algum lugar lá fora, que eles estavam outra vez no mesmo lugar. Às vezes, Covey dizia que ia ao cinema, mas, em vez disso, pegava o ônibus até a universidade onde Gibbs deveria estar estudando, olhava pela janela enquanto parava de frente ao antigo quadrângulo, sentando-se no banco para procurar por Gibbs entre os alunos que seguiam os caminhos que levavam à grama.

Covey retornou ao campus diversas vezes e, em cada ida, procurava Gibbs na multidão. Mas também temia a possibilidade de encontrá-lo. Como poderia vê-lo e não falar com ele? Como poderia falar com ele e não tocá-lo?

Era verdade, Gibbs dissera a Covey para entrar em contato, mas quando uma pessoa era de uma ilha pequena como a deles, todo mundo se conhecia. Quando alguém vinha de uma ilha como a deles, crescia ouvindo histórias sobre homens importantes da cidade, como Homenzinho, que podia encontrar outros homens para machucar pessoas que cruzaram seu caminho, mesmo do outro lado do oceano. Qual parte era lenda e qual parte era verdade, Covey não tinha como saber. Só sabia que não podia se dar ao luxo de descobrir.

Um jovem se sentou no banco perto de Covey e abriu um livro. Ela se perguntou se ele conseguia ouvir o revirar seco de seu estômago. Por fim, ela se levantou e atravessou a rua. Um ônibus que seguia na direção oposta se aproximou e parou diante dela. Ela esperou até que todas as outras pessoas tivessem embarcado, deu uma última olhada para a universidade verde, e então entrou no ônibus, a esperança se encolhendo dentro de si.

Agora

Sra. Bennett

B e B, a essa altura vocês provavelmente entenderam o que estou tentando contar. Sou Coventina Lyncook, a garota que terminou vivendo na Inglaterra como Coventina Brown. Ou, pelo menos, eu era. Isso foi há cinquenta anos, em outra vida. E mesmo assim tudo está conectado.

Eu sei, isso deve ser um choque. E sinto muito mesmo. Mas não existe outra pessoa que possa explicar tudo. Eu poderia ter deixado para lá, não ter dito nada, deixado vocês dois seguirem com suas vidas, mas e depois? Vocês têm uma irmã. Se eu não contar a verdade agora, antes de partir, os três estarão perdidos uns dos outros para sempre. Passei tanto tempo da minha vida escondendo, mas devo isso a vocês. Devo deixá-los saber sobre o meu passado porque também é a história de vocês.

Byron e Benny

Eleanor está ficando chateada, Byron pode ouvir na voz dela. Ele olha para Benny, e vê que os olhos dela estão brilhando. Querem fazer uma pausa?, pergunta o sr. Mitch. Byron assente. Ele precisa se afastar por um momento, precisa pensar. Nomes, datas, lugares demais. Deveria estar anotando tudo isso? Não, seria muito esquisito. Ele torna a olhar para o sr. Mitch. É claro, o sr. Mitch. Ele teria feito anotações.

O que permanece com Byron no momento: a mãe dele era uma noiva em fuga. A mãe tinha outra filha. A mãe podia ser uma assassina. Será que era? Ela não dizia. Mas também não dizia que não matara aquele homem, dizia? Como Eleanor podia fazer aquilo com eles? Como podia soltar essa bomba sobre eles e deixá-los lidar com aquilo sozinhos? Byron torna a se virar para Benny. Ela o encara com aqueles olhos dela, as sobrancelhas juntas, e, simples assim, o rosto dela se suaviza e ela se levanta, e Byron vê um toque da irmã que costumava conhecer.

Benny, a atenciosa. Benny, e aquela forma gentil que ela tem de oferecer uma xícara de café ou chá ou copo de água que faz o gesto soar como uma reflexão tardia, como se eles estivessem apenas papeando confortavelmente na sala de estar. Como se esta fosse apenas uma pausa amigável, e não uma desculpa para ficar longe da gravação um pouco mais, uma forma de escapar da confusão que foi solta na casa.

Benny sabe que as tarefas na cozinha vão ajudá-la a se acalmar. Ela se move devagar enquanto pensa em tudo o que ouviu. A mãe matou aquele homem? Não, Benny não acredita nisso. Ela se recusa a acreditar.

A mãe fugiu porque viu a oportunidade. Mas como é possível que ela e Byron viveram com a mãe todos aqueles anos e não perceberam que ela escondia algo?

Benny joga fora o filtro de café usado, pegando um novo da caixa. Ouve os grãos de café caindo da colher medidora no filtro de papel, sente o cheiro do café novo, finge que a mãe está ali com ela enquanto coloca alguns biscoitos em um prato. A mãe nunca os chamava de bolachas, sempre biscoitos. Benny abre a gaveta de temperos, só para dar uma olhada. Cutuca as garrafas de pimenta-da-jamaica, tempero para carne, cominho e estragão. Temperos do Sul e do Norte. Caminha até a geladeira de meias e se lembra do som dos chinelos da mãe batendo no chão.

Benny fica ali em frente à geladeira, deixando o ar frio chegar a seus pés, e pensa no último bolo que Eleanor fez. Ela sabe que está no congelador, mas não pode suportar olhar ali agora. Em vez disso, apoia a cabeça na porta de cima da geladeira. *Isto é a sua herança*, a mãe costumava dizer enquanto faziam bolo preto, e Benny pensava que sabia do que a mãe estava falando. Mas agora ela vê que não sabia metade.

Houve um momento, bastante recente, em que ela se deu conta de que Eleanor tinha ficado órfã cedo demais para ter aprendido a fazer bolo preto na cozinha da mãe. Benny pensou que Eleanor devia ter aprendido com as freiras de algum abrigo de crianças. Havia uma coisa assim? Freiras que faziam bolo preto? Como aquelas que faziam queijo? Como os monges que faziam chocolate?

As histórias de infância de Eleanor sempre pareceram vagas. Linhas do tempo sobrepostas, detalhes faltantes. Vários detalhes faltantes. Benny crescera com a sensação de que havia coisas que a mãe preferia não contar sobre seu passado. Crescera ouvindo dizer que a infância dos pais não fora fácil como a dela, então não insistira em saber mais. Bem, enfim ela tem a chance agora, e o pensamento a assusta. Benny sente que, quanto mais souber da mãe, mais partes dela perderá.

Sra. Bennett

Às vezes, as histórias que não contamos às pessoas sobre nós importam mais do que as coisas que contamos. Eu disse a vocês que cresci em um orfanato, mas é claro que é mentira. Há um motivo para isso. Tive uma amiga na Inglaterra que foi criada por freiras de uma parte diferente da ilha daquela em que cresci. Quando nos conhecemos, eu ainda estava bastante solitária, me sentindo separada de todos aqueles com quem eu me importava, e sem ter certeza de como, ou se, eu os veria de novo um dia. Bem, ela meio que me levou e preencheu os espaços vazios da minha vida. E eu precisava daquilo. Eu não estaria aqui hoje se não fosse por ela.

Sinto muito. Espere um pouco. Podemos fazer uma pausa, por favor?

Sim, pare a gravação.

Desculpe, isso é muito difícil.

PARTE DOIS

Depois
Elly

O pai de Elly não ia voltar, as freiras no orfanato a lembraram. Agora, o pai vivia no céu com a mãe dela, e havia uma nova família procurando uma menininha. Quando a hora chegou, as freiras ficaram chamando por Elly, mas ela não estava interessada. Estava ocupada cavando conchas de molusco do quintal.

Não havia areia naquelas partes, nem uma costa à vista, apenas a terra amarelo-marrom. E mesmo assim havia conchas ali, zilhões bege e branco e rosas e, mesmo na idade dela, Elly sabia que as conchas eram mágicas; sabia que estava vivendo em uma terra de milagres onde qualquer coisa podia acontecer, onde até mesmo o pai podia ir buscá-la. Talvez ele pudesse levá-la ao céu para viver com ele e a mãe, Elly dissera, mas as freiras disseram que era cedo demais, e que ela teria que morar com outra família primeiro.

Um grilo pulou da grama e se agarrou ao joelho de Elly antes de saltar de novo. Se ela apenas pudesse ficar ali até a hora do chá, poderia haver bolo para as senhoras que levavam coisas para o orfanato. Elly ergueu a cabeça por um momento, contemplando o aroma do bolo, então enfiou o graveto mais fundo na terra. Pegou uma pitadinha de terra, colocou na boca e mastigou. Fingiu não perceber irmã Mary se aproximando para levá-la ao dormitório. Ela inclinou a cabeça quando a irmã estendeu a mão para ela.

"Fique quietinha agora", disse irmã Mary, trançando o cabelo de Elly.

Os sapatos da menina tinham sido polidos, e a túnica engomada e passada. Irmã Mary endireitou o colarinho da camisa de Elly.

"Olhe para você", disse ela. "Seu pai estaria tão orgulhoso."

Mas o pai de Elly estava bem ali, ela queria dizer à irmã Mary. Elly conseguia vê-lo. Ela o vira atrás da janela mais de uma vez, seu espírito flutuando entre as árvores na forma de uma borboleta, suas asas brilhando em amarelo e preto intensos. Ele mergulhava para ver se ela estava bem, batendo as asas pouco além da grama.

"Ah, olhe, uma borboleta rabo-de-andorinha", disse irmã Mary, apontando para a janela, os olhos brilhando. A irmã pegara um resfriado. Toda hora, assoava o nariz em um lenço. Os olhos estavam vermelhos e úmidos. "A maior borboleta de toda a região, sabia disso?" Ela tocou a bochecha de Elly.

Elly franziu a boca em um meio-sorriso e balançou a cabeça negativamente.

"Não vemos muitas dessas por aqui mais", disse a irmã Mary, pegando a mão de Elly e a conduzindo para a porta.

Elas seguiram pelo corredor juntas o mais lentamente possível. Elly queria ficar com irmã Mary, mas elas já tinham tido uma longa conversa sobre isso. Ela pensou em seu pai-borboleta e soube que, embora a madre superiora não a quisesse mais no orfanato, aonde quer que fosse, não ficaria sozinha jamais.

Nem é preciso dizer que a madre superiora ficou furiosa, muitos meses depois, quando a nova família de Elly a devolveu. A menina não sabia que uma coisa assim podia acontecer. A madre disse a ela que ninguém queria uma criança mentirosa. Disse que Elly fizera uma coisa perversa, dizendo lorotas sobre aquele homem. Mas Elly sabia que não devia falar inverdades e, como sempre, não falou. Mesmo assim, fora devolvida para morar com as freiras e a única que pareceu feliz foi a irmã Mary, que abraçou Elly com força, acariciou o cabelo dela e disse:

"Vá agora, faça suas orações e depois deite-se. Amanhã você tem aula bem cedinho."

No dia seguinte, irmã Mary mostrou a Elly a foto de uma borboleta rabo-de-andorinha que recortara de um jornal e colocara dentro do livro escolar de Elly, e a menina entendeu que voltara para casa. No dia seguinte, ela voltou ao jardim para cavar.

Com o tempo, Elly aprendeu que a ilha nem sempre fora uma ilha. Houve um tempo em que as erupções e mudanças da Terra empurraram o solo para dentro do mar, onde camadas de vida e entulhos formaram um mato de calcário que um dia se ergueria da água. E agora ali estava Elly, trinta milhões de anos depois, enfiando os dedos na terra morna do lado de fora do abrigo de crianças, ouvindo o cantarolar do mundo e sentindo, mesmo naquela época, que não podia viver sem aquela sensação.

Ela não tinha certeza de como as conchas tinham surgido naquele lugar específico, o lugar de Elly, entre a goiabeira, a pitombeira e o arbusto de melão-amargo. Só sabia que ficava mais satisfeita quando podia pegá-las e pintá-las com tinta aquarela, ou esmagá-las em um pó rosado, ou senti-las no bolso de sua túnica. Ela colocou as melhores na caixa de papelão onde guardava as moedas e um pente de cabelo muito antigo que arrancara da terra.

No dormitório à noite, Elly às vezes gastava horas passando uma concha de uma mão à outra. Mais tarde, leria o bastante para entender que aquelas conchas estavam tão fora de lugar quanto fora de época. Os seios estavam apenas começando a despontar quando Elly enfim percebeu que ela e as conchas foram feitas para se encontrar. E esse foi o primeiro entendimento dela sobre seu destino.

Elly nascera para revirar a terra, para procurar por sua história e futuro no meio dos fósseis, das pedras e do sedimento. Podia ir para a escola com presilhas no cabelo, sapatos nos pés e livros nos braços, mas sabia que eram coisas superficiais, que o que ela era por dentro não era o que outras pessoas lhe davam ou do que lhe chamavam ou o que lhe contavam ou lhe negavam, que nada daquilo tinha algo a ver com seu verdadeiro lugar no mundo.

A Bíblia dizia *Tu és pó*, e agora Elly via o que realmente significava. Ela sabia que fazia parte do mundo desde sempre, e sempre faria, e não havia nada a temer, nada mesmo. E faria o que fosse preciso para tornar seu sonho realidade. Estudaria a terra, as conchas e as pedras no centro do mundo, porque aquele era o seu destino.

O portão

Em 7 de junho de 1692, três terremotos poderosos atingiram a ilha. O solo ficou lamacento e um grande tsunami devastou a cidade mais rica, um famoso refúgio para piratas, levando-a ao mar. Trezentas pessoas morreram. Outras duas mil morreram na epidemia que veio a seguir.

Na primavera de 1961, um grupo de órfãs se revezou para mergulhar um pequeno balde de plástico no raso da marina. As garotas estavam pegando a água cheia de peixinhos, enquanto esperavam para começar a viagem de um dia para uma ilha menor, quando uma delas cortou o pé no que restara de um portão de trezentos anos. Frequentadores sabiam que o portão estava abaixo da superfície, mas aquelas garotas eram do interior. Nunca estiveram na marina antes, e algumas delas nem sequer haviam visto o mar tão de perto.

Elly não sabia na época, mas quando abriu o pé naquele portão, colocou a vida em um novo caminho. Acabou indo parar no hospital com uma infecção e febre que, as irmãs afirmaram mais tarde, quase a mataram. Depois que a febre passou, Elly observava todas as manhãs enquanto uma enfermeira desfazia a bandagem em seu pé, tocava a área ao redor do corte com um pedaço de gaze embebida em algo que fazia doer, e enrolava o pé em algodão limpo outra vez.

"Você gosta de ser enfermeira?", Elly perguntou um dia.

"Ora, sim", disse a enfermeira. "É uma profissão respeitável para uma jovem. E eu tenho a chance de ajudar pessoas." A enfermeira cortou a bandagem com um par de tesouras, e então olhou para Elly. "Você acha que quer fazer isto algum dia?"

Elly deu de ombros.

"Quero ir para a Inglaterra, para estudar", respondeu.

"Bem, há muitas oportunidades para enfermeiras na Inglaterra", disse a enfermeira. "E o governo está agora recrutando nossas mulheres para estudar lá. Você deveria pensar a respeito."

Elly já sabia que o serviço de saúde da Inglaterra estava patrocinando mulheres da Comunidade Britânica para se formarem em enfermagem em troca de um compromisso mínimo de trabalho. Ouvira falar sobre o assunto no rádio da cozinha no abrigo. Ir à escola de enfermagem seria o primeiro passo para cumprir seu destino. Elly saiu do hospital com um plano.

Ainda restavam dois anos antes de terminar o ensino fundamental, mas agora sabia o que fazer. Estudaria muito no ensino médio e, quando a hora chegasse, viajaria pelo oceano para estudar enfermagem. Poderia encontrar trabalho em um hospital ou um consultório médico. E então se matricularia em uma universidade, onde estudaria o que realmente gostava. Havia um nome para o que Elly estava destinada a ser, ela o vira nos livros. Elly se tornaria geóloga.

Estava no tempo certo. Naqueles dias, os benfeitores do orfanato ainda eram generosos o bastante para financiar passagens. Os resultados de suas provas foram melhores do que de quase todos na ilha, e isso era o tipo de coisa que deixava um patrocinador orgulhoso. Quando conheceu Coventina Brown, seis anos depois, na Inglaterra, Elly estava terminando os estudos de enfermagem e já formulava um novo plano.

Bolo

"Vamos, Elly", disse Coventina.

Elly fechou os olhos, mas ainda conseguia ver a luz das velas através das pálpebras. Ela inspirou fundo e soprou. Tinha vinte e oito anos. Não fazia muito tempo, era apenas uma coisinha magrinha vivendo em um orfanato a milhares de quilômetros de distância.

Elly aos dez, sempre com fome, nunca dormindo.

Elly, andando descalça sobre ladrilhos frios no escuro.

Elly, orando para não encontrar escorpiões no corredor.

Elly, na porta da cozinha, procurando a lata.

Elly, inspirando o cheiro de fruta encharcada de rum.

Elly, tirando migalhas de bolo da lata.

Lambendo os dedos, fechando a tampa.

Correndo para a cama, orando para não encontrar nenhuma freira.

Agora ela tinha seu próprio bolo. As velas de aniversário eram para ela. Os aplausos e abraços eram todos para ela. As garotas que dividiam a cozinha naquela quitinete londrina vinham embebendo as frutas havia semanas e guardando os ovos, só para ela. Elly ainda estava sem mãe, ainda sem pai, mas não sozinha.

"Aqui", disse Coventina, entregando a ela a faca para cortar o bolo.

Coventina fizera o bolo, Edwina o glacê e Elly, a órfã, estava feliz. Ela encontrara uma nova família em uma cidade gelada e úmida, a um oceano de distância da ilha que era seu lar.

Elly não sabia quando voltaria à ilha. Poderia levar anos ainda. Mantinha a foto de uma borboleta numa Bíblia que a irmã Mary lhe dera. Guardava uma caixa de papelão com uma carta da irmã Mary, algumas conchas do jardim do orfanato, um antigo pente de cabelo e moedas que encontrara revirando a terra. Um dia, voltaria e mostraria à irmã Mary a fotografia das garotas na escola de enfermagem. Elas pareciam inteligentes e sorridentes, e estavam enfileiradas como se sempre tivessem estado juntas e sempre fossem estar.

Covey e Elly

Quando Covey conheceu Eleanor Douglas no hospital, Eleanor disse:

"Me chame de Elly, como 'pele' e 'gele'!"

Era uma garota que parecia tão séria, mas inventava coisas assim para fazer Covey sorrir. Covey sabia que estava se arriscando ao começar uma amizade com uma pessoa da mesma ilha e concordar em se mudar para uma acomodação onde todas as mulheres se conheciam. Mesmo assim, quando Elly disse: "Por que você não vem morar com a gente?", pareceu a coisa mais natural a ser feita.

Foi só então, no ar leve da risada de Elly, nas panelas de guisado de ervilhas e arroz na mesa da cozinha, na novidade de andarem juntas pela rua, que Covey percebeu o quão mal estivera se sentindo até ali. Ela não fazia parte de nenhum tipo de grupo desde o clube de natação. Não tinha nenhuma amiga de verdade desde Bunny.

"Shhh", uma das outras garotas disse pela porta do quarto delas uma noite, praguejando suavemente na parede de divisão.

Ela e Elly estavam conversando alto demais, como sempre. Havia regras sobre coisas assim. Era melhor que as colegas de quarto as avisassem do que a proprietária. Elas deviam estar na cama, mas em vez disso estavam sentadas no chão, entre seus respectivos colchões, espiando o mapa que Elly estendera sobre o tapete.

"Então aqui é onde estamos", Elly disse. "Vê, aqui? As rochas nesta parte da Inglaterra são algumas das mais jovens. A maioria está coberta de argila e outros sedimentos deixados pelas geleiras."

"Geleiras", repetiu Covey.

A ideia de uma força da natureza tão vasta, vagarosa e fria, dando forma ao mundo, a intrigava. A fazia pensar no mar, na forma como, na infância, foram ensinados que o mundo era terra cercada de mar quando na verdade era o contrário.

"Este pedaço de terra aqui", prosseguiu Elly, movendo o dedo pela superfície cerosa do mapa, "foi trazido à existência por um processo violento e subiu para se tornar o que é hoje." Ela ergueu as sobrancelhas. "Não é tão diferente do que aconteceu na nossa ilha, viu?"

Covey assentiu. Tentou não sorrir. Naquele momento, a expressão de Elly a fez parecer mais como uma professora de meia-idade do que alguém pouco mais velha que Covey.

"Se você voltar no tempo o bastante, tudo estará conectado a tudo."

Covey pensou no oceano que se esticava de onde elas estavam agora para o lugar distante onde ambas cresceram. E sem ter intenção, se viu falando da vida de antes.

"Eu costumava nadar. No mar. Por quilômetros e quilômetros."

"Sério?", disse Elly. "Que legal!"

Covey revelou que na verdade era do norte da costa da ilha, e não do sul, como havia dito a todos que perguntaram.

"Tínhamos a baía mais bonita."

Até então, Covey tinha se mantido fiel à história inventada sobre seu passado. Nunca contara a Elly ou a qualquer pessoa sobre o casamento forçado com Homenzinho, sobre o assassinato dele ou até sobre Gibbs, embora tivesse confessado a Elly que saíra de casa por conta de uma infeliz situação familiar. Agora, ela se obrigou a não dizer mais nada.

"Você já tentou nadar aqui?", perguntou Elly.

Covey fez uma careta.

"Tentei, mas não consegui. Frio demais. Não é para mim."

"Nunca aprendi a nadar", disse Elly. "Só fui à praia uma vez."

A boca de Covey fez um *ah*. Era algo que ela não conseguia imaginar, especialmente numa ilha pequena como a delas.

Elly contou a Covey que crescera no interior, bem acima do mar onde as conchas de moluscos tinham sido deixadas no chão por um oceano pré-histórico. Ela colocou a mão no bolso do cardigã, os olhos brilhando.

"Veja." Elly abriu a palma para revelar três conchas rosa e brancas.

"Isto", disse, se aproximando de Covey, "é o que vou fazer. É isto o que vou fazer depois da escola de enfermagem."

"Catar conchinhas?"

"Não." Elly riu. "Estudá-las. Geologia. Tudo sobre a Terra. Sobre os oceanos, vulcões e geleiras. Só que preciso de uma recomendação primeiro, preciso convencer a universidade a me deixar estudar lá. Eles já tiveram algumas mulheres, mas..." Ela parou de repente, inspirando.

Covey assentiu. Elly não precisava dizer. Àquela altura, ela sabia o que com frequência era deixado fora das conversas das duas. A forma como as pessoas as viam e como aquilo determinava os papéis que se esperava que desempenhassem na vida.

Em voz baixa, elas compartilharam sua consternação com alguns dos xingamentos e outras formas de preconceito que enfrentaram na pátria-mãe. Porque era isso que a Inglaterra significava para elas, a pátria-mãe, mesmo cinco anos após a independência da ilha. Tinham passado a infância sob o domínio britânico e receberam uma educação britânica.

Covey e Elly concordaram que pertenciam, primeiro, às colinas, às cavernas e às costas da ilha onde cresceram, mas também sentiam que faziam parte da cultura que havia influenciado tantos aspectos de seu dia a dia. Mudar para a Inglaterra deveria ser como ficar na casa de um parente. Um porto seguro para duas jovens que perderam todo o resto.

Claro, não foi bem assim depois que cruzaram o Atlântico. Em Londres, disse Elly, ela se descobriu como uma entidade dupla, uma espécie de híbrida, alguém que estava em casa e era estrangeira, alguém que era bem-vinda, mas ao mesmo tempo não. No fim dos anos 1960, o alívio do pós-guerra e o otimismo estavam começando a passar. As pessoas se preocupavam com os recursos limitados. Isso aumentou a xenofobia, apesar de o governo ter pedido aos imigrantes que ajudassem a preencher os postos de trabalho vagos em função dos relatos constantes de escassez de mão de obra.

"Não se preocupe, Elly", disse Covey. "Você vai dar um jeito."

"Eu sei", respondeu Elly, dobrando o mapa. "Vou sim. Mas e você?"

"Eu?", Covey inspirou devagar, profundamente. *Não diga nada, Covey. Não diga nada.* "Bem, ser enfermeira é uma boa oportunidade para mim."

"Mas com o diploma, você não terá salários melhores nem será promovida. Você sabe que eles não deixarão muitas de nós, garotas da ilha, tentarem certificados de alto nível."

Covey olhou para suas mãos, na pele seca e rachada entre os dedos e as palmas. Ela parecia gastar mais tempo limpando penicos e utensílios do que tratando pacientes. Elly estava certa?

"Por enquanto está tudo bem", disse Covey, ainda olhando para baixo. "Eu não sei que outra coisa poderia fazer." O que era verdade.

Mas Coventina não tinha sido feita para ser enfermeira, Elly percebeu. Assim como ela. Para Elly, a enfermagem era um meio para um fim, e ela já estava planejando seus próximos passos. Nunca compartilhara suas ambições com ninguém até a noite em que confessou a Covey seus planos de estudar geologia. Nunca contou à irmã Mary.

Quando chegou a hora, Elly procurou sua orientadora para ajudá-la a se inscrever em um curso universitário de geologia. É verdade que sua formação científica se limitava principalmente a biologia e química, afirmou ela, mas lera muito material de geologia por conta própria. Estava convencida de que poderia se qualificar para os estudos que desejava.

Elly tocou uma concha no bolso da jaqueta enquanto expunha seu argumento. Percebeu que seria necessário convencer um pouco, mas não esperava falhar. A mesma mulher que dissera como ela tinha uma mente excelente para as ciências agora se recusava a lhe dar uma recomendação. Elly apertou a concha com tanta força entre os dedos que a partiu.

A conselheira a lembrou de que o Serviço Nacional de Saúde oferecia amplas oportunidades para jovens promissoras da ilha que tinham o mesmo treinamento que ela. Talvez, disse a orientadora, ela pudesse recomendar Elly para um curso avançado de enfermagem? Mas Elly já estava saindo do escritório. Ela tinha um sonho a realizar.

Voltando para casa naquela noite, Elly contou a Covey sobre o plano.

"Preciso ir para onde eles não me forçarão a continuar sendo enfermeira. Preciso cruzar o Atlântico outra vez, Covey. Eles me fariam ir para o Canadá."

"Canadá?", repetiu Covey. "Mas como?"

"Talvez eu nem precise do Canadá. Mas preciso sair daqui se eles não vão me ajudar, e preciso encontrar um salário melhor ou pagar menos pela acomodação. Preciso guardar dinheiro e descobrir como entrar em outra universidade."

"Mas você tem que ficar. É parte do nosso acordo de treinamento."

"Sim. E é por isso que nós temos que sair daqui o mais rápido possível."

"Nós?"

"Sim, Coventina. Nós." Elly parou de caminhar, bloqueando o caminho de Covey. "O que você está fazendo aqui? Na metade do tempo, você nem sequer dorme à noite. Acha que eu não percebi? Por que você ficaria? Nós poderíamos trocar de cidade. Seria bom."

Havia um trem que poderiam pegar para outra cidade, outra cidade fria, sim, mas à beira-mar, e Elly conhecia alguém, que conhecia outra pessoa, que poderia conseguir para as duas cargos administrativos em uma bem-sucedida empresa de comércio.

"Eles fazem negócio com as ilhas", disse Elly. "Há pessoas do Caribe lá." Os olhos dela brilhavam agora. "Pode ser que você conheça um bom rapaz."

Covey estava cansada. Sentia como se houvesse passado por mudanças o suficiente. Mas Elly estava pronta para ir, e onde Covey estaria sem ela? Elly foi a primeira amiga de verdade de Covey depois de Bunny. E já que Elly estava determinada a assumir seu verdadeiro lugar no mundo, Covey se deixou levar pelo sonho dela. As duas fizeram as malas e partiram para Edimburgo. O trem passou por uma paisagem impossivelmente verde que iluminou o humor de Covey. Ela disse a si mesma que era a maneira de sobreviver, de manter distância entre ela e sua vida anterior. De parar de olhar para trás, pensar em Gibbs um pouco menos a cada dia.

Virando Elly

A princípio, Covey se lembrava de muito pouco. O estrondo de uma buzina, o grito de rodas de metal contra os trilhos, o tombar, o tombar, o tombar.

Quando retomou os sentidos, agarrou a alça da bolsa da amiga, a primeira coisa que foi capaz de reconhecer através da nuvem de poeira e fumaça. Muito mais tarde, ela se lembraria dos gritos, do cheiro, das dores tomando conta de seu corpo, do ardor do metal quente contra seus joelhos enquanto engatinhava, chamando por Elly. Covey teve um vislumbre do braço de Elly e do relógio que ela tinha orgulhosamente comprado no empório. Agarrou o braço da amiga. *Elly, Elly!*, gritou. Então viu o resto de Elly e a visão da amiga fez Covey desmaiar.

Ao acordar, estava no hospital com um tubo no braço e um galo na cabeça. Conseguia sentir o cheiro do próprio cabelo no travesseiro, óleo queimado e fumaça se misturando ao aroma de lençóis de algodão, álcool e o cheiro fraco do penico. Viu a bolsa de Elly, colocada sobre a cadeira perto da cama de hospital. Onde estava sua bolsa? Onde estava seu chapéu?

Ela olhou sob o cobertor. Usava uma camisola de algodão. Onde estavam suas roupas? Estivera carregando a caixinha de madeira da mãe no casaco. Enchera com libras e a colocara em um bolso que costurou no forro da jaqueta para a viagem, vez ou outra tocando a área ao redor da cintura para sentir o volume da caixa. Apesar da dor, Covey girou ainda mais a cabeça. Lá estava. A jaqueta sumira, mas alguém removera a caixa e a colocara em uma bandeja com rodinhas. Ela estendeu as mãos, tentando alcançá-la.

Uma enfermeira, vendo o que Covey fazia, pegou a caixinha e entregou a ela. Covey equilibrou a caixa sobre a barriga e a manteve ali, de braços trêmulos.

"Como você está, Eleanor?", disse a enfermeira.

"Covey", ela corrigiu.

A enfermeira franziu a testa.

"Desculpe?"

"Coventina", disse Covey.

A enfermeira se apressou lá para fora, retornando com uma segunda mulher.

"Coventina Brown?", perguntaram. Covey assentiu. "Coventina era sua amiga?" Covey abriu a boca para falar. "Sentimos muito, Eleanor." Elas balançavam a cabeça. "Coventina não resistiu. Ela não sobreviveu ao acidente."

Elas estavam falando da Elly, não estavam? Covey fechou a boca, os cantos ressecados doloridos pelo sal de suas lágrimas. Pensou na mão sem vida da amiga. Pobre Elly. Covey sentiu uma onda de náusea e se inclinou sobre a borda da cama.

Uma das enfermeiras fez Covey voltar a se recostar no travesseiro e enxugou seu rosto molhado com uma toalha. Ela virou a cabeça e tentou mudar de posição, mas gritou com a dor em uma perna.

"Cuidado, Eleanor", disse a enfermeira. "Você ficará bem, mas sofreu uma pancada forte lá."

"Covey."

"Eu sei, Eleanor, sentimos muito. Foi uma coisa horrível."

Agora, Covey estava soluçando abertamente. Repassou os últimos momentos dos quais se lembrava depois do acidente. Elly ainda estava viva quando Covey a encontrou, estava certa disso. Elly emitira uma espécie de miado, enquanto Covey tentava puxá-la para cima, retirá-la debaixo de algo pesado. Se Covey não tivesse desmaiado, poderia ter salvado a amiga? Então ela se lembrou de como Elly estava sob todo aquele metal. Provavelmente não. Elly realmente partira, não foi?

Elly sempre foi o brilho de um cômodo. Como é que aquela luz poderia ter se apagado de vez?

Covey adormecia e tornava a acordar, às vezes via o quarto escuro e preenchido com as fungadas e ofegos de outras mulheres na ala. Quantos dias haviam se passado?

"Há alguém com quem podemos entrar em contato por você?", a enfermeira perguntou uma manhã. "Você tem família? Amigos?"

"Elly."

"Elly? É uma parente sua?"

"Eleanor."

"Ah, Elly de Eleanor", disse a enfermeira. "É claro. É assim que você prefere? Devemos te chamar de Elly então?"

Covey estava cansada demais para discutir, mas sua cabeça começando a clarear. Família? Ela não podia permitir que parentes próximos ou amigos fossem notificados, e Elly não tinha família. Covey pensou que talvez algumas das companheiras da pensão gostariam de saber, ou talvez até aquela freira da ilha sobre a qual Elly gostava de falar. Mas e quanto a Covey? Haveria anúncios nos jornais? Ela seria indicada como uma das sobreviventes?

E se alguém da ilha descobrisse que ela ainda estava viva e fosse procurá-la? E se eles a encontrassem, descobririam o papel de Pearl em sua fuga? Ou o de Bunny? E a família com a qual ela viajara? Os filhos deles ainda eram pequenos, mas Covey sabia que isso faria pouca diferença para a família do Homenzinho se eles decidissem se vingar. Não, mesmo agora, ela ainda devia isso a todos que a ajudaram a se esconder.

Cedinho na manhã seguinte, quando os outros ainda dormiam, Covey pegou a bolsa de Elly, colocou-a na cama ao lado dela e colocou a mão lá dentro, retirando seu conteúdo, um item por vez. Batom vermelho. Cédulas. Bilhete de trem. Passaporte. Dentro do passaporte estava uma fotografia mostrando uma fileira de moças sorridentes, Covey e Elly incluídas. Covey sorriu, mesmo quando uma lágrima rolou por sobre seus lábios. As pessoas costumavam perguntar a elas se eram irmãs, e elas riam. Mas olhando para aquela fotografia, Covey viu, no sorriso, no tom de sua pele, na maneira como ambas inclinavam o queixo para trás, por que as pessoas achavam isso.

Elly.

Covey revirou um pouco mais a bolsa de Elly, tirou um pequeno saco com as conchas e moedas da amiga e um pente de cabelo de tarta-

155

ruga. A bolsa de tesouros de Elly. Covey levou uma das conchas ao nariz, procurando o cheiro da terra. Elly nunca deixou ninguém convencê-la a desistir de seus sonhos. Elas estavam naquele trem para Edimburgo por causa da determinação de Elly. Agora que ela se fora, Covey voltara a ser uma pessoa sem planos. Sem amigos. O que seria dela?

Covey desejou ter contado a Elly sobre Gibbs e os planos que eles tinham. Ela desejou ter podido explicar como estava tentando se livrar daquele sonho e o que estava fazendo com ela.

Mais tarde, Covey pegou outra vez a bolsa de Elly e apanhou a fotografia das mulheres. Ficou deitada olhando a foto por muito tempo, correndo um dedo sobre os rostos pequeninos e sorridentes, segurando-a contra o peito por um momento, e então a picando em pedacinhos e os escondendo em um canto no fundo da bolsa. A mão encontrou um envelope achatado também no fundo da bolsa. Lá dentro, uma carta da irmã Mary. Covey leu a carta duas vezes, então rasgou o suave papel azul em tiras e as enfiou de volta na bolsa com o restante da fotografia.

"Eleanor Douglas", ela murmurou para si mesma. "Eleanor Douglas."

Disse o nome várias e várias vezes. Elly fora uma amiga, mas não havia nada que pudesse fazer por ela agora. Pela segunda vez em dois anos, Covey quase morrera. Pela segunda vez em dois anos, recebera uma segunda chance. Pela segunda vez em dois anos, ia agarrar a oportunidade.

A enfermeira da noite se aproximou da cama dela.

"Como você está, Elly?", perguntou.

Covey não disse nada, apenas assentiu.

Elly, Elly

Alguém está chamando por Elly, mas ela está muito cansada. Ela entra em um sonho. Está desenterrando conchas de moluscos no jardim. Uma borboleta rabo-de-andorinha mergulha e bate as asas perto de seu rosto. É uma terra de milagres. Não há cheiro de metal queimado neste jardim, não há dor, apenas alguém que chama, *Elly, Elly*, segurando sua mão, puxando, puxando. Alguém que veio levar Elly de volta para casa.

Eleanor Douglas

No verão de 1967, os jornais reportaram que um trem expresso que viajava em alta velocidade pelo norte da Inglaterra atingira um vagão de carga descarrilado. Um dos mortos era uma jovem das índias ocidentais identificada através de documentos encontrados na cena do acidente como Coventina Brown, de quase vinte anos. A srta. Brown estava a caminho de Edimburgo para assumir um trabalho administrativo em uma empresa.

A empresa não hesitou em reiterar sua oferta original de emprego para uma das sobreviventes do acidente, Eleanor Douglas, de vinte e dois anos, quando a srta. Douglas apareceu sozinha no escritório várias semanas depois. No início, a jovem parecia um pouco desorientada, nem sempre respondia quando chamada, mas era gentil e aprendeu rapidamente. Acabou se revelando muito boa com números, embora nunca tivesse usado a máquina de calcular do escritório, e, a princípio, seu supervisor ficou bastante satisfeito por ter tomado a decisão certa.

Perda

Byron e Benny ouvem a mãe pedindo ao sr. Mitch que interrompa a gravação, de novo.

"A mãe de vocês estava muito chateada nesse ponto", diz o sr. Mitch. "Perder a amiga, Elly, foi devastador, e assumir a identidade dela pareceu um ponto sem retorno."

Byron e Benny encaram as próprias mãos.

"Devo continuar?"

Byron e Benny assentem. Nenhum deles consegue falar.

Existe isso sobre as pessoas, Benny pensa. Você pode olhar para alguém e realmente não fazer ideia do que ele guarda lá dentro. O pai sabia disso?, ela se pergunta. Eleanor mentiu para ela e Byron sobre tantas coisas que Benny não consegue nem começar a imaginar como a história da mãe vai levá-los até uma irmã da qual nunca ouviram falar, muito menos à vida que eles têm agora. Benny contou tantas mentiras assim na vida? Não, não como essas. Não chega nem perto.

Benny percebe agora que sabia que a mãe estava mentindo sobre pelo menos uma coisa. Aquelas dores de cabeça que tinha de vez em quando. Dores tão fortes que a faziam ficar deitada na cama o fim de semana inteiro. Mesmo assim, Benny imaginava que não eram tanto as dores físicas que faziam Eleanor se sentir deprimida. Tão deprimida.

A mãe sempre foi a exuberante da família, a mais persistente, aquela que um dia esperou e esperou com Benny na água até que a menina aprendesse a pegar o momento certo de uma onda e a ficar em pé na prancha pela primeira vez.

"Não se apresse", a mãe dizia. "Preste atenção e você saberá o momento."

Benny nunca foi muito de surfar, mas a sensação de ter calculado o tempo certo, de ter subido naquela prancha pela primeira vez, foi algo que permaneceu com ela, que deixou Benny sentindo, mesmo em seus momentos tristes, que mais cedo ou mais tarde a vida a levantaria outra vez. Até que ela enfim admitiu que poderia precisar de uma ajudinha.

Quando o terapeuta de Benny lhe perguntou no ano passado se ela tinha histórico de depressão na família, Benny pensou na mãe e disse: *talvez*. Porque ela se lembrava daqueles momentos em que Eleanor ficava muito quieta à mesa de jantar, ou não jantava, dizendo aos outros que estava com dor de cabeça e precisava se deitar.

Em algumas manhãs, quando Benny era criança, o pai a enxotava para fora do quarto deles, dizendo: "Sua mãe precisa dormir mais", só que a mãe ficava na cama o dia todo. Uma vez, Bert deixara a porta entreaberta e Benny espiou pela abertura e viu Eleanor deitada e acordada, olhando para o teto.

Benny se pergunta agora se foi a fisiologia de sua mãe que desencadeou esses períodos depressivos ou se eles podem ter sido causados por tudo o que viveu. Certamente Eleanor deve ter sentido, às vezes, que seu passado e o esforço que fazia para escondê-lo eram demais para suportar. Quanto, exatamente, ela havia escondido? E quanto mais sobrou para ser revelado?

Sra. Bennett

Minha segunda morte foi mais fácil. Eu estava devastada pela morte de Elly, mas uma porta havia se aberto e passei por ela. Eu tinha todos os documentos que precisava na bolsa de Elly. Lembrem-se, B e B, Elly tinha sido órfã e as pessoas que tinham empregos esperando por nós na Escócia não nos conheciam pessoalmente, só sabiam que uma de nós morrera e a outra ainda precisava de um trabalho.

Meus colegas e vizinhos em Edimburgo eram amigáveis o suficiente, e eu estava aprendendo a relaxar. Dois anos se passaram desde o meu desaparecimento da ilha e eu estava me acostumando à ideia de que ninguém viria me procurar. Eleanor Douglas era uma órfã de uma parte remota da ilha, e, quer as pessoas me conhecessem como Coventina Brown ou Coventina Lyncook, eu estava, agora, oficialmente morta. Não havia ninguém para me perguntar se as coisas estavam indo bem. Não havia ninguém que se importasse o suficiente para fazer as perguntas certas quando eu desapareci pela terceira vez. Porque sim, B e B, haveria uma terceira vez.

À deriva

Johnny "Lin" Lyncook olhou para a baía onde a filha desaparecera dois anos antes e se perguntou o que poderia ter feito diferente. Alojado na areia ao lado dele estava um tronco tão grande que ninguém jamais tentara retirá-lo da praia. Com o passar dos anos, enraizou-se no coração dos moradores da baía, que por ele passeavam diariamente, que se abraçavam à sua sombra, que podiam vê-lo de longe na água. De vez em quando, um pequeno ramo desaparecia durante a noite e reaparecia no jardim de alguém, na varanda ou em uma mesa com tampo de vidro. A beleza justificava a pilhagem.

O tronco monstruoso ainda retinha a forma da base da árvore de anos antes, só que fora lavado e moldado pelo mar, castigado por tempestades e cozido lentamente ao sol. Já estava lá quando Lin chegou à ilha com seus pais e ainda estava lá no dia em que a filha desapareceu pouco antes de completar dezoito anos. A filha de Lin era da cor daquele tronco, seus membros fortes como os de uma árvore, seu rosto do tipo que Homenzinho Henry queria ter para si.

A beleza justifica a pilhagem.

Lin estava ao lado do tronco agora, sua mente mais clara do que nunca. Tirou as sandálias e caminhou até a beira da água. Nunca fora o tipo de homem que duvidava de si mesmo, mas agora, era tudo o que fazia. Pensou que o passar do tempo ajudaria, mas ainda assim ficava se perguntando, e se tivesse feito as coisas de forma diferente? Primeiro, a mãe de sua filha o deixara, e agora sua única filha estava morta. Ela fugira para o mar e se afogara apenas quatro horas depois de se casar com Homenzinho.

Todo mundo vira como de repente Homenzinho Henry começou a ofegar e cambalear antes de deixar cair a taça de champanhe e desabar de cara no vidro estilhaçado, espuma saindo de sua boca. Se ele não fosse um homem tão odioso, as pessoas poderiam pensar que morrera de problema cardíaco em idade precoce, mas ninguém duvidou que Homenzinho fora assassinado. Tantas pessoas desejaram a morte dele fervorosamente. Lin não lamentou vê-lo partir, mas não queria acreditar que sua filha fosse a responsável.

No entanto, Covey fugira do salão assim que seu marido caiu no chão. Isso, Lin reconhecia, parecia uma admissão de culpa tão boa quanto qualquer outra. Dois anos haviam se passado desde que o vestido de noiva de Covey foi encontrado abandonado na praia. Nos primeiros dias, a falta de um corpo deu esperança a Lin. Covey, inconsciente, podia ter sido levada para outra costa, poderia ter ficado presa em um bolsão de ar em uma caverna até a maré abaixar. Mas, naquele ponto, até mesmo Lin teve que aceitar que nunca veria a filha outra vez.

Pelo que Lin sabia, poderia ser apenas uma questão de tempo até que o irmão do Homenzinho Henry o matasse, mas, ao menos por hora, ele parecia ser mais útil vivo para a família Henry. Lin ainda devia dinheiro a eles e ainda era a melhor pessoa para cuidar das lojas, que agora pertenciam a eles. Lin perdera os negócios e a filha, e esse sofrimento deve ter trazido alguma satisfação aos Henry.

Gostasse ou não, muitas pessoas acreditavam que Covey envenenara Homenzinho, e a maioria ainda evitava ser muito amigável com Lin. Apenas Pearl parecia não se importar com a reação da família do homem. Ela ainda ia até a casa nas tardes de domingo e cozinhava para Lin, embora tivesse um emprego no condomínio subindo a colina.

Pearl mal falava com Lin quando ia lá, mas entrava na cozinha como se nada tivesse acontecido. Sempre deixava um ensopado ou uma panela de arroz e ervilhas e um pouco de banana frita, talvez *callaloo*, algo que durasse uns dois dias, já que ele não comia muito. Lin percebeu que conhecia Pearl havia tanto tempo quanto conhecia a própria filha, e ainda que não soubesse muito sobre a vida pessoal dela, a ausência da cozinheira em sua rotina diária aprofundava a sensação de perda de Covey, se é que algo assim fosse possível.

Se Lin fosse um homem melhor, teria se recusado a deixar Covey se casar com Clarence Henry. Mas a que preço?, ele se perguntou. Ele suspeitava que Homenzinho levaria Covey de qualquer maneira, e isso teria sido pior. Sua única filha, profanada e sem um centavo em seu nome. Talvez ela estivesse melhor morta, no fim das contas. Talvez Lin também estivesse melhor morto. A triste verdade era que, se Lin fosse um homem melhor, ele não estaria naquela situação para começo de conversa.

Lin inspirou fundo e entrou no mar. Ia partir do mesmo jeito que a filha. E se houvesse algo do outro lado da vida, como tantas pessoas acreditavam, Lin poderia até a encontrar lá. Ele sentiu a areia sob os pés, o gosto do sal na boca. Tentou manter em pensamentos a imagem da filha em um de seus melhores dias, tão feliz por estar na água que faria qualquer coisa para chegar lá. Tentou fazer daquele seu último pensamento antes de morrer.

Mais tarde, Lin não seria capaz de se lembrar do momento exato em que foi agarrado pelo colarinho. O mundo estava cinzento. Ele se lembrava de dois meninos desnutridos parados sobre ele na areia, a barriga de ambos projetando-se como cabaças marrons sobre pernas que pareciam alfinetes. Provavelmente eram de uma daquelas famílias que viviam em barracos de madeira ali perto. Ele costumava vender fiado para algumas delas, até que o irmão do Homenzinho o fez parar.

Os garotos conseguiram arrastar Lin até uma parte de areia seca. Ele ficou deitado lá, cansado e envergonhado. Não conseguira nem se matar direito. Pouco depois de chegar em casa, Pearl veio correndo, balançando os braços na frente do corpo, ignorando o que ele havia acabado de passar.

O que ela estava dizendo? Estava tagarelando sobre um sujeito local, o que chamavam de Camisa Curta. A mulher não via que Lin estava encharcado?

"Ele costumava trabalhar para o Homenzinho, lembra?", Pearl estava dizendo.

O jovem, disse ela, fora pego tentando envenenar o irmão de Homenzinho ao colocar algo em sua bebida, e agora a polícia o acusava de ter cometido o primeiro assassinato dois anos antes. O mestre Lin não via? Covey não era mais a principal suspeita.

Então era isso. Com sorte, aquilo significaria o fim das ameaças da família de Clarence Henry, o fim de ficar se perguntando se alguém golpearia Lin na cabeça e o jogaria no rio onde os crocodilos gostavam de se alimentar. Mas tudo aquilo viera tarde demais para salvar a filha. E Lin ainda seria obrigado a trabalhar como um cão em suas próprias lojas.

Um homem mais honrado poderia ter voltado para a costa em outra tentativa de se matar. Mas Lin era, fundamentalmente, um homem covarde. Também era um apostador. Não conseguia evitar pensar que, um dia, daria um jeito de ganhar tudo de volta. Isto é, tudo, exceto sua filha Covey.

Camisa Curta

A maioria das pessoas na cidade conhecia Camisa Curta Higgins, mas até aquele momento, Pearl jamais teria pensado nele como relevante para a história de Covey Lyncook. Camisa Curta era magro como uma sombra, mas alto, e foi assim que ganhou seu apelido. As camisas que a irmã dele costurara quando ele ainda estava no oitavo ano continuaram a caber em seu corpo esguio até a idade adulta, as bainhas *subindo, subindo, subindo*, até que desse para ver a pele negra de sua barriga.

Para um jovem pobre como Camisa Curta, havia poucas opções disponíveis além de trabalhar para Homenzinho Henry. Por fim, Camisa ganhou dinheiro suficiente para comprar duas camisas que cobriam também seu torso e calças que desciam até os sapatos. Mas o apelido pegou.

Quando Camisa Curta completou vinte e cinco anos, ninguém o chamava pelo nome de batismo, exceto os pais e a irmã. Porém a irmã quase não falava mais. No início daquele ano, fora espancada e deixada para morrer sob um arbusto de oleandro. A polícia disse que ninguém sabia quem fizera aquilo, mas Camisa Curta sabia e faria o homem pagar.

Mais de uma vez, a irmã de Camisa Curta reclamara sobre os avanços persistentes do irmão do Homenzinho, Percival. Mas o que Camisa Curta deveria fazer, sendo funcionário da família? No hospital, a irmã agarrou a mão dele e sussurrou o nome do agressor antes de ficar inconsciente. Ao sair de lá, ela estava trêmula e com fala lenta, e tinha convulsões ocasionais por ter recebido a maior parte das pancadas de Percival Henry na cabeça.

Sem querer, a mãe de Camisa Curta lhe deu a solução. A mãe crescera entre as antigas colinas arborizadas e as cavernas de calcário no centro da ilha. Ela ensinou os filhos a evitar plantas como urtiga, ameixa selvagem e madeira queimada. Ela os fez memorizar a aparência das coisas que nunca deveriam colocar na boca.

Em uma tarde de 1967, Camisa Curta foi pego pingando a água da folha de uma planta venenosa em uma bebida que fora preparada para Percival Henry. *Camisa Curta, de todas as pessoas!* Ele não parecia o tipo. Mas isso era o que poderia acontecer com o coração de um jovem cuja irmã fora tratada como um lixo quando, na verdade, era uma princesa.

Ninguém gostava dos irmãos Henry e do que costumavam fazer, mas todos concordaram que não se podia sair por aí envenenando pessoas, a menos que se certificasse de que poderia escapar impune. Após a prisão, Camisa Curta confessou e explicou seus motivos, mas negou sistematicamente seu envolvimento no assassinato de Homenzinho dois anos antes. Ele nem estava na cidade naquele dia. Por fim, Camisa Curta foi para a prisão por tentar envenenar Percival Henry, mas nunca foi levado a julgamento pelo assassinato de Clarence Henry.

Pearl sabia que Camisa Curta não poderia ter matado Homenzinho, mas para ela, o mais importante era que o caso dele levantara muitas questões sobre o assassinato não resolvido para Covey continuar como a suspeita óbvia. A fofoca na cidade era que talvez Coventina Lyncook tivesse apenas aproveitado o colapso fatal de seu marido e fugido sem olhar para trás. E quem, eles admitiam, não teria feito o mesmo? Talvez um dia, Covey pudesse voltar para casa, pensou Pearl.

Ela tentou fazer com que a notícia do que acontecera com Camisa Curta chegasse a Covey, mas seu contato na Inglaterra não ouvia falar da garota fazia um tempo. *Por favor, tente entrar em contato com ela*, pediu Pearl. Por fim, ficou sabendo do destino de Covey. Houve um acidente terrível. Por que aquilo acontecera com uma garota que sofrera tanto, uma garota que certamente merecia um pouquinho de felicidade? Pearl ergueu os braços e brigou com o Deus no qual fora ensinada a confiar.

Bunny

Antes de chegar a notícia de que Coventina Lyncook, que viajava sob o nome de Coventina Brown, morrera em um acidente de trem na Inglaterra, a maioria das pessoas em sua cidade natal não sabia que ela estava viva. Aquelas que sofreram a perda de Covey desde seu desaparecimento no mar no dia do casamento ficaram duplamente desoladas, incluindo seu pai e Gibbs Grant. Gibbs estava estudando na Inglaterra na época do acidente ferroviário e só então percebeu como estivera perto de Covey todo aquele tempo.

Quando Pearl lhe contou sobre o acidente, Bunny correu até a praia, olhando para a enseada, desejando um milagre, pensando que poderia encontrar Covey caída ali, agora, quase inconsciente, mas ainda viva, exatamente como a encontrara na noite do casamento. Ela deveria ter ido com Covey para a Inglaterra, Bunny pensou, ou tê-la seguido logo depois. Ou talvez ajudá-la a escapar tivesse sido um erro.

Bunny entrou no mar, ainda com as roupas do dia a dia, e nadou direto para o horizonte, *nada, nada, nada*. Ela imaginou Covey bem à sua frente, disse a si mesma que nada mudara, mas depois de duas horas, foi forçada a voltar para a costa e enfrentar a verdade. Chorando, correu todo o caminho para casa, as roupas molhadas grudadas em seu corpo como longas algas marinhas, e se deitou na cama.

No ano seguinte, Bunny estava sentada em um banco do clube de natação, coberta por um roupão, contraindo e esticando os dedos dos pés nos chinelos de borracha e esperando o treinador. Ela mexia a cabeça ao som da batida firme de Johnny Nash que estava saindo de um rádio na mesa do treinador. Depois de um ano de luto por Covey, Bunny entendeu que precisava continuar sem a amiga e, se quisesse mesmo honrar a memória dela, teria que passar pela porta que Covey deixara aberta. Bunny tinha o dom de nadar no mar, dissera seu treinador. Um dia, ela poderia ser famosa, completara ele.

Outra mulher, alguns anos mais velha que Bunny, entrou na área da piscina. Era a policial de quem o jornal falava, a primeira mulher da cidade a ter o cargo. Patsy alguma coisa. Ela estava na praia com o pai de Covey no dia em que a garota desaparecera. O irmão de Bunny, que também era policial, dissera que Patsy era legal. A policial olhou para Bunny e assentiu. Bunny assentiu de volta, e o calor se espalhando por sua nuca a fez pensar em Covey.

Bunny continuaria a pensar em Covey toda vez que colocasse os óculos de proteção no rosto e saísse para nadar. Ela pertencia ao mar, para onde Covey a conduzira pela primeira vez. Para o mar, apesar de seus medos. Seu treinador encontrou um segundo instrutor para natação de longa distância e foi uma revelação. Agora, Bunny entendia o que poderia ser capaz de realizar.

Nas piores horas, Bunny se encorajaria ao imaginar a amiga logo à frente na água e, com o tempo, não iria mais incomodá-la tanto que Covey parecia mais feliz não quando estava com ela, mas sim com Gibbs Grant. Aos poucos, seu conforto viria simplesmente de lembrar que Covey já fora feliz.

A própria Bunny teve dificuldades depois da partida de Covey. Apenas a natação ajudara. A natação e Jimmy, que consertava barcos locais ao lado do pai desde os tempos de escola primária.

Mais tarde, seria estranho explicar a Patsy como ela podia deixar um homem beijá-la e fazer amor com ela. Ela não fora, como acontece com tantas mulheres, coagida na primeira vez. Não, Jimmy era um homem alegre e brincalhão, um bom trabalhador e um bom amigo. Ele sempre encorajou Bunny a nadar. Ele nunca sugerira, como algumas pessoas, que uma mulher que nadava no mar aberto como Bunny fosse uma *abominação aos olhos do Senhor*.

"Aquele garoto tem uma queda por vocêêêêêê", Covey provocou Bunny uma vez, quando Jimmy concordou em usar sua canoa motorizada como barco de segurança para um dos nados deles. Bunny fizera cara feia para Covey, mas sabia que era verdade.

Jimmy nunca questionou os sonhos dela — o que era o esperado —, então Bunny não resistiu quando ele quis cortejá-la, quis abraçá-la daquela forma. O calor da adolescência tornou mais fácil para Bunny se comportar como as outras mulheres, e ela se sentiu confortável com os braços de Jimmy ao seu redor. Ela presumiu que era apenas a ausência de Covey, a perda dela, que tornava todos os sentimentos, todos os desejos, pálidos. Foi só quando conheceu Patsy que percebeu que estava errada. E Jimmy percebeu isso também.

Eles tinham acabado de parar de se ver quando Jimmy morreu em um acidente de ônibus. Jimmy e alguns outros rapazes haviam se pendurado do lado de fora do ônibus enquanto o veículo partia. Quando o ônibus disparou por uma estrada esburacada e empoeirada ladeada por campos de cana-de-açúcar, Jimmy não conseguiu se segurar e caiu. Bunny entendeu então que sentia uma espécie de amor por Jimmy, embora nunca pudesse ter sido sua esposa. Havia diferentes maneiras de amar uma pessoa, e perder alguém de quem se gostava ainda doía. Aquela dor a deixou mais certa de como precisava viver.

Quando Bunny percebeu que o problema com sua barriga grande não era a comida, mas sim o avanço da gravidez, ela e Patsy estavam se preparando para partir rumo à Inglaterra juntas e providenciar que o irmão de Patsy, ainda uma criança, se juntasse a elas na hora certa. Patsy deixara claro desde o início que prometera a seu avô, o único parente que sobrara, que cuidaria do menino, e a lealdade de Patsy aproximou Bunny ainda mais.

Naquela época, era normal duas mulheres solteiras morando juntas. Naquela época, era até esperado. Naquela época, era fácil deixar as fofocas da vizinhança espalharem a notícia de que o pai do seu bebê morrera nas ilhas. E ali estava você, enfrentando uma nova vida no exterior sozinha. E não era sorte, pelo menos, ter uma colega de quarto do mesmo país para ficar de olho em você?

"Você o quê?", disse o novo treinador de Bunny, quando ela contou. Fora ele quem a ajudara na mudança para a Inglaterra. "Como você acha que vai conseguir treinar tendo um bebê e um emprego?" O rosto dele se suavizou. "Você não vai me decepcionar, vai, Bunny?" Ele estava colocando a reputação em risco com aquele novo talento.

"Não, senhor", respondeu Bunny.

"Então levante a cabeça, mocinha. Que tipo de campeã anda por aí de cabeça baixa?"

Bunny riu.

"Assim é melhor." O treinador se aproximou tanto que Bunny, alta como era, teve que abaixar a cabeça de novo para olhá-lo nos olhos.

"Há muitas pessoas contando com você, Bunny, está ouvindo? Mas a única coisa que realmente importa é você, e se você pode ou não contar consigo mesma enquanto está lá fora. Isso não é brincadeira. Aquele canal vai te destroçar se você não tratá-lo com respeito."

"Sim, senhor."

Havia outras pessoas esperando para apoiar Bunny, pessoas que ficaram encantadas com os nadadores de longa distância das ilhas, apesar dos tempos que viviam, apesar das tensões crescentes entre residentes e imigrantes sobre moradia e outros privilégios. Apesar da pele retinta de Bunny. Porque elas viam que seu talento excepcional e seu sorriso deslumbrante certamente adicionariam brilho à imagem da Comunidade Britânica.

Mas, primeiro, haveria aquelas ondas cor de chumbo para desbravar, mais frias do que qualquer uma que Bunny já experimentara, aquela deriva anômala que a tirava do curso, a náusea, náusea demais, e o profundo desespero que às vezes tomava conta dela quando não tinha certeza se conseguiria atravessar o canal, sabendo o tempo todo que não estava preparada para viver outra vida.

Futuro brilhante

A nova Eleanor Douglas por fim parou de checar por cima do ombro onde quer que estivesse, com medo de ser reconhecida por alguém. Seu novo emprego era próximo do porto de Edimburgo, e vivia em um dormitório não muito distante da água. Quando chegou, ainda mancava, e sentiu que o ar do mar lhe fazia bem, embora a água fosse tão fria que duvidava que algum dia pudesse nadar nela.

O supervisor da empresa havia lhe apoiado muito. Deu a ela um dia para se acomodar e aprender a rota do ônibus. A princípio, os outros funcionários do escritório olhavam para ela com timidez, falavam baixinho. Eles teriam ouvido a história dela, Eleanor imaginou. Como ela sobrevivera a um acidente de trem. Como perdera uma amiga no mesmo acidente.

Assim como Londres, aquela nova cidade era uma confusão de tráfego com ônibus enormes e ruas cinzentas, e principalmente pessoas de rosto rosado, mas era diferente também. Havia explosões de cores entre os edifícios. Lá, estava aquela colina baixa e larga que parecia um grande chumaço verde de pão jogado fora. Havia aquele castelo grande em uma elevação, que lugar! Mas também havia uma enorme sensação de perda, a ausência de tudo e todos que foram cortados de sua vida. Ela tentou não pensar em Gibbs e, quando o fez, chorou até dormir.

O novo supervisor de Eleanor disse que ela começara bem. Disse que era uma mulher capaz, sem falar que era muito bonita. Ficou até tarde no escritório para mostrar a ela a rotina da contabilidade. Disse que aquilo permitiria que ela avançasse em sua posição. Disse que ela tinha um futuro brilhante pela frente. E depois de um tempo, Eleanor se permitiu acreditar.

Até que seu supervisor ficou perto demais.

Até que ele tentou beijá-la.

Até que ele colocou as mãos lá.

Até que o que aconteceu a seguir deixou Eleanor em um silêncio atordoado.

Inimaginável

Benny se levanta, balançando a cabeça de um lado a outro.

"Não, não consigo", diz ela, saindo da sala.

Byron se inclina à frente e coloca uma mão na testa. Ele parece prestes a chorar.

O sr. Mitch abaixa a cabeça. Se Eleanor tivesse conseguido contar para a família antes... Desde que as pessoas destratam umas às outras, mulheres vêm sendo vítimas desse tipo de violência. É mais do que hora de pararem de se sentir envergonhadas de falar sobre o assunto.

Benny passa pelo corredor, entrando no quarto dos pais. Pega uma pequena fotografia emoldurada na mesinha perto do lado da mãe na cama, uma polaroide dos pais do lado de fora do cartório no dia do casamento deles. Com o dedão, tira a poeira do vidro. Poderia ter sido uma foto de qualquer ocasião especial. Dois rostos sorridentes, um vestido fluido pálido, um terno marrom, um pequeno buquê de peônias.

Benny observa o rosto da mãe. Em algum ponto, Eleanor conheceu o pai dela. Em algum ponto, se apaixonou de novo. Em algum ponto, a mãe foi feliz, não foi? Uma pessoa ainda podia ser feliz depois de tudo pelo que Eleanor passara, não podia? Benny precisa acreditar que sim. Não, ela precisa ter certeza. Benny devolve a moldura para a mesinha, volta pelo corredor até a sala de estar. Sem olhar para Byron ou sr. Mitch, ela se senta e coloca uma almofada no colo.

Sra. Bennett

B e B, sinto muito que vocês tenham que ouvir isso, mas preciso que entendam tudo o que aconteceu. O emprego na empresa perto de Edimburgo tinha me dado um refúgio, um lugar onde eu poderia descansar e começar a sonhar de novo. Então vocês podem imaginar como devo ter me sentido no ano seguinte, quando me vi em uma situação impossível. Quando me vi forçada a fugir de novo.

Crescemos pensando que quando alguém nos faz algo terrível, reagimos, revidamos, fugimos. Eu já tinha me provado capaz de fazer isso. Mas daquela vez, era como se tudo estivesse congelado. Eu realmente não sabia o que fazer. E não tinha ninguém em quem confiasse o bastante para me ajudar.

Fui trabalhar no dia seguinte pensando que deveria dizer ou fazer algo, mas meu supervisor agiu como se nada tivesse acontecido. Exceto que eu sabia que acontecera, porque de repente ele passou a maior parte do tempo no escritório, quase nunca aparecia na sala principal, não mais me mantinha até tarde para ver os livros, nunca mais falou diretamente comigo, falava com os empregados como um grupo. Eu deveria ter ficado chocada por ele conseguir apagar tudo daquela maneira, mas a verdade é que fiquei aliviada. E também tentei esquecer o que acontecera. Continuei a trabalhar, a ir para casa, empurrar o armário para ficar diante da minha porta à noite, e ficar acordada por grande parte das horas até amanhecer.

Um dia, quando fui receber o salário, disse ao meu empregador que ia voltar para a Inglaterra. Ele imediatamente me prometeu uma boa referência. É claro que ele não me pediu para ficar nem me perguntou por que eu estava indo embora. Porque ele sabia o que tinha feito. Não olhou para mim enquanto falava. Manteve os olhos focados em seus dedos enquanto pegava a pilha de folhas de pagamento na mesa e me entregava um envelope.

"Próxima", ele disse, acenando para a garota atrás de mim.

Mesmo tendo me deixado sair de lá, eu ainda não conseguia dar nome ao que estava sentindo. Algo que não era bem raiva, não era bem medo, mas uma grande sensação de luto. Foi só quando senti meu bebê chutando e se virando dentro de mim que fui capaz de compreender minha aflição. Quando senti aquele movimento no útero, entendi duas coisas. Primeiro, que minha criança seria uma menina, e, segundo, que ela nunca deveria saber como fora concebida.

Separação

Em 1970, Eleanor estava de volta a Londres com seus últimos xelins e segurando um panfleto que alguém colocara em sua mão. Em letras grandes, o pedaço de papel dizia *Você não está sozinha*. Primeiro, ela pensou que falava sobre Deus. Naqueles dias, havia igrejas que se anunciavam como se fossem lojas de departamentos. Em seguida, percebeu que o papel não falava sobre cultos, mas sobre mulheres como ela. Solteiras e grávidas. Em lugar nenhum a tinta azul do mimeógrafo dizia isso abertamente, mas a frase *mulheres jovens precisando de ajuda* saltou nela como um código secreto.

Afinal, era daquilo que ela realmente precisava, daquele tipo de ajuda. Eleanor ganhara dinheiro suficiente na empresa para voltar a Londres, tremendo durante toda a viagem de trem, tentando apagar as memórias daquele acidente não tão distante.

Elly.

Eleanor voltou para Londres porque não sabia para onde ir. Mas ao chegar, se deu conta de que não poderia voltar para nada ou ninguém que conhecera ali. Não podia se dar ao luxo de encontrar ninguém que a conhecesse ou a Eleanor original. E não haveria lugar para ficar quando o inchaço de sua barriga sob o vestido reto se tornasse evidente.

No entanto, já devia estar evidente, porque uma mulher de meia-idade lhe dera aquele pedaço de papel em um ponto de ônibus. Ela pegou a condução para o endereço listado no papel e se viu em frente a um prédio baixo de tijolos em uma parte da cidade que ela nunca vira antes. Lá, recebeu comida e um lugar para dormir e ouviu que estava fazendo a coisa certa. Que alívio estar cercada por outras mulheres, mesmo que dormissem juntas em um quarto grande, sem escolha a não ser ouvir suspiros, roncos e soluços umas das outras.

As freiras disseram que ela não podia esperar que o filho tivesse um futuro decente com uma mãe como ela. Mas ela não fizera nada de errado, Eleanor disse. Fora forçada. Não importava, responderam. O que importava era o tipo de futuro que ela queria dar ao filho. O que importava era o trabalho que Eleanor não seria capaz de encontrar ou o tipo de coisa que seria obrigada a fazer para sobreviver. Os rótulos com os quais o filho teria que conviver. O que importava era que a criança merecia coisa melhor.

O que as irmãs queriam dizer era que o filho merecia algo melhor do que Eleanor. Merecia algo que Eleanor não era.

Eleanor queria ficar com o bebê, mas percebeu que quem ela sabia ser por dentro não era a mesma pessoa que os outros viam. Que quem ela sabia ser nem sempre era o suficiente para ajudá-la a vencer neste mundo. O fato era que Eleanor não podia garantir que ela e o bebê ficariam bem.

"Para que você tenha um futuro melhor", ela disse para a barriga. Para que seu bebê nunca conhecesse a vergonha, ela jurou para si mesma.

Seu bebê. Tudo aconteceu tão rápido. A dor, a umidade, os gritos. E então Eleanor deu à luz uma criatura de dedos longos com um choro doce, uma pequena marca de nascença no topo de sua testa pálida e uma cabeça úmida de cabelo preto. Até aquele momento, ela não sabia que era possível amar outra pessoa daquela forma.

Deu à filha o nome de sua mãe e cuidou dela por seis semanas, os seios doendo quando a boca rosada da bebê se agarrava ao mamilo. Quando não estava amamentando, estava de joelhos esfregando o chão ou lavando a roupa, erguendo a bainha da saia para enxugar o suor sob o queixo.

Um dia, uma das freiras disse a Eleanor para colocar seu vestido bonito. Colocaram a filha em um carrinho de bebê, depois em um táxi e a levaram para um escritório com paredes amarelas, armários de madeira e pôsteres de produtos de cuidados infantis. Uma mulher fez Eleanor assinar uma folha de papel e tirou a bebê de seus braços.

"Não, espere", disse Eleanor. "Será que eu posso..."

A fungada do bebê explodiu em um choro completo quando a mulher a levou por um corredor, e Eleanor também começou a chorar.

"Agora calma", disse a freira na saída. "Comporte-se como uma dama."

Eleanor saiu do abrigo para mães solteiras determinada a encontrar sua bebê um dia, a encontrar uma maneira de tê-la de volta. Tudo o que fez a partir de então foi com a ideia de poder cuidar de uma criança sozinha. Encontrar uma pensão, um emprego de secretária, ir a pé para o trabalho e economizar o dinheiro do ônibus, percorrer o caminho mais longo para evitar aquelas ruas onde as janelas, apesar das leis, ainda tinham placas que diziam *Proibido negros, cães e irlandeses*.

Eleanor vivia de frutas e peixes enlatados e conseguiu economizar algumas libras. Depois de vários meses, tentou localizar o escritório de adoção a que levara a filha, mas já não era mais lá. Retornou ao abrigo e implorou às irmãs que lhe contassem aonde sua filha fora levada, mas elas ameaçaram chamar a polícia, alegando que Eleanor era mentalmente instável.

Depois disso, nada de bom que aconteceu na vida de Eleanor, nem o amor de um homem, nem a alegria de dar à luz novamente, nem um mergulho no mar, jamais acalmou totalmente a ressaca que se formou dentro dela e a puxava para baixo.

Nas piores noites, Eleanor sonhava com o carrinho vazio e como, ao voltar para a entrada do abrigo para mães solteiras, se inclinava para a frente para ver se, por algum milagre, sua bebê havia reaparecido.

Sra. Bennett

Anos mais tarde, eu aprenderia que havia outras jovens como eu em várias partes do país, mulheres que se sentiram coagidas a entregar seus bebês, mas naquele momento, ninguém sabia daquilo. Eu certamente não sabia, não soube por muitos anos, até que as matérias de jornal começaram a ser publicadas.

Ainda me lembro daqueles dias depois que ela foi levada e como, não importando onde eu passasse, me aproximava devagar de qualquer mãe com um carrinho, me esticando para ver se minha bebê estava lá, parando para elogiar e brincar, só para dar uma olhada na criança. Os dedinhos, a boquinha, sempre buscando, sempre famintos. E eu, sozinha, sempre buscando, sempre faminta.

Reencontro

Eleanor começou a pensar em sua vida como um longo nado. *Inspire lenta e profundamente, dê uma braçada de cada vez.* Ao nadar por vários quilômetros, o mundo parecia um lugar infinito. A questão era que, quando se tentava ficar invisível em uma cidade onde as pessoas te conheceram um dia, as ruas e arranha-céus e linhas de ônibus e lojas podiam se espremer sobre você como uma rede apertada, até que o inevitável — inevitavelmente — acontecesse.

"Bem, eu só não sabia o que dizer", ouviu uma voz familiar dizendo.

Eleanor estava na fila do caixa na mercearia, perto de seu trabalho. Ela olhou para duas mulheres em outra fila, que agora estavam de cabeça baixa, rindo, e viu um rosto que conhecia. Era Edwina, da pensão onde ela e Elly moravam. Edwina, da época em que Eleanor ainda era Covey.

Edwina usava um chapéu de enfermeira e parecia muito bem. Eleanor teve que lutar contra a vontade de gritar, de correr até Edwina, de abraçá-la. Ela e Elly tinham passado bons momentos com Edwina e as outras garotas. Mas tudo aquilo devia ficar no passado. A qualquer momento, Edwina poderia ter virado a cabeça e visto Eleanor. Desviando o rosto, Eleanor colocou a cesta de mantimentos no chão e caminhou em passos rápidos na direção oposta.

Foi quando ela começou a pensar em sair da Inglaterra. O Canadá e os Estados Unidos ainda estavam abertos à imigração de jovens das Índias Ocidentais. Eleanor tinha o diploma de enfermagem de Elly, e a América do Norte, no fim das contas, fazia parte do plano da amiga. Mas a filha de Eleanor estava em algum lugar daquele país. E Gibbs também. Como ela poderia ir para tão longe?

Com o passar dos meses, Eleanor admitiu que, mesmo se pudesse encontrar a filha, havia uma diferença entre o que seria capaz de fazer pela criança e a vida que outra pessoa poderia dar a ela. Uma diferença tão ampla e profunda quanto um desfiladeiro. Ela começou a se preparar para aceitar uma amarga realidade, a probabilidade de que o caminho escolhido para sua bebê, embora estivesse acabando com ela, pudesse de fato ter sido o melhor para a filha.

Eleanor abriu o guarda-chuva e saiu no temporal, arrastando os pés pelo dia cinzento e castigante. Mais perto de casa, ouviu um zumbido de sotaques caribenhos, ergueu a cabeça e viu um grupinho de rapazes do outro lado da rua. Estavam parados sob o beiral de um prédio, aparentemente esperando a chuva diminuir. *Boa sorte*, ela murmurou baixinho. Então parou e tornou a olhar.

Do outro lado da rua, um dos homens devolveu o olhar. Não havia dúvida. Ela conhecia aquele homem. Aquele homem era Gibbs, e, em um instante, ela era Covey outra vez. Lá estava o garoto do qual ela foi forçada a desistir quando seu pai a casou com Homenzinho. Lá estava o amor com o qual ela deveria se casar. Lá estava o homem que ela temera nunca mais ver.

"Gibbs!", Covey tentou gritar, mas a voz não saiu.

Ela desceu do meio-fio para atravessar a rua, mas suas pernas cederam.

Gibbs já passara por aquilo antes. Certo de que vira Covey quando sabia que ela estava morta. Acontecia de vez em quando. Ele a via em um ônibus, em uma ponte, em uma loja. A saudade de alguém pode fazer isso.

Depois que Gibbs soube que Covey desaparecera na costa da ilha, teve vontade de desistir. Não sabia mais o que estava fazendo na Inglaterra. Não achou a pátria-mãe tão acolhedora quanto esperava, nem todos os professores tão solícitos quanto esperava. Apenas a determinação em provar que eles estavam errados ao duvidar dele o fez continuar. De qualquer maneira, o que faria se voltasse, sabendo que não encontraria Covey lá? Seus pais haviam falecido. A mãe esteve doente por um tempo e, logo depois que ela faleceu, o pai teve o mesmo destino. Morto por um coração partido, disse seu tio.

E então Bunny ligou. Usou um operador de chamadas de longa distância para contar a ele a história toda. Como Covey sobrevivera, como fugira para a Inglaterra e por que Bunny e Pearl não lhe contaram. Tão perto, ela esteve tão perto, mas daquela vez ela realmente partira. Covey morrera naquele terrível acidente ferroviário no Norte, e as autoridades tinham os documentos para provar, tinham a foto dela.

Até aquele momento, Gibbs não sabia que ainda tinha um coração para ser partido. Primeiro, seus pais, e agora aquilo. Como um homem sobreviveria a algo assim? Ele foi para a cama e ficou lá por semanas até que um de seus professores, um dos gentis, se ofereceu para ajudá-lo a retomar os estudos. Gibbs era excepcional, disse o professor, ele conseguiria, e Gibbs se deixou levar.

Quando viu Covey parada do outro lado de uma rua de Londres naquela ocasião, presumiu que fosse apenas mais um de seus devaneios.

Ainda pensava nos planos que ele e Covey fizeram juntos, de continuar os estudos, de constituir família. Ainda pensava no clube de natação onde a conheceu, na enseada onde eles se beijaram pela primeira vez. Cinco longos anos se passaram. Mas ele podia ver que aquilo não era uma ilusão. Percebeu que a jovem do outro lado da rua o conhecia. Ela estava murmurando seu nome, estendendo um braço em direção a ele. Foi incrível Gibbs não ter desmaiado também quando percebeu que Covey ainda estava viva.

Gibbs correu pela estrada e alcançou Covey antes que o rosto dela atingisse o chão. Quando Covey acordou, Gibbs a segurava nos braços e nunca mais a soltou até o dia em que morreu, quatro décadas depois. Eles se reencontraram.

Naquela época

Naquela época, era fácil desaparecer. Naquela época, dava para abrir uma conta nova no banco ou conseguir uma carteira de motorista com apenas uma parte de seu nome de nascença e talvez seu sobrenome. Não havia digitais e reconhecimento facial, nem ressonância magnética, muito menos se enviava resultados de exame de sangue por e-mail. Não se salvava as preferências de consumo nem os aniversários de todos que receberam um presente seu. Não se fazia dinheiro postando sua idade e endereço e supostos *fatos* sobre você na internet para convencer pessoas a pagar por informações-meio-verdadeiras-mas-em-sua-maioria--imprecisas.

Naquela época, era fácil para um jovem, um filho único de pais falecidos, encurtar o nome e deixar de ser Gilbert Bennett Grant para se tornar Bert Bennett, trocando os documentos devagar para que combinassem, rompendo todos os laços com o passado para ficar com a mulher que amava. Naquela época, era fácil para uma jovem acreditar que era possível criar a própria família do nada porque o amor e a honestidade eram coisas verdadeiras neste mundo. Então foi isso que Bert e Eleanor fizeram.

Agora
Benny

Então o pai também mentira sobre o passado. Benny sente raiva e tristeza na mesma medida. Quanto mais aprende sobre a mãe, particularmente, mais vê que ela não é a única na família a pagar um preço por ir contra as regras de outra pessoa.

É verdade, Eleanor Bennett tinha, no fim, tido muito mais sorte na vida do que a maioria das pessoas. Ela se reencontrara com seu primeiro amor, e eles tiveram dois filhos. Mas a mãe continuou a lamentar uma série de perdas tão grande que nem mesmo Benny pôde começar a imaginar. A primeira filha. A primeira família. A identidade.

Benny costumava pensar que fora uma alma corajosa, insistindo em ser ela mesma apesar do bullying, apesar da alienação de sua família, apesar da solidão. Ela tinha orgulho de não ter voltado para casa com o rabinho entre as pernas só porque as coisas não tinham dado certo com Joanie ou com Steve, ou com seus planos. Mas recentemente, Benny tem se sentido um pouco envergonhada por não ter mais para mostrar. A mãe, pelo menos, tinha algo para mostrar depois de tudo pelo que passara.

Depois de tudo o que experimentara nos primeiros anos, por que Eleanor não podia imaginar o que estava acontecendo com Benny? Por que não deu a ela um conselho? Por que a mãe não fez mais para mantê-la? E o que Benny deve fazer com todos esses sentimentos, sabendo que a mãe não está mais por perto?

Byron

Os pais de Byron tinham dito a verdade algum dia?

Eles tinham sido tão bons assim em encobrir as coisas? Ou Byron simplesmente não queria ver? Quanto mais Byron descobre, mais coisas começam a fazer sentido. Um ano atrás, sua mãe tão confiante, tão dona de si, tinha se tornado mais quieta, até pegajosa. Mais melindrosa do que o normal, mais distraída. Ele sentia que ela estava passando por algum tipo de mudança interna. Sentia que ia além da perda de Bert ou da falta de Benny. Mas ele não queria se envolver.

Byron não queria pensar que, fosse lá o que estava afligindo a mãe, não iria passar por conta própria, como costumava acontecer quando ele era criança e ela se sentia mal. Ele mesmo se sentia cada vez mais inquieto. Decepcionado com a forma como as coisas estavam acontecendo no trabalho. Surpreso por ainda estar tão incomodado. Frustrado porque Lynette, que ainda morava com ele, estava exigindo mais de seu tempo privado, assim como ele tentava aproveitar o máximo possível de sua vida pública.

Byron foi egoísta, agora ele entende. Precisava que Eleanor continuasse a ser a pensadora positiva e perspicaz que sempre esteve lá para ele, que sempre lhe disse para encontrar seu equilíbrio e agarrá-lo e, *você verá, Byron*, as coisas darão certo. Afinal, ele pensou naquela época, as coisas tinham dado certo para seus pais, não tinham?

PARTE TRÊS

Um ano antes
Etta Pringle

Etta Pringle se livrou de seus chinelos e pisou na plataforma de madeira colocada na areia, acenando para a multidão enquanto caminhava. O aplauso deu lugar aos sons da infância. O mar, as palmeiras na brisa, a memória da voz de sua mãe, reprimindo-a. *Uma mocinha nunca tira seus sapatos em público!*, a mãe teria dito. Etta sorriu com o pensamento, e então se preparou para a pontada da nostalgia. Ao menos a mãe vivera por tempo o bastante para ver o que Etta alcançara. Para ver os netos crescendo. Para acreditar que tudo estava bem com sua única filha.

Etta ergueu o rosto para inspirar ao sol e abriu os braços. A multidão aplaudiu. Só mais vinte e quatro horas e ela estaria em um avião, saindo dali. Com a morte da mãe e o irmão na Inglaterra, Etta não tinha motivos para ficar, embora fosse ela quem escolhera que a cerimônia acontecesse ali, em sua cidade natal, naquela enseada onde tudo começara. E onde tanta coisa dera errado.

"Etta Pringle não é só uma mulher da ilha que teve sucesso", o primeiro-ministro estava dizendo. "Etta Pringle é uma mulher que conquistou o mundo, um nado por vez, começando com esta baía bem aqui."

Alguém gritou o apelido dela da infância e Etta riu, fazendo joinha.

"E agora", o primeiro-ministro prosseguiu, "esta campeã local incita políticos como eu, com razão, a fazerem mais para proteger o meio ambiente, porque nenhum mar, nem mesmo o nosso, o mais bonito do mundo, é imune ao escoamento, aos plásticos, ao aumento do nível da água, ao clima cada vez mais severo."

Mais aplausos e então uma medalha, seguida pela nomeação daquele pedaço da praia em homenagem a Etta Pringle. Etta olhou além das ondas espumando contra as rochas. Aquela era a baía onde uma nadadora muito mais rápida e ousada conduzira Etta para além da marca de onze quilômetros pela primeira vez e a fez perceber quem ela estava destinada a se tornar.

Etta cruzara a nado o estreito de Magalhães, no Chile, dera a volta na ilha de Manhattan, em Nova York, cruzara o canal da Mancha, e sobrevivera às águas geladas da costa da Sibéria, a primeira mulher negra no mundo a ter feito todas essas travessias. Criara dois filhos com outra mulher em um tempo em que coisas assim não eram mencionadas. Falara para estádios inteiros cheios de pessoas sobre superar obstáculos. Mas havia um na vida que Etta nunca fora capaz de superar.

Ela encarou a multidão. Lá estavam eles. Dois dos garotos Henry. Havia sempre alguém da família Henry por perto, esperando uma pessoa dar um deslize, esperando para oferecer sua assistência exclusiva em termos que nunca poderiam ser pagos. Havia uma geração inteiramente nova de Henrys agora, pessoas que viviam para explorar outras. Pessoas que gostavam de guardar mágoa. E era esse o motivo de Etta precisar sair da ilha.

Havia um lugar

Enquanto Etta Pringle recebia uma homenagem na ilha, Eleanor Bennett estava em casa na Califórnia, a quase cinco mil quilômetros de distância, olhando para seu notebook. Percebeu com satisfação que Pringle estava em alta nas redes sociais. O marido de Eleanor, Bert, que descansasse em paz, ia se acabar de rir daquilo. Ele e Eleanor tinham ficado orgulhosos de ver uma mulher das ilhas, uma nadadora de longa distância negra, se tornar tão famosa. Mas nos cinco anos desde a morte de Bert, Pringle ficara ainda mais popular, conhecida pelas gerações mais novas por seus discursos motivacionais.

E agora, Etta Pringle tinha uma praia com seu nome. *Imagine isso, Bert*, Eleanor pensou. Ver o vídeo da cerimônia de homenagem na internet levou o ardor da água salgada aos olhos de Eleanor. Sentiu saudade de estar cercada de pessoas da ilha, uma necessidade de lembrar como costumava ser antes que ela e Bert começassem a se esforçar para ficar longe das Índias Ocidentais, tentando evitar pessoas que pudessem conhecer pessoas que pudessem se lembrar deles. *Caribenhos*, o filho costumava lembrá-la de dizer. Era mais politicamente correto falar daquele jeito. Não era engraçado, como o filho a ensinava a chamar seu próprio lar?

Mesmo depois de todos aqueles anos, não era tão comum ouvir uma voz das ilhas na vizinhança de Eleanor, então ela entrou no carro e dirigiu para o norte, em direção a Los Angeles, a súbita mudança de planos sendo uma das vantagens da aposentadoria. Havia um lugar no distrito de Crenshaw onde Eleanor ia para buscar algumas de suas comidas favoritas da ilha. Um monte de bananas, uma lata de ackee, um pote de pasta de arenque defumado, uma garrafa de molho de pimenta picante. Um lugar onde ela podia encontrar ainda massa de ovos chinesa e cabeça de *bok choy* sem precisar explicar para ninguém o que *suey mein* era. Não precisava também explicar para ninguém que era tão comida chinesa quanto comida da ilha.

Pouco mais de uma hora depois, Eleanor estava passando pelos corredores da loja, correndo a ponta dos dedos pelas jarras e sacos de estopa, observando, em sua maioria, rostos negros se inclinando à frente para ler os rótulos, ouvindo o burburinho em diferentes sotaques e línguas. Perto dos ingredientes para fazer bolo, uma vendedora de braços macios em saia roxa e blusa amarela estava dando uma demonstração na loja.

"Quando se trata de bolo preto", a mulher dizia para um pequeno grupo, "uma base de marzipã, ou pasta de amêndoas, é essencial para uma boa cobertura."

Enquanto ela falava, salpicou com açúcar de confeiteiro uma tábua coberta por pano.

"Depois que o bolo estiver pronto, cubra-o com uma camada de marzipã antes de usar a cobertura. Senão, todo o rum e todas as coisas boas que fazem o bolo tão especial vão fazer a cobertura escorrer." Ela assentiu e apontou. "Isso aconteceu com vocês? Sim?"

A vendedora jogou um punhado de pasta de amêndoa na superfície polvilhada com açúcar enquanto as pessoas faziam perguntas. Em seguida, ela o alisou e pegou um rolo de massa.

"Algum de vocês já assistiu àquela mulher inglesa no YouTube? Aquela que está sempre falando sobre diferentes tipos de comida étnica? Sabem de quem estou falando, não sabem? Ela fez alguns programas interessantes sobre tradições locais ao redor do mundo. *Ela* alega que bolo preto não é uma receita caribenha autêntica."

Ela inclinou a cabeça para o lado e ergueu a sobrancelha. A audiência riu.

"Ela disse que não teríamos bolo preto sem que os europeus viessem a essa parte do mundo e trouxessem certos alimentos. Afirma que a receita vem de uma mistura de diferentes culturas. Diferentes culturas? Bem, o que ela acha que o Caribe é?"

Alguém fez um som de deboche e os comentários reacenderam no grupo que observava.

Eleanor inspirou o cheiro das amêndoas, lembrando da cozinha em sua casa na infância, o marzipã espalhado na mesa da cozinha, a mãe e Pearl fofocando e rindo. Eleanor tentava evitar pensar no passado, quando ainda era Covey, nos dias que antecederam a partida de sua mãe. Mas naquele momento, se deixou imaginar como seria voltar à ilha.

E se ela pudesse vagar pela cidade natal sem ser vista, passar pelo terreno da antiga escola, pelo clube de natação, em direção à casa onde crescera, com as paredes brancas de cimento, o telhado de zinco ondulado e os hibiscos vermelhos florescendo na esquina? E se ela pudesse parar e arrancar um sapoti do quintal de um vizinho, quebrar e arrancar a folhagem de um coqueiro anão? E se ela entrasse no quintal onde o pai costumava jogar dominó com os homens e ficasse bem atrás dele, fosse simplesmente sua filha de novo, antes que a fraqueza levasse o melhor dele?

E se sua mãe ainda estivesse lá?

E se Eleanor pudesse retornar sem ter que explicar onde estivera todos aqueles anos? Então, sim, ela voltaria, pegaria as cascas de tamarindo do chão do quintal e se sentaria nos degraus de concreto da varanda, perto da ponta laranja da estrelícia. Ela teria ensinado aos filhos como abrir as cascas, removendo as tiras e passando a polpa em uma tigela de açúcar. Ela os levaria até a enseada para nadar no mar.

Mas não era possível desaparecer por cinco décadas e depois voltar como se nada tivesse acontecido. De qualquer forma, ela não voltaria se não pudesse levar os três filhos. E depois de cinquenta anos, Eleanor ainda não fazia ideia de onde um deles estava.

Decência

O que Byron pensaria dela se soubesse a história toda?

Eleanor abraçou o filho antes que ele fosse à garagem, em direção ao carro. Olhou para ele, que tinha olhos brilhantes e costas eretas como o pai, e soube que nada que fizesse seria tão importante quanto aquilo, quanto criar os filhos para se tornarem jovens decentes e enviá-los ao mundo. Porque o mundo precisava de pessoas *decentes*, ainda mais do que precisava de pessoas *brilhantes*, e o filho era ambas as coisas.

Mas aquele lindo homem tinha uma fraqueza. Ele podia ser obstinado. Com Benny, por exemplo. Ele era tão apegado à sua irmãzinha que nunca vira de fato Benny ser a jovem mulher que se tornou. Benny crescera e se autoafirmara, e Byron resistira à revolução dela assim como, Eleanor admitia, ela e Bert haviam resistido. Byron ficara mais frio em relação a Benny com o passar dos anos, embora ela ainda o seguisse para cima e para baixo com aquele olhar de cachorrinho. Nesse ponto, Byron era como o pai. Quando não conseguia controlar ou entender uma coisa, se distanciava.

Eleanor perderia a estima do filho se lhe contasse a verdade?

O marido de Eleanor sempre soubera parte da verdade, mas não tudo. Bert cobrira Eleanor ao longo dos anos porque acreditava que estava protegendo a família deles, porque entendia que a mulher que amava tivera seu destino roubado. Mas nunca soube quanto ela perdera. Nunca soube sobre a primeira filha. Eleanor mentira para o marido por todos aqueles anos porque entendia que se você queria que alguém continuasse te amando, não podia pedir a essa pessoa que aguentasse todos os seus problemas, não podia arriscar deixá-la te ver por completo. Ninguém quer de fato conhecer outra pessoa tão bem assim.

A não ser que, é claro, alguém pudesse dizer: *Viu? Aqui está ela, minha filha há muito perdida. Eu a encontrei. Eu consertei tudo.*

Enquanto seus braços estavam em volta das costelas do filho, Eleanor sentiu os batimentos dele através da trama da camisa. Ela sentiu essa vida-de-sua-vida nos braços e pensou em sua primeira filha, um bebê pálido e choroso, acalmada por seu seio e então arrancada de seus braços com seis semanas. Eleanor agora sentia os batimentos cardíacos da outra criança murmurando sob sua pele, batendo no interior de sua cabeça.

Byron fez uma curva em U no beco sem saída e estava acenando lentamente, um braço musculoso e negro estendido para fora da janela. *Veja esse sorriso!* Eleanor queria correr atrás do carro, gritar Byron, chamá-lo de volta, explicar que não, criar ele e sua irmãzinha não era a coisa mais importante que ela já fizera. O que mais definiu Eleanor não foi o que, ou quem, ela manteve por perto, mas sim o que ela se permitiu soltar.

Por que ela não rasgara o papel que a fizeram assinar no dia em que levaram sua bebê embora? Por que não saíra do táxi enquanto ainda tinha a bebê nos braços? Por que não batera nas portas, roubara um banco, se vendera, por que não fizera qualquer coisa para ficar com a criança? Será que em todos aqueles anos, a filha alguma vez passara a noite acordada pensando, como Eleanor, sobre a mãe que a deixara para trás? Será que essas perguntas haviam se enterrado em seus ossos como minhocas, como acontecia toda vez que Eleanor pensava na própria mãe?

Em cinquenta anos, os tempos mudaram. As adoções forçadas estavam no noticiário. Mulheres grisalhas como Eleanor eram mostradas abraçando os filhos biológicos, os rostos brilhando com lágrimas. Exigiam que o governo se desculpasse. Alguém até tinha feito um filme. Elly pensara em voltar a procurar a filha, em pedir às autoridades por ajuda. Mas hesitara em todas as vezes. Sua filha, agora uma mulher de meia-idade, quereria saber sobre o pai. E os outros filhos de Eleanor também quereriam saber.

Ela tentou imaginar o que a filha ia preferir. Eleanor pensou na própria mãe, que fora embora e nunca voltara para buscá-la. O que Eleanor realmente queria saber sobre os motivos de sua mãe? E se saber a verdade fosse ferir mais do que a saudade? Eleanor podia dizer à primogênita que conhecera um rapaz bonito havia todos aqueles anos e cedera à tentação. Naqueles dias, as pessoas falavam sobre aquelas coisas. Mas ela temia que a filha a olhasse nos olhos e soubesse que era mentira.

A filha a odiaria mais por ter desistido dela ou por não ter ficado fora de sua vida?

E havia ainda a outra questão, que não era pequena. Se Eleanor Douglas reaparecesse na Inglaterra, alguém poderia perceber sua conexão com Coventina Brown, nascida Coventina Lyncook, que disseram ter morrido em um acidente de trem em 1967, que de repente desapareceu de outro país sob a suspeita de ter cometido um assassinato. Um assassinato que ainda não fora solucionado.

A falsa narrativa que Eleanor tecera em benefício de seus entes queridos se tornara uma rede que a prendera. E como se aquilo não fosse o suficiente, Eleanor também deixara ir sua filha mais nova. Ela deixara que Benny se afastasse dela e de Bert quando, talvez, ela mais precisava deles. Só que, na época, Eleanor não vira assim.

Ela amava os filhos mais do que qualquer coisa, mas Bert desistira de tanta coisa por ela. Ele arriscou a carreira escondendo a verdade. Ela devia sua lealdade ao homem que a amara e protegera, a ela e aos filhos, todos aqueles anos. Quando Bert fora teimoso, Eleanor ficara ao lado dele. Não dava para explicar algo assim aos filhos. Não dava para ser sincera sobre como as coisas eram, não quando significava revelar que a vida dela estava apoiada em uma rede de mentiras. O marido de Eleanor se fora fazia cinco anos, mas Benny ainda não voltara para casa.

O mundo não podia ser um lugar fácil para uma garota como Benny. Então, de vez em quando, Eleanor entrava em contato. Deixava mensagens na secretária eletrônica. Queria que Benny soubesse que a mãe ainda pensava nela, se importava com ela, apesar dos desentendimentos. Mas Benny não ligara, não fora vê-la.

Aparentemente, Benedetta decidira continuar vivendo sem Eleanor. E onde Eleanor ficava nisso? Quem era ela agora, sem suas filhas e sem o marido, a única pessoa que, durante toda a vida, soubera a verdade sobre quem ela era? Era como se ela nunca tivesse existido.

Depois que Byron saiu, Eleanor entrou na casa que era sua havia quarenta e cinco anos, a casa que o marido comprara bem a tempo do nascimento do pequeno Byron. Ela se sentia cansada. Cansada de tudo. Fechou a porta, apoiou as costas nela e tomou uma decisão.

O acidente

Cinco anos depois da morte do marido, Eleanor Bennett foi até a garagem, pegou sua prancha e dirigiu para o sul, ao longo da costa, procurando o tipo certo de onda e torcendo por um acidente. Suas amigas viúvas a haviam avisado de que isso poderia acontecer. Disseram a ela para superar os sentimentos e continuar, e ela o fez. Tinha até recomeçado a namorar. Mas uma grande parte dela desmoronou. Bert partira, o que significava que Gibbs partira. E se Gibbs se fora, Covey também.

Eleanor sempre teve orgulho de ser uma sobrevivente. Foi criada para ser forte. Tinha sido forte o suficiente para correr, para desistir de seu passado, para erguer a cabeça e seguir em frente. Por anos, muito do que ela recebera em troca, a família, a casa, os dias felizes, pareciam uma afirmação. Várias vezes, Eleanor pensou que tudo pelo que passara valera a pena. Mas não tudo. Não a coisa mais importante. Ela sempre esperou que as coisas dessem certo no fim, que encontrasse a primeira filha, que explicasse tudo para seus outros filhos, que não se sentisse como agora.

Sem esperança.

Chega, chega, chega. As condições estavam boas, uma boa onda vinda do Sul. Quando as autoridades falassem com seus filhos, talvez fossem gentis, talvez dissessem que os últimos suspiros de Eleanor foram preenchidos com sol e ar salgado, que ela vivera a vida ao máximo momentos antes do fim.

Acontece que uma mulher negra com seios grandes, de sessenta e poucos anos em uma prancha de surfe no inverno e sem roupa de neoprene simplesmente não poderia passar despercebida no sul da Califórnia. O salva-vidas de plantão estava de olho em Eleanor e deu o alarme. Quando ele e seu colega a alcançaram, ela estava em muito mau estado. A prancha voou e atingiu a cabeça dela antes que Eleanor caísse no chão e quebrasse a tíbia. Mais tarde, ela não se lembraria de ter sido resgatada da água.

Eleanor acabou no hospital com pinos na perna, costelas quebradas e um horrível ferimento na cabeça, mas fora isso, tudo bem. Depois que seu filho foi para casa à noite, ela ficou deitada e sedada, mas acordada, olhando para o brilho da televisão e esperando que os remédios continuassem a mascarar a profundidade de sua tristeza. Ela não tinha certeza do que a fazia se sentir pior, saber que tinha sobrevivido ou saber que tinha ido lá, para início de conversa.

Byron

O amigo de Byron, Cabo, foi apelidado assim porque, quando pequeno, adorava os canais da TV paga que transmitiam todos os filmes clássicos antigos de quando os pais deles eram crianças. Conhecia todos aqueles em que os negros tinham bons papéis, embora na verdade adorasse os clássicos, desde que as empregadas ou carregadores negros não fossem retratados daquele jeito espalhafatoso que podia ser irritante. E mesmo assim, talvez ele ainda assistisse. Esse era o motivo das piores discussões entre ele e Byron.

Cabo amava os filmes antigos porque eles tendiam a ser diretos em relação à vida. Os mocinhos faziam o bem no fim. Ou então morriam como heróis. Cabo acreditava na bondade das pessoas, em fazer sacrifícios pelos outros, em redenção. Acreditava que as coisas poderiam dar certo, mesmo nos piores momentos. Era o tipo de amigo que todo homem precisava ter.

Cabo ligou para convidá-lo para uma cerveja, mas Byron pediu desculpas, disse que a mãe estava no hospital.

"Um acidente de surfe? A sra. Bennett? E você não me contou?"

"Desculpe, mano, aconteceu ontem de manhã", disse Byron. "Ela bateu a testa. Quebrou bastante a perna. Eles tiveram que operar. Mas ela vai ficar bem."

Vinte minutos depois, Cabo estava no hospital.

"Surfando, hein?", disse ele, tomando um gole de café na cafeteria. "Onde aconteceu?"

"Balboa", disse Byron.

"Praia de Newport?"

Byron assentiu.

"No Wedge?"

Byron tornou a assentir. Eles ficaram sentados por um tempo, em silêncio, enquanto Byron ouvia o cérebro de Cabo maquinando. Sabia o que ele estava pensando. Byron estava pensando a mesma coisa. Ele conseguiu surfar no Wedge, mas Eleanor apenas lhe assistiu da costa, torcendo por ele. Era um paraíso para surfistas, mas graças à maior onda do sul da Califórnia, também podia ser bem perigoso.

"O que ela estava fazendo lá?", perguntou Cabo.

Byron virou a cabeça devagar de um lado para o outro.

"Tem certeza de que sua mãe não está querendo se matar, Byron? Minha mãe fez isso, depois que meu pai morreu."

"Sua mãe? Mas ela parece bem."

"Ela está melhor agora. Mas você precisa ficar de olho na sua velha, Byron. Sua mãe é uma boa surfista, boa o suficiente para saber que não é tão boa *assim*."

Byron tirou os óculos e encarou o amigo de infância.

"Tô te ouvindo, Cabo. Mas já faz cinco anos desde que meu pai morreu. Admito que acho que minha mãe está um pouco entediada. Acho que ela pensou que poderia tentar, mas foi no momento errado."

Cabo ficou em silêncio, ergueu as sobrancelhas e bebeu mais um gole de café.

Byron desviou o olhar e suspirou.

"Meeeeerda", disse ele.

"De qualquer jeito, precisamos fazer algo. Precisamos encontrar um homem para ela, Byron. Quer dizer, não quero desrespeitar o sr. Bennett, você sabe que eu amava aquele homem como um tio, mas não, isso não é bom. Precisamos encontrar um homem para ela, alguém que possa acompanhá-la. Ele tem que ser no mínimo quinze anos mais novo. No mínimo."

Byron balançou a cabeça e riu.

"Por que você está rindo? Não ria."

Todo mundo precisava de um amigo como Cabo. Ele conseguia fazer Byron rir nos piores momentos. No entanto, mais tarde, Byron ficou acordado no meio da noite, pensando no que Cabo dissera sobre a mãe dele.

Ela *queria morrer?*

Sentiu algo sob suas costelas, uma espécie de pânico. Ele pegou o celular para ligar para Benny e então o colocou de volta na mesinha. Ele achava que Benny deveria saber, Benny deveria estar ali. A mãe precisava ter os filhos com ela. Mas só a mãe podia fazer aquela ligação. Isso, ou Benny precisava mexer sua bunda egoísta e entrar em contato. Por vontade própria. Caso contrário, eles simplesmente teriam que seguir o caminho que faziam desde antes da morte de Bert.

Sem Benny.

Com a ausência da irmã se infiltrando nas fissuras da vida dos dois.

Muito mais tarde, Byron veria que o incidente de surfe da mãe foi um momento decisivo para ambos. Depois que Eleanor deixou o hospital, Byron cancelou algumas viagens de trabalho e voltou a dormir na casa em que crescera. A mãe, ainda sem condições de dirigir ou trabalhar como voluntária na horta comunitária, alugou uma cadeira de rodas por algumas semanas e planejou algumas *saidinhas*, como gostava de chamar. Byron a levou a um dos antigos estúdios de cinema, a um museu, a um concerto. Depois, para ver aquela famosa nadadora negra no centro de convenções. A essa altura, ela estava bastante ágil com as muletas e parecia mais feliz do que havia meses.

Foi durante esse período que Byron viu pela primeira vez o sr. Mitch, o advogado que, aparentemente, sabia muito mais sobre Byron e Benny do que eles próprios. Ele deveria ter adivinhado que Eleanor estava tramando alguma coisa e que o sr. Mitch, como outros antes dele, caíra no feitiço da mãe.

Como sempre

O pessoal do clima disse que 2017 estava se tornando um dos anos mais quentes já registrados na Califórnia, o que não surpreendeu Byron nem um pouco. Para ele, o ano inteiro fora um pouco estranho. Ele ainda não sabia que o próximo seria o último de sua mãe. Só sabia que estava pronto para tudo terminar. Todos aqueles incêndios. O acidente da mãe. Ter sido rejeitado para aquela promoção. Todas as coisas que não estavam indo bem com Lynette. Eles discutiam sempre e ele não conseguia descobrir sobre o que se tratava, exatamente.

"Mãe?", chamou ele, batendo os pés no tapete da entrada. Suas botas liberaram uma poeira calcária misturada com as cinzas que flutuaram dos incêndios ao norte.

"Oi, filho", disse a voz de Eleanor no corredor. "Como foi seu dia?" O humor dela parecia melhorar à medida que os ferimentos cicatrizavam.

"Como sempre", disse Byron.

O pior dos incêndios florestais na Califórnia custou vidas e queimou casas. A vegetação das encostas fora destruída, o que deixaria todos mais vulneráveis a deslizamentos de terra quando chovesse. Além de que corroeria ainda mais o solo, poluiria as fontes de água, retardaria o crescimento das mudas e, mais uma vez, desestabilizaria as encostas. Todo ano, Byron era chamado por jornalistas locais para comentar sobre os fluxos de águas pluviais para o oceano e o escoamento poluído, embora seu trabalho na verdade se concentrasse em outras áreas de pesquisa.

Byron era popular nas escolas. O fato de ter muitos seguidores nas redes sociais e ser um atleta inteligente ajudava. Esta última característica era especialmente atraente para os educadores, que convidavam

Byron para as escolas públicas a fim de transmitir a mensagem de que o atletismo e a excelência escolar podiam andar juntos e que um não deveria ser desculpa para evitar o outro.

Byron gostava de ser um exemplo para os alunos, em especial para aqueles cuja identidade continuava sub-representada nas carreiras de ciência e tecnologia. Mas, ao querer que os alunos se libertassem de pensamentos que pudessem impedi-los de seguir certas profissões, as escolas costumavam ser culpadas de reforçar estereótipos, em vez de destruí-los.

A área de esportes era um exemplo. Todos queriam que Byron destacasse suas vitórias no atletismo na época de faculdade, todos perguntavam se ele já jogara basquete. Esses eram os esportes que esperavam que ele mencionasse ao conversar com crianças do centro da cidade. Ninguém jamais perguntou a Byron sobre o esporte que mais claramente o definia como um homem da Califórnia: o surfe.

Foi Eleanor quem ensinou Byron a surfar. Eles sempre eram encarados, o garotinho negro e sua mãe alta, inclinando-se sobre as pranchas de surfe em uma época em que muitos moradores de Los Angeles acreditavam que o esporte fora inventado por homens loiros. Às vezes, ela levava Byron de volta para a areia e saía sozinha com a prancha, arrancando gritos de aprovação enquanto cambaleava no retorno à praia.

"Algumas pessoas pensam que o surfe é um relacionamento com o mar", disse Eleanor um dia, quando Byron estava com dificuldades na água, "mas o surfe é na verdade um relacionamento entre você e você mesmo. O mar faz o que quer." Ela deu uma piscadela. "O que você precisa fazer, Byron, é, o tempo todo, saber quem é e onde está. Trata-se de você encontrar e manter o equilíbrio. É assim que você pega uma onda. Depois você pode achar que precisa praticar mais, ou que há uma tempestade chegando, ou que simplesmente a onda é demais para você. Pode até decidir que não foi feito para surfar, e tudo bem também. Mas não saberá qual das hipóteses é verdade, a menos que vá lá com a cabeça no lugar certo." Aquilo era verdade no surfe e na vida, disse a mãe.

Cedo naquele dia, enquanto Byron se organizava para visitar duas escolas de ensino médio, fez algo um pouco diferente. Colocou a mochila e o notebook no banco do passageiro de seu Jeep, e, em seguida, voltou para pegar uma de suas pranchas de surfe. Por que não fizera isso antes?, pensou, enquanto colocava a prancha na parte de trás do veículo.

"Quantos de vocês têm uma dessas?", Byron perguntou, segurando a prancha em pé, enquanto enfrentava uma assembleia de alunos de várias salas de aula. Apenas duas mãos se levantaram, mas Byron aproveitou a deixa, escalando as conexões entre o surfe e a física e seus estudos profissionais do fundo do mar.

Tivera a ideia de falar sobre surfe na noite anterior, enquanto estava sentado em seu carro esperando um policial rodoviário verificar sua carteira de motorista. Era a quarta vez naquele ano que era parado pela polícia e, para se manter calmo, Byron respirou profunda e lentamente e se imaginou correndo em direção à água com uma prancha debaixo do braço. Foi quando decidiu fazer uma pequena mudança em sua apresentação de sempre do Dia da Carreira.

"Como a maioria de vocês, nasci bem aqui no sul da Califórnia", disse Byron enquanto encarava mil alunos sentados nas arquibancadas do ginásio. "E frequentei o fundamental, o ensino médio e ambas as minhas universidades neste estado, sempre perto da costa." Ele segurou a prancha de surfe com uma mão e bateu nela três vezes com a outra. "Como sabem, a Califórnia é famosa pelo surfe. E eu gosto de surfar, mas em todos os anos que cresci em Orange County, raramente vi outro cara negro em uma prancha de surfe. Agora, por que vocês acham que isso acontece?"

Um garoto levantou a mão.

"Tradição?"

"Tradição", repetiu Byron. "Entendo por que você pensa assim. Mas estamos falando da tradição de quem?" Ele apoiou a prancha no púlpito e se voltou para os alunos. "Os negros surfam no Caribe, onde meus pais nasceram. Na verdade, foi minha mãe quem me ensinou a surfar. E pessoas surfam em países africanos, onde vivem mais de um bilhão de habitantes e onde, como sabem, a maioria é negra ou parda. E quanto à Ásia? Longa tradição de surfe por lá. Então por que não aqui, na capital mundial do surfe?"

Alguns dos alunos estavam inclinados para a frente agora.

"Não me entendam mal", disse Byron. "Na verdade, existe um grupo inteiro de surfistas negros mais adiante na costa. Eles até dão aulas nos fins de semana. Mas quando eu estava crescendo na minha área, isso simplesmente não existia. Há vários motivos pelos quais o surfe acaba limitado a apenas alguns grupos de pessoas na Califórnia."

Byron adora isso. Uma sala cheia de adolescentes ouvindo.

"Mas não vou entrar em detalhes, isso é outra história. O que quero dizer é o seguinte: a mesma coisa vale para o trabalho que faço. Quando eu ainda estava na universidade, era o único negro no programa de doutorado."

Byron ergueu as mãos.

"Sei que vocês acham que isso foi, tipo, na época dos dinossauros."

Risos.

"Mas não faz tanto tempo. Fico feliz em dizer que terminei meus estudos, faço um trabalho útil e adoro meu emprego. E agora vejo estudantes universitários de diferentes áreas entrando em minha linha de pesquisa. Os tempos mudaram, é verdade. Mas o número de alunos que escolheu cursar ciências e segue até o doutorado, ou a empregos que oferecem oportunidades reais de crescimento, não tem aumentado como deveria. Então, qual é o meu ponto?"

Mãos erguidas, gesticulando.

"Ótimo, quero ouvir suas perguntas daqui um minuto, mas só vou concluir dizendo o seguinte: se querem surfar, não esperem encontrar alguém que se pareça com vocês. E se estiverem interessados na minha área, oceanografia, sensoriamento remoto ou algo como química, biologia ou tecnologia da informação, não esperem que alguém lhes dê permissão. Vão em frente, estudem e se inscrevam em cursos em todos os lugares que puderem, porque precisamos de mais jovens talentosos, de todos os tipos, e vocês não podem ganhar se não jogarem."

Byron olhou para o garoto que falara em tradição.

"Então, tradição. Sim, a tradição às vezes nos diz que apenas certos tipos de pessoas devem estudar certos assuntos, ou se envolver em certos esportes, ou tocar em uma orquestra, ou sei lá o quê, mas a tradição é apenas sobre o que as pessoas fizeram ou não fizeram; não se trata do que elas são capazes de fazer. Nem é sobre o que farão no futuro."

Um quadro-negro fora montado no ginásio. Byron foi até ele, pegou um pedaço de giz e começou a escrever.

"É uma honra ter sido convidado pelo diretor para falar a todos vocês hoje, como uma espécie de exemplo. Mas vou repetir. Se não virem alguém por aí que se pareça com vocês, precisam ir em frente de qualquer jeito."

Ele tornou a se virar para os alunos.

"Vão permitir que a visão de outra pessoa sobre quem vocês são e o que devem fazer atrapalhe?" Byron sorriu, pensando no que sua mãe costumava dizer quando ele ainda estava na escola.

"Agora, não vou chegar aqui e dizer que é tudo cor-de-rosa, que não há obstáculos de verdade a superar, como barreiras financeiras e estereótipos. Nós, da geração anterior, deveríamos estar trabalhando para melhorar essas coisas, e muitos de nós estamos tentando. Mas façam um favor a vocês mesmos e *pensem* sobre isso, tudo bem?"

Aplausos.

Byron deu um passo para o lado para chamar a atenção para o que escrevera no quadro-negro: ENTRE NA ONDA.

"Isso é o que eu gostaria de dizer a vocês, que na vida devem entrar na onda. Mas e se vocês não virem ondas boas se aproximando? Precisam procurar. Não parem de procurar, o.k.? E uma das maneiras de procurar é continuar estudando. Não subestimem o valor de se dedicar à escola. Porque você não pode vencer...", Byron disse, colocando as duas mãos em concha sobre a orelha.

" ... se não jogar", responderam os alunos.

No fim da sessão de perguntas e respostas, alguns foram até ele para perguntar sobre cursos de ciências, estágios e coisas do gênero, mas Byron percebeu que uma parte estava apenas tentando dar uma olhada mais de perto na prancha. Tudo bem, pensou Byron, enquanto posava para selfies com os alunos. Era um começo. Mas ele sabia que mesmo que todos aqueles alunos seguissem seus conselhos, não seria o suficiente. Era por isso que algum dia ele fundaria seu próprio programa de bolsas de estudos.

"Você teve um bom dia então, filho?", Eleanor perguntou a ele.

"Sim, mãe, o de sempre. Como está sua perna?"

"Está melhor, Byron. Melhor a cada dia."

A mãe ainda estava usando uma bengala após o acidente de surfe. Deveria ter pensado melhor antes de tentar pegar aquela onda. Toda a conversa sobre saber, o tempo todo, quem você era e onde estava não impediu a mãe de agir com ousadia e quase quebrar o pescoço no processo. A menos que, como Cabo sugeriu, Eleanor soubesse exatamente o que estava fazendo.

Mais do que qualquer pessoa, ainda mais do que seu pai, a mãe de Byron lhe ensinara o valor do pensamento estratégico, da ação calculada. Ele costumava pensar que era mais parecido com a mãe, mas, nos últimos tempos, Eleanor revelara ter uma espécie de tendência a ser imprudente que escapava à própria lógica e o deixava nervoso.

Era como Benny.

Meu nome é Benny

Um ano antes da morte de sua mãe, Benedetta Bennett ficou diante de um púlpito em uma sala de reuniões em Midtown Manhattan, dizendo:

"Olá, meu nome é Benny."

E assim que o disse, soube que cometera um erro colossal. Benny ficou ali tremendo, o chiado eletrônico do microfone destacando a pausa. Gotas de suor se espalharam pela parte inferior de suas costas. A cinta coçava. Ela ergueu os olhos para o público, encolhendo-se diante dos rostos cheios de expectativa.

Trinta pares de olhos. Naqueles segundos suaves e calorosos de amor amigável, eles não faziam ideia, não é? Aqueles olhos logo a fariam sair da sala, correndo pelo corredor em direção à porta. Eles não tinham como saber qual era o estado dela. Não tinham como saber que, meia hora antes, ela quase se atirou na calçada congelada ao lado da base de uma árvore, tomada pelo desespero.

Voltando de um de seus empregos, Benny descera do ônibus e estava se aproximando, se aproximando, se aproximando do chão. Foi então que um homem passou, e ela captou a expressão em seu olhar enquanto ele subia uma escadaria para a entrada de um edifício. O rosto dele de quarenta e poucos anos, embora emoldurado por um corte de cabelo de estrela de cinema e protegido por um lenço de caxemira sobre o queixo, parecia espelhar o próprio interior ferido de Benny, só que com outra coisa, uma expressão que beirava o alívio. O homem abriu uma porta enorme, parou e encarou Benny. A porta era verde-floresta, e verde-floresta era a cor favorita de Benny. Então ela seguiu o homem para dentro.

Benny passou por um saguão mal iluminado que cheirava a papel empoeirado e dias letivos e entrou em uma sala grande e quente com fileiras de cadeiras dobráveis e uma mesa coberta com salgadinhos e folhetos. Ela assentiu em agradecimento quando alguém lhe entregou um copo de papel com café e um biscoito sem glúten. Aproveitou as boas-vindas murmuradas, o santuário de rostos desconhecidos, o calor da xícara entre os dedos. Já estava se sentindo melhor; poderia ter ido embora naquele momento, mas não foi. Em vez disso, se sentou entre um jovem com um suéter azul felpudo e uma mulher com uma saia escarlate e permitiu que a maré de boa vontade e a necessidade de catarse a puxassem para a frente da sala.

Até então, ninguém quisera saber quem era ela, de onde viera ou por que estava lá, já que, no fim das contas, todos tinham o mesmo motivo básico e o *por que, exatamente?* da presença naquela noite em particular, e o *quem, exatamente?* eles haviam sido, ou esperavam ser, não requereria explicações a não ser e até que chegasse a hora. E agora ela estava segurando a borda do púlpito com uma mão e um biscoito meio comido com a outra.

"Meu nome é Benny e eu sou alcoólatra."

Com aquelas poucas palavras, Benny havia oficialmente entrado em uma reunião para alcoólatras em recuperação por querer um lugar onde as pessoas diriam *Entre* não importando o que acontecesse. Onde a apoiariam mesmo que ela dissesse que não fora ao funeral do próprio pai. Onde a ouviriam sem choque algum quando explicasse por quê. Onde ela poderia dizer, para pessoas que talvez não entendessem, mas a ouviriam de qualquer forma, que estava cansada de ter sua autenticidade enquanto pessoa contestada simplesmente porque não cabia nos papéis que os outros queriam que ela desempenhasse, ou porque queria desempenhar papéis que os outros sentiam estar além dela.

Benny sabia que deveria sair correndo da sala sem dizer outra palavra, mas o biscoito era caseiro e ela sentiu um fundo de gengibre. E pela primeira vez em muito tempo, alguém a estava ouvindo. Então ela falou. Contou tudo a eles. Depois que terminou de falar sobre a rejeição do pai, a decepção da mãe, o irmão que não falava com ela, o amante que a machucara, ela se revelou e admitiu que fora à reunião sob desculpas falsas porque não sabia mais o que fazer. Ela não queria ser desrespeitosa, explicou, mas ia embora naquele instante. Benny se afastou do microfone e foi direto para a saída, balançando a cabeça e murmurando: "Sinto muito mesmo...".

Enquanto ela se apressava para passar pelas cadeiras, uma mulher ergueu a voz e disse:

"Há grupos de apoio para esse tipo de coisa, sabia?"

E uma segunda pessoa disse:

"Pelo menos você foi sincera."

O Senhor Cabelo de Cinema, que, sem querer, conduzira Benny até ali, disse:

"Boa sorte."

O rosto de Benny estava queimando, e ela tinha a sensação de que, de alguma forma, sua primeira e única reunião no AA tinha sido útil no fim das contas.

Benny desceu os degraus do prédio e seguiu por quarenta minutos, até chegar ao apartamento. Afundou-se no sofá e se cobriu com um cobertor, grata pelo calor e pelo cheiro do alho da noite anterior, ainda agarrado nas fibras. *Chega, chega, chega*. Benny pegou o celular e ligou para casa, mas não foi atendida. Mais tarde ela faria as contas e descobriria que a mãe estava no hospital depois do acidente de surfe, e Byron nem se dera ao trabalho de ligar e informá-la. Esse era o tipo de coisa que podia acontecer quando você se afastava por tempo demais.

Bolo

Benny ficou deitada e acordada por horas, pensando no que poderia ter dito se Eleanor tivesse atendido ao telefone. Às quatro da manhã, saiu da cama e limpou a bancada da cozinha. Tirou do forno os potes e as panelas que guardava lá, tirou ovos da geladeira e abriu o armário de baixo para pegar o ingrediente mais importante, o pote com frutas secas imersas em rum e vinho do porto. Ela despejou a mistura em uma tigela, adicionou as tâmaras e as cerejas marrasquino. Mas nada de cidra. Ela nunca gostara de cidra. Nem a mãe.

Benny calculara o tempo certinho para fazer a coisa toda e colocar dois bolos pretos sobre o fogão para esfriar antes de ter que se arrumar para o emprego matutino. Ainda sentia a necessidade de falar com a mãe, mas não tinha coragem de ligar de novo. Aquilo teria que ser sua mensagem, os bolos. Ela tirara algumas fotos da preparação. Ia enviá-las junto com uma carta para a mãe.

Benny deixaria Eleanor ver o que aprendera com ela, quanta atenção estivera prestando, quão bem aperfeiçoara a técnica. Porque fazer um bolo preto é como curar um relacionamento. A receita, no papel, é simples. Seu sucesso depende da qualidade dos ingredientes, mas principalmente quão bem você os maneja, no cronometrar dos vários processos, e responde a variáveis, como umidade do ar ou o funcionamento do termostato do forno.

Benny não fora muito boa nos relacionamentos, mas sabia como fazer um bolo.

Foto número um: o pote de frutas perto de alguns ovos. Um dia, Benny desenvolveria uma versão sem ovos da receita, porque os tempos mudaram e a comida teria que mudar com eles, mas seria necessário alguns experimentos que, provavelmente, deixariam a mãe chocada.

Clique.

Foto número dois: o queimar do açúcar. Fumaça subindo suavemente da panela, o fogo apagado na hora certa, a colher de madeira saindo da panela. *Clique.*

Foto número três: duas formas de bolo preenchidas com massa, cada uma dentro de uma panela com água no forno. *Clique.*

"Esta foi a única coisa que sobrou quando perdi minha família", Eleanor disse a Benny uma vez, tamborilando um dedo na lateral da cabeça. "Mantive tudo aqui. A receita de bolo preto, minha educação, meu orgulho."

Foto número quatro: um close de um dos bolos pretos esfriando sobre a bancada. A cor da terra úmida, o cheiro do paraíso. *Clique.*

Preparar o glacê levaria outro dia inteiro de trabalho, depois do qual Benny fotografaria sua decoração-assinatura, uma única grande flor de hibisco, vermelho-alaranjada e aninhada em folhas de um verde profundo em uma base branca simples. Ela estava disposta a apostar que a mãe nunca vira algo assim. Eleanor ficaria tão orgulhosa dela. Naquelas raras ocasiões em que a mãe ligava para Benny, havia geralmente um motivo específico, como um aniversário, mas um dia Eleanor simplesmente ligou e deixou uma mensagem na caixa postal.

"Lembra de quando a gente cozinhava?", disse ela. "A gente enlouquecia seu pai e Byron quando interditava a cozinha."

Benny podia ouvir o sorriso na voz de Eleanor. Então a mãe ficou em silêncio por um momento antes de dizer que Byron estava indo bem, viajava com frequência, estava sempre na televisão. A mãe deixou mensagens no celular de Benny no meio da noite, horário da costa leste, quando deveria saber que estaria desligado. Era como se Eleanor não quisesse entrar em contato, não de verdade.

Ela sempre ligava de casa. Benny pensou que a mãe teria algum tipo de celular àquela altura, mas não fazia ideia de qual era o número dela.

Na mensagem mais recente, Eleanor dissera:

"Estou lendo e pensando. Sobre pessoas como você. Pessoas com relacionamentos complicados."

A mãe de Benny ainda não conseguia nomear as diferenças da filha, mas estava tentando. Benny suspeitava que a mãe teria superado havia muito tempo, não fosse a resistência do pai. Eleanor sempre fizera as coisas à sua própria maneira. Exceto quando se tratava de Bert.

E isso era algo que ela passara para Byron, aquela lealdade incontestável a Bert Bennett. Benny amara o pai, e ela, também, fora leal a ele, até o dia em que ele parou de ser leal a ela. Foi ele quem traçou a linha entre os dois.

Não foi?

Eleanor estava certa sobre uma coisa. Era verdade que os relacionamentos de Benny haviam sido complicados. As pessoas tinham tendência a acreditar que se é apenas uma coisa ou outra, ignorando os que eram como ela, os que ficavam no meio, os *nem-isso-nem-aquilo*. Essa visão também valia na política, na religião, na cultura, e com certeza quando se tratava das leis da atração.

Benny precisou focar, estava batendo a massa demais. Estava ficando agitada. Estava pensando em como tinha sido chamada de vira-casaca, de confusa, de falsa. Ao tentar viver de coração aberto, Benny havia se colocado em posição de causar desconfiança perpetuamente. Ainda bem que os tempos haviam mudado desde seus dias difíceis na faculdade. Mas ainda havia muitos desentendimentos para superar.

E quando as pessoas não entendiam algo, elas geralmente se sentiam ameaçadas.

E quando as pessoas se sentiam ameaçadas, geralmente ficavam violentas.

Benny escreve

As fotos da preparação do bolo já estavam prontas e colocadas em um envelope acolchoado. Benny puxou um banquinho para a bancada da cozinha e pegou uma caneta.

Querida mãe, começou ela.

O primeiro erro de Benny foi escrever à mão. Ela sempre escrevera devagar. O segundo, foi pensar que poderia se explicar em uma carta escrita à mão, não apenas porque havia muito a ser dito, mas porque algumas coisas eram feias demais para serem escritas. Mesmo assim, queria tentar, embora cinco anos houvessem se passado desde a morte do pai.

Sei que faz muito tempo desde que nos falamos. Ouvi suas mensagens. Só quero que você saiba que agradeço por elas e penso em você o tempo todo. Sinto muito sobre o funeral do meu pai. Sinto muito por não ter estado lá. Na verdade, eu estive lá naquele dia, só não deixei você saber. Te vi naquele vestido cor de pêssego que meu pai amava e estou tão feliz por você tê-lo usado em vez do preto convencional. Consigo imaginar algumas daquelas senhoras (você sabe de quem estou falando) vendo a viúva do estimado Bert Bennett usando um vestido tão brilhante no funeral do marido! Papai teria achado engraçado.

Há um motivo pelo qual eu não fui até você e Byron. Sei que estou muito atrasada, mas quero explicar...

Benny escreveu sobre Steve, sobre a faculdade, sobre as coisas que estava tentando conseguir, sobre suas decepções. Ela sentia muito, disse, que tanto tempo tinha se passado, mas não ia se desculpar por ser quem era, mesmo que ser quem era não tivesse dado muito conforto ultimamente. Benny terminou a carta e a selou, mas levaria um tempo até conseguir colocá-la no correio. Quando conseguiu, já era outono de 2018, e Benny sabe agora que o tempo da mãe havia se esgotado.

Agora

Sra. Bennett

B e B, sei que seu pai podia ser severo com vocês. Ele tinha expectativas muito altas para os dois. Nós tínhamos. E vejo, agora, que isso colocou muita pressão em vocês. Mas seu pai era o meu amor, e ele me deu um menino e uma menina lindos e os amava mais do que vocês podem imaginar. Talvez um dia vocês tenham seus próprios filhos e entendam.

Benedetta, estou pensando em você agora. Com certeza você deve saber que seu pai te amava muito. Você era a garotinha dele. Mas você cresceu e se tornou um tipo de mulher diferente do que esperávamos. Isso não significa que não te amávamos. E não significa que não acreditávamos em você. Mas sim, nós tínhamos nossa própria visão e esperávamos que você nos ouvisse. Estávamos preocupados sobre como você ia encontrar seu caminho no mundo.

Percebi que os tempos mudaram. Uma sólida educação costumava fazer diferença neste país, principalmente para pessoas como nós, com todos os preconceitos que podem nos atrapalhar. Ninguém parece saber mais o que é necessário para um jovem construir uma carreira e ter uma vida estável. Os jovens têm tanta liberdade agora, até em termos de quem amar. Mas também parece que vocês têm menos orientação, apesar de todos os guias na internet. É como se houvesse tantas opções que não é mais possível saber qual caminho é o certo. E a discriminação ainda está por aí. Menos formal, em alguns casos, mas ainda presente.

De qualquer forma, acreditamos que um diploma não faria mal, ainda mais um de uma universidade prestigiosa. Quando você largou a faculdade e se recusou a voltar, pareceu como o começo de um desfiar de algo que trabalhamos tanto para criar para você, um tipo de rede de segurança que pensamos que você poderia carregar pelo resto da vida. E odeio admitir que estávamos um pouco ofendidos também, depois de tudo que fizemos por você.

E eu não acho que você perceba, Benny, quão sortuda você foi por ir tão bem na escola. Como você poderia? Exceto por um decair nas suas notas no ensino médio, tudo o que você precisava fazer era aparecer e era a melhor aluna da classe. Ficou evidente que você tinha algum tipo de dom, Benny, e sentimos que você o estava jogando fora.

Sobre o Dia de Ação de Graças. Eu sei, seu pai e eu sempre te ensinamos que amor e lealdade contam mais do que qualquer coisa. Mas o que acontece quando amor e lealdade estão em conflito? Amo vocês, meus filhos, acima de qualquer coisa, mas minha lealdade ao pai de vocês era a fundação da nossa família. Eu precisava estar lá pelo pai de vocês, assim como ele estivera lá por mim. Por nós. Sem ele, nenhum de nós teria chegado tão longe. Seu pai precisava de um tempinho para compreender o que você estava tentando nos dizer sobre sua vida. Mas então você foi embora e o orgulho dele entrou no caminho. Suspeito que o seu também.

Eu não pensei que ficaríamos oito anos sem nos ver. Primeiro, você fugiu e nunca mais ligou. Então seu pai ficou doente. E eu pensei em te contar quando ele melhorasse, pedir para que você voltasse para casa para nos ver, mas de repente ele partiu. E então nós não te vimos no funeral e aquilo foi demais, mesmo para mim. É verdade, eu não tinha vontade de falar com você depois daquele dia. Senti que precisava manter distância para continuar com a mente sadia. Que tola eu fui, Benny. De novo, desperdicei um tempo que nunca foi meu.

De vez em quando, eu deixava uma mensagem de voz no seu celular, mas você nunca respondia. Mas agora tenho sua carta, aquela com as fotos do bolo. As fotos que você disse que queria colocar nos correios para mim meses antes. Eu te liguei quando as vi. Deixei uma mensagem. Amo aquelas fotos! E agora eu sei sobre seus motivos para sair da faculdade. Sobre Steve. Por que você não me contou isso antes? Por que não pediu ajuda? Por que nós, mulheres, deixamos a vergonha ficar no caminho da nossa felicidade? Achei que os tempos tivessem mudado desde que eu era menina, mas aparentemente não o bastante.

Traído

Traído.

É assim que Byron se sente ouvindo as palavras da mãe. Ele nem sequer sabe do que ela está falando. Ele não entende o que aconteceu com Benny. E quem é esse tal de Steve? Tudo o que Byron sabe é que foi deixado de fora. Ele, que fez tudo pela mãe quando Benny estava Deus sabe onde.

Quantas vezes Byron quisera ver Benny, mas se impediu por lealdade à mãe? Quantas vezes ele amaldiçoara a irmã por não se aproximar? Quantas vezes ele perguntara por aí, tentando saber onde a irmã estava sem ter que ligar para ela diretamente? Agora descobre que a mãe e a irmã estiveram em contato e nenhuma das duas se dera ao trabalho de contar para ele.

Por um tempo, Byron estivera com tanta raiva de Benny depois de ela não ter aparecido no funeral do pai que nem sequer queria falar com ela. Fora o último, em uma série de passos, que servira apenas para perturbar a mãe. Largar a faculdade. Mudar de uma cidade para outra. Gastronomia na Itália, arte no Arizona. Compartilhando cada vez menos sobre sua vida. Parecia a Byron que um dia tivera uma irmã sincera que se transformara em uma vaca egoísta. *Não fale assim de uma mulher*, Eleanor teria dito, mas aquilo era exatamente o que estava se passando na mente de Byron. E não era verdade?

Depois que a mãe quase quebrou o pescoço surfando no ano anterior, Byron quisera pegar o telefone, ligar para Benny e dizer *Benedetta, por favor venha para casa*, porque a ideia de que sua mãe, determinada e excêntrica, pudesse querer qualquer coisa menos viver, justamente depois da morte do pai, abalara o senso de segurança de Byron. Mas então ele parou e pensou: por que deveria ligar para a irmã? Quando fora a última vez que ela ligara para Byron?

Embora tenha passado muito da vida adulta totalmente consciente de sua tênue existência como um homem afro-americano — a vulnerabilidade do emprego, a popularidade, a segurança física, sempre, a segurança física —, ele sentiu estar em terra firme quando entrou na casa de infância. O desaparecimento da irmã e a perda do pai fizeram a base de sua vida tremer, mas foi o suposto acidente da mãe, o estado mental que parecia implicar, que ameaçara desalojar totalmente o pilar.

Byron também chegou perto de ligar para Benny da última vez que foi parado pela polícia. Foi tomado, depois, pela necessidade de falar com ela, de ouvir a voz da irmã, de ouvi-la dizer o nome dele, contar a Benny o que tinha acontecido, saber que Benny, pelo menos, estava segura, mesmo que Byron talvez não estivesse. Talvez nunca estivesse. Ele não podia falar com a mãe sobre essas coisas. Não é possível falar com seus pais sobre o pior pesadelo deles. Byron pegou o celular e rolou a tela até o nome de Benny, mas só ficou sentado no carro, olhando para o aparelho, as mãos ainda tremendo.

Pelo menos Byron sabe agora que a mãe não foi para o leito de morte sem receber notícias de Benny. Isso é uma coisa boa, certo? Mesmo assim, ele se sente traído. Sabe que Benny e ele vão precisar conversar sério, em breve. Só não sabe como começar esse tipo de conversa.

"Ah, espere", diz Byron. "Como é?"

Ele pede para o sr. Mitch parar a gravação. Percebe que perdeu parte do que a mãe estava dizendo. O sr. Mitch pressiona o botão de pausar e pega um lenço na caixa sobre a mesa de café. Byron vê que o nariz dele está muito vermelho. *O que há com esse cara? Ele não está chorando, está?*

"Desculpe, essa alergia está me matando", diz o sr. Mitch.

Uhum, pensa Byron, alergia nesta época do ano.

"Você gostaria de uma xícara de chá ou algo assim, sr. Mitch?", pergunta Benny.

"Não, estou bem, obrigado. Mas por favor, me chame de Mitch, sem senhor. Ou Charles. É assim que sua mãe me chamava. Charles." E a forma como ele diz *sua mãe* faz soar um alarme na cabeça de Byron. É claro. Por que ele não percebeu antes? Havia algo entre Charles Mitch e Eleanor, não é? Charles Mitch também está de luto.

"Tudo bem", diz Benny.

Ela abraça a almofada de novo, da forma que costumava fazer quando era uma garotinha, daquele jeito, bem no meio do corpo. Talvez não seja a mesma almofada, de cor diferente. Eleanor provavelmente deu as antigas para um abrigo anos atrás. Ela sempre pegava pedacinhos da vida deles e doava para famílias que tinham menos. Os brinquedos, os livros, os cobertores antigos. *Estas coisas não são vocês*, ela diria, *estas coisas são só coisas*. Certo. A não ser que se tratasse daquele sofá horrível dela. Quantas vezes Byron tentara convencê-la a se livrar dele? E quem é que inventara veludo amassado?

Byron sente falta de sua irmãzinha. Mas essa pessoa sentada diante dele, essa não é sua Benny de verdade. Esta é uma mulher que viveu a vida sem ele pelos últimos oito anos e continua a olhá-lo como se esperasse que ele esquecesse tudo. É como se, agora que ela está aqui, nada mais importasse. Bem, e toda a mágoa? A mágoa importa. Amanhã será o funeral da mãe, e então o quê? Vai acabar? Ele e Benny seguirão caminhos separados? Sobrará alguma coisa da vida que ele conheceu um dia?

Sr. Mitch

Aquela coisa sobre identidade. Por um lado, há a história da sua família, há como você se vê, e, por outro, há como os outros te veem. Todos esses elementos constroem sua identidade, quer você queira, quer não. Charles Mitch é um orgulhoso membro da associação estadual de advogados negros, mas suspeita que parte de seu sucesso ao longo dos anos seja devido ao fato de que a maioria das pessoas não percebeu sua herança africana.

A sociedade tinha dificuldade de enxergar além da pele de Charles. Isso apesar de seu histórico com o movimento dos direitos civis (e daquela sua foto quando era estudante). Apesar de seu trabalho voluntário com menores infratores negros (embora ele tenha ajudado outros jovens também). Apesar da aparência de seus filhos (que puxaram a linda mãe deles, que ela descanse em paz).

Aquela questão que envolve ter um nariz de homem branco. Quando seu coração está partido, todo mundo percebe porque seu nariz fica vermelho, assim como seus olhos. Não é de admirar que tantos homens nos Estados Unidos tentem esconder seus sentimentos. Sim, o coração de Charles Mitch está partido. A esposa era o amor de sua vida. E então ele se apaixonou de novo, dessa vez por Eleanor Bennett, a viúva de um colega advogado e uma mulher que por fim revelaria a ele que era um fantasma.

Charles Mitch

Faz um ano que Charles sabe que Eleanor não é Eleanor de verdade. Eles estavam namorando fazia um tempo, mas ela não revelou isso até que ele foi vê-la no hospital depois do acidente de surfe. Demorou um pouco para que ele entendesse o que ela estava contando. O acidente não fora um acidente, Eleanor explicou, exceto pelo fato de ter sobrevivido.

"Só meu marido sabia de verdade quem eu era", Eleanor contou a Charles naquele dia. "Sinto que ninguém me reconhece mais."

E eu?, Charles queria perguntar, mas não o fez.

"Isso é normal", disse ele. "Você morou com Bert por mais de quarenta anos. Criou uma família com ele. Quando minha esposa morreu, senti que havia desaparecido com ela. Só aguentei a princípio porque nossos filhos eram muito jovens."

"Mas isto é diferente", disse ela. E foi então que Eleanor contou a ele o que ela e Bert haviam feito. Como chegaram à Califórnia, em parte para se afastar dos outros caribenhos britânicos da costa leste.

"Entendo o que você quer dizer", Charles disse. Mas o que ele estava pensando era *ainda sei quem você é. Ou será que sei?*

Charles e Eleanor haviam se conhecido anos atrás na casa de um conhecido, alguém que, junto com Charles e Bert Bennett, voluntariara seu tempo para dar assistência jurídica em geral para famílias negras que não podiam pagar por ela. Algum tempo depois da morte da esposa, quando Charles começou a se acostumar à ideia de ficar com alguém de novo, chegou à conclusão de que era melhor manter distância de Eleanor. Ela tinha algum efeito nele, deixava certa alegria em seu coração, mas era casada com outra pessoa e Charles Mitch não era do tipo que corria atrás da mulher de outro homem.

Ele se lembrava que Bert não gostava de falar da criação dele nas ilhas. Bert disse a Charles que tanto ele quanto Eleanor eram órfãos. Charles também se lembrava da forma como Bert e a esposa se olhavam quando falavam sobre os filhos. Não, Charles nunca conseguiria roubar a esposa daquele homem, mesmo se tentasse.

Charles sentia muito por ver Bert partir do jeito que partira, um declínio bastante rápido mas longo o suficiente, e doía nele ver o rosto de Eleanor enquanto ela estava ao lado do túmulo do marido. Ela olhava para o caixão, e então para fora, como se esperasse que Bert saísse de algum lugar entre as árvores. Só muito mais tarde ele percebeu que ela procurava por Benny.

Depois da morte de Bert, Eleanor foi consultar Charles como advogado, e eles deixaram de ser conhecidos para se tornarem mais íntimos. Com o tempo, algumas das rachaduras do coração de Charles começaram a se curar.

Naquela noite no hospital, as enfermeiras o deixaram ficar no quarto de Eleanor até tarde. Ele se inclinou para a frente e apoiou o cotovelo no travesseiro, perto do rosto dela, enquanto ela falava. Na vez seguinte que a viu, Eleanor sorriu para ele e Charles sentiu que tinham avançado. Quando Eleanor se recuperara e o filho dela voltara para casa, ela e Charles começaram a ficar juntos de novo. Eleanor estava planejando organizar um almoço para que ele conhecesse Byron, quando alguns exames de rotina mostraram que ela tinha um problema.

No início de 2018, alguns meses depois do acidente de surfe, o quadro clínico indicava que Eleanor, de quase setenta e três anos, na verdade nascida Coventina Lyncook, que acabara de fazer setenta, tinha tipo sanguíneo O negativo e uma doença, avançada. Chances de sobreviver além do ano seguinte: mais ou menos quinze por cento.

Eleanor Douglas Bennett, nascida Coventina Lyncook, recebeu a notícia com tranquilidade. Era a filha de um homem que apostava. Ela já morrera e voltara à vida duas vezes. Ela sempre foi contra todas as probabilidades. Mas e se ela não conseguisse desta vez, Eleanor perguntou a Charles. Ela não podia deixar os filhos assim. Havia algo que precisava contar a ele.

O resto da história

Charles só está aqui hoje, passando pelo processo excruciante de ouvir a história de Eleanor outra vez, porque prometeu a ela, como advogado e amigo. Prometeu a Eleanor que ajudaria os filhos dela a passarem por isso. Seria demais para eles absorverem. Mas quem está ajudando Charles?

Em 1970, havia menos que quatro mil estudantes negros nas escolas de direito nos Estados Unidos. Um deles era Charles Garvey Mitch. Nos quase quarenta anos que se seguiram até sua semiaposentadoria, Charles vira ou ouvira um pouco de tudo, tanto profissional quanto pessoalmente. Então ele não diria que ficou chocado quando Eleanor Bennett, usando uma bengala depois do acidente, entrou ziguezagueando no escritório dele e disse que precisava contar o resto da história dela, a parte que envolvia um bebê. Em sua experiência, a maioria das pessoas nunca contava a história toda de primeira mesmo. Principalmente a amada.

Até hoje, Charles não decidiu se Eleanor fora extremamente azarada na vida ou bem mais sortuda do que a maioria das pessoas, tendo sobrevivido às voltas do destino que descreveu para ele naquele dia. Tinha ido ao escritório, ela disse, porque precisaria da ajuda dele. Foi quando contou sobre a filha. Não daquela de quem estivera falando. De outra.

Charles concordou em ajudar Eleanor, e ele conduziu sua pesquisa e ofereceu conselho profissional a ela como advogado. Mas não seria fácil desempenhar esse papel duplo. Charles tivera sua fatia de situações difíceis. Crescera como um garoto negro pálido nos anos 1950 e 1960. Perdera a esposa quando era muito jovem, para uma doença que se espalhou rápido e que ele amaldiçoava até hoje. Criara dois garotos afro-americanos e perdera o sono se perguntando como protegê-los do mundo. Ele apren-

dera a controlar as emoções. Mas isso não significa que não tinha sentimentos.

Depois que a esposa morreu, Charles teve alguns encontros. Mas era
diferente com Eleanor. Aquilo era amor. Ele não pôde evitar sofrer
quando ela enfim contou pelo que passara quando jovem. Homem
nenhum deveria ter que ouvir aquelas coisas. Mulher nenhuma deveria
ter que vivê-las. Charles foi para casa sozinho depois da reunião deles,
tropeçou na soleira, fechou a porta da frente e apoiou a testa nela até que
se virou e deslizou até o chão.

Antes

Bert

No início da década de 1970, Bert e Eleanor Bennett se mudaram para uma casa de cores em tons pastel, estilo bangalô, em uma cidadezinha perto de Anaheim, onde corretores concordavam em mostrar imóveis para famílias negras. Orange County tinha a Disneylândia, bases da marinha e praias, e Los Angeles ao norte. Havia fábricas aeroespaciais, automotivas e de borracha nas redondezas. Havia muitos empregos, mesmo para um casal negro. O sudoeste da Califórnia se tornou a resposta para o jovem casal em busca de um lugar para construir uma nova vida juntos. Era o mais longe que podiam chegar dos outros caribenhos em Nova York, do risco de serem reconhecidos, sem sair dos Estados Unidos.

Bert encontrou emprego em uma fábrica de borracha, e Eleanor, um cargo administrativo no governo. Os chefes de Eleanor rapidamente reconheceram o olho que ela tinha para detalhes e a facilidade com números, e a promoveram ao longo dos anos, pagando por suas aulas de contabilidade. Quando Benny começou a estudar, Los Angeles elegeu o primeiro prefeito negro, e Bert se tornou advogado, seus estudos jurídicos anteriores tornaram mais fácil que enfrentasse o processo de admissão em faculdades de direito nos Estados Unidos e passasse pelos portões invisíveis que haviam impedido tantos negros e latino-americanos de serem aceitos nessas instituições.

Na noite do dia em que o filho adulto deles enfim começou o doutorado em San Diego, Bert e Eleanor se recostaram em seus travesseiros, tocaram suas alianças de casamento como se em um brinde e seguraram as mãos. Respiraram sua boa sorte, afinal já tinham passado por coisas muito ruins, e disseram um para o outro que eles e os filhos continuariam a passar por coisas melhores. E melhores. E melhores.

Em todos aqueles anos, Bert e Eleanor não voltaram à ilha, mas Eleanor queria passar algum tipo de tradição familiar para os filhos. Como o bolo preto. Aquele bolo era tudo o que ela tinha da infância, ela dizia o tempo todo, e insistia que tivesse seu lugar de direito na vida dos filhos também. Isso significava a cozinha ser isolada por Eleanor como uma zona militar por alguns fins de semana todo inverno, com ela e Benny dentro, e Bert e Byron do lado de fora, exatamente quando eles queriam chafurdar na sensação desleixada de uma manhã na casa.

Eleanor não quisera fazer a divisão masculino/ feminino, disse ela. Todavia, Benny era a única pessoa na casa que mostrara interesse genuíno em cozinhar para o Natal. Eles haviam criado uma filha que era a cara de Bert, mas que tinha o mesmo brilho nos olhos que a mãe quando ficava na cozinha com um avental amarrado na cintura e a casca de um ovo na mão. Elas amavam cozinhar juntas, lidando com aqueles ingredientes misteriosos que podiam se levantar e criar vida.

O que, previsivelmente, levava à mesma conversa todo ano.

"Manhê", o filho de Bert diria, a reclamação em seu idioma cem por cento estadunidense, sem qualquer traço do sotaque dos pais.

"Não", diria Eleanor, em resposta, por trás das telas.

"Café."

"Não, senhor."

"Só uma xícara de café, é só o que peço."

Um dos olhos de Eleanor aparecia entre a tela e a parede.

"Você sabe as regras. Faço isso um mês por ano e você sabe as regras."

"Tá, mas eu só estou em casa em fins de semana ocasionais e você não pode me dar uma única xícara de café?"

Eleanor sempre quisera a cozinha com uma porta que pudesse isolar todo o espaço. Na Inglaterra, ela vira a primeira cozinha *fechável*, como as chamava, e frequentemente falava com Bert sobre refazer a área, já que os filhos não moravam mais ali.

Quando Bert levava Eleanor a um restaurante, ela lançava um olhar desejoso em direção às portas giratórias que levavam à cozinha.

"Assim", ela dizia. "Uma porta assim."

Quando se mudaram para a Califórnia, ninguém vendia casas com cozinhas fechadas. E, de qualquer maneira, Bert e Eleanor não sabiam se ficariam ali por muito tempo. Mas lá estavam eles, anos depois, ainda morando em uma casa térrea e unifamiliar na costa do Pacífico, com uma cozinha aberta e um cacto do tamanho de um homem do lado de fora da janela do quarto, e um garoto e uma garota californianos que aprenderam a surfar em ondas, que superavam qualquer coisa que Bert e Eleanor viram enquanto cresciam.

Ao completar quinze anos, Benny era quase tão alta quanto Bert, mas ainda jogava os braços em volta do pescoço dele e dizia *Papaaaaai* daquele jeito prolongado que o fazia rir. Então ela começou a mudar. Passou a ser mal-humorada, e suas notas escolares tendiam a subir e descer de acordo com seu humor. O que foi particularmente perturbador porque, de modo geral, tudo o que Benny precisava fazer era entrar em uma sala de aula, se sentar e ser a melhor aluna.

Eleanor disse que era apenas a adolescência, mas a filha de Bert estava começando a preocupá-lo.

Dia de Ação de Graças, 2010

Bert não entendeu o que Benny disse. Ou talvez sim, mas não compreendia como poderia acontecer justo com a filha. Já era ruim o suficiente que Benny não tivesse voltado para a faculdade, que ela não conseguisse se concentrar em se dedicar a uma profissão e obter estabilidade econômica. Que tipo de porcaria era esse negócio de *café-conceito*? Mas não era o café que estava deixando Bert agitado, não dessa vez.

Naqueles últimos anos, ele e Eleanor encorajaram Benny a levar alguém para casa no Dia de Ação de Graças, mas nunca aconteceu. Benny morava no Arizona, a um dia de carro, e eles queriam saber mais sobre seus amigos, queriam continuar fazendo parte de sua vida. Enfim Benny dissera que poderia levar alguém no Natal, mas primeiro precisava explicar algo a Bert e Eleanor.

Deus tenha misericórdia. Ela precisava mesmo dizer aquilo a eles? O que ela esperava que eles dissessem? Era por isso que largara a faculdade? Era por isso que queria se trancar em algum pequeno tipo de *buraco-conceito*? Para evitar o mundo real com relacionamentos reais? Como ela ia viver uma vida decente com aquele tipo de confusão?

Bert, que recomeçara a estudar direito nos Estados Unidos sob seu novo nome; Bert, que se isolou de sua vida nas ilhas e na Inglaterra para proteger sua esposa e seus filhos; Bert, que ensinara a filha a andar de bicicleta, a economizar dinheiro com a mesada e a escrever um trabalho de conclusão de curso de sucesso, agora se sentia traído. No que ele vinha trabalhando todos esses anos? Quem era aquela mulher diante dele agora, de rosto contorcido daquele jeito que gritava com ele?

Aquela não era a filha que ele criou. Era uma pessoa que abandonou as oportunidades educacionais que Bert trabalhou tão arduamente para oferecer. Que mudava de ideia sobre o que queria fazer e que agora estava mudando de ideia sobre que tipo de pessoa queria namorar. Benny continuou complicando a vida quando Bert tentou tornar as coisas mais simples para ela. A garota que ele criou deveria ser mais grata. A filha que ele criou deveria ter dito *Desculpe, papai* e corrido para seus braços.

Bert se virou e deixou a sala. A esposa veio correndo atrás dele logo depois, de olhos molhados. Eleanor colocou o braço ao redor da cintura dele e apoiou a cabeça em suas costas.

"Bert", disse ela, mas não tinha forças para falar.

Então Eleanor fez o que fazia de melhor no relacionamento deles. Apenas ficou ali, sem se mexer, sem falar, deixando-o saber que estava ao seu lado, simples assim. Uma vez, muito tempo antes, eles quase tinham se perdido para sempre. Quase perderam a chance de ter aquela bonita família que fizeram juntos. Depois daquilo, ela nunca mais saiu do lado dele.

"Só me dê um momento, está bem?", disse ele. "Só um momento, então voltarei e falarei com ela."

Mas quando Bert e Eleanor voltaram para a sala de estar, Benny tinha ido embora e os primeiros convidados para o Dia de Ação de Graças já estavam entrando pela porta da cozinha. Bert nunca entendeu bem aquele dia.

Se

Se Bert soubesse que morreria em seis meses, teria saído do carro. Teria cruzado a rua, batido no vidro da janela, sorrido. Em vez disso, permaneceu nos fundos do táxi, do lado de fora do restaurante em Nova York onde Benny trabalhava, observando a filha pelo vidro. Queria falar com ela, mas para dizer o quê? Um ano havia se passado, e ele ainda não se sentia confortável com essa vida dela. Se fosse outra pessoa, qualquer uma, exceto a própria filha, ele não se importaria. Teria dito cada um, cada um, o amor é o que conta. Mas aquela era sua garotinha.

Pessoas jovens sempre queriam fazer as coisas à própria maneira, e Bert não fizera diferente. Só que agora parecia haver essa compulsão a consumir tudo o que havia disponível e compartilhar tudo em tempo real, sem pensar nas coisas sozinho primeiro. Não, o amor não era a única coisa que contava. O que as pessoas podiam dizer ou fazer para te machucar também importava. Talvez fosse isso o que ele se imaginava dizendo a Benny se pudesse: *O que você está disposta a fazer? E vale a pena?*

E o que Benny estava fazendo tão distante, na costa leste? Ela tinha amigos em Nova York? Entendia amizade do jeito que ele e Eleanor entendiam? E lealdade? A garota se mudara sem sequer enviar para eles o novo endereço, só porque Bert e Eleanor não tinham sido capazes de fingir que estava tudo bem. Benny desistiu deles facilmente. Ela fazia ideia do que fora necessário para construir uma vida para ela e para o irmão?

Foi trabalhoso ter notícias sobre Benny. Pela segunda vez seguida, Bert dissera à esposa que estava indo para uma reunião fora do estado, mas quantos outros compromissos de trabalho um advogado licenciado apenas na Califórnia poderia alegar ter fora dali no período de um ano?

O estado deles fora o primeiro a desenvolver leis antiperseguição efetivas. Se ele não fosse o pai de Benny, ia se autoacusar de perseguir a filha. Mas Bert precisava vê-la com os próprios olhos. E não queria contar a Eleanor sobre isso até que pudesse descobrir o que dizer a Benny.

Ele observou enquanto Benny ajudava uma mulher idosa a tirar o casaco. Olha como ela era gentil. A filha dele ainda tinha dentro de si uma boa dose de respeito. Ela sempre fora uma criança de coração grande. Mas algo mudara. Depois que eles discutiram no Dia de Ação de Graças, Bert se surpreendeu ao voltar para a sala de estar e descobrir que Benny fora embora, se alarmou por ela não voltar para o jantar, com todas aquelas pessoas indo até a casa, e mais tarde se irritou por ela nem sequer ter ligado para se desculpar. Aquele não era o jeito de ser de Benny. Ela jamais fora assim.

Naquele dia, Benny acusara Bert de não ser mente aberta, mas Benny era quem se tornara mais fechada, menos paciente nos últimos anos, menos disposta a encarar as perguntas das outras pessoas. Ela fugira porque não conseguia encarar Bert e a mãe, não podia aceitar que eles tinham dúvidas. E quando é que alguém na família deles havia se importado com o que as outras pessoas aprovavam?

Onde eles estariam hoje se Bert tivesse medo de ir para as aulas de direito à noite, o único homem negro e o estudante mais velho no grupo? Onde estariam hoje se ele tivesse medo de mudar para um estado com todas aquelas plantas com cara de plástico e cascavéis e terremotos e pessoas que falavam cantando? Onde ele estaria hoje se tivesse medo de criar uma família com uma mulher que não podia se permitir ter um passado? Que não podia permitir que Bert tivesse um passado? Às vezes, ele se perguntava sobre seu tio e primos lá na ilha. Desejava poder pegar o telefone e descobrir como eles estavam. Mas um ato assim poderia arruinar sua vida.

Bert se remexeu no assento e cutucou o ponto onde doía. Enquanto observava a filha agora, enquanto ela assentia e sorria para a mulher, ele se viu assentindo junto. Será que estava se preocupando demais? Ela ainda era a sua Benny, olha para ela. Ela ainda era jovem. Encontraria seu caminho, colocaria a vida nos trilhos. Ela voltaria para ele e para a mãe, sua linda garotinha.

Minha garotinha

No dia em que Bert Bennett descansou, o braço esquerdo de Benny estava em uma tipoia contra as costelas machucadas e um dos olhos estava tão inchado que fechara. Um curativo cobria metade de seu rosto. *Acidente de bicicleta*, ela disse ao motorista que a pegou no aeroporto no dia anterior. *Ah*, ele comentou, do jeito que prestadores de serviços dizem.

O mesmo motorista a apanhou no hotel antes do funeral. Ele pegou o cinto de segurança e ajudou Benny a colocá-lo na posição certa. Já estava esquentando lá fora, e Benny desceu o vidro da janela, inspirando o cheiro das calçadas quentes pelo sol e dos jasmins e do solo arado e do sopro salgado na brisa vinda do Oeste. O cheiro de casa.

O cemitério parecia datar do tempo em que Los Angeles tinha menos que trinta mil pessoas e o condado era mais fazenda do que qualquer outra coisa. Diziam ser a primeira instalação do tipo, com gramados amplos que lembravam um lugar onde você estenderia uma toalha para um piquenique. Fazia Benny pensar naqueles churrascos que os pais costumavam organizar no parque perto de casa. Ela ajudava o pai a colocar balões nas árvores com pedaços de papel que diziam *Festa dos Bennett*, e eles ficavam lá fora com um monte de outras famílias até que o sol se pusesse.

Benny podia se imaginar tirando os sapatos e caminhando descalça pela grama até encontrar o local da lápide do pai. Mas hoje ela não sairia do carro. Ela levou a mão ao hematoma em seu rosto.

Pediu ao motorista para seguir a estrada pelo cemitério até que viu a multidão de cabeças baixas, todos os tipos de tom de pele, todos os tamanhos de ternos e vestidos pretos e azul-marinhos. O pai fora um homem popular, um homem bem-sucedido, um pilar da comunidade negra. Ele era conhecido como um construtor de pontes, um homem de tolerância, mas da última vez que Benny o viu, dois anos antes, o pai se recusara a ouvir.

Os pais sempre a ensinaram que quanto maior sua capacidade de amar, melhor você pode ser como pessoa. Mas quando Benny tentou lembrá-los desse princípio, o pai ergueu um muro, se levantou e a deixou. Rápido assim, o pai lhe dera as costas. E Benny nunca mais o viu.

Ela notou o irmão quando a multidão começou a se dissipar. Ele estava caminhando em direção a uma fila de carros estacionados, o braço dado com a mãe deles, a cabeça baixa em direção à dela. Eleanor usava um vestido amarelo e fluido, o favorito de Bert. A cor fez Benny sorrir, mesmo enquanto as lágrimas desciam por seu rosto.

Benny observou o irmão abrir a porta do carro para Eleanor, viu que ele manteve a mão no braço dela até que a mãe estivesse acomodada no banco. Byron costumava ser protetor assim com Benny também.

"Tudo bem", disse Benny ao motorista. "Podemos ir agora."

Enquanto o carro dava a volta no terreno do cemitério, Benny se consolou com o pensamento de que o pai nunca iria querer vê-la naquele estado. Eles não haviam se falado por dois anos, e mesmo assim ela tinha certeza de que, se tivesse contado ao pai o que acontecera a ela havia apenas alguns dias, ele teria abraçado Benny como costumava fazer quando ela era pequena, teria apoiado o queixo no cabelo dela e murmurado, *minha garotinha*.

Etta Pringle

Etta Pringle olhou para o folder em sua mão. *Conheça Etta Pringle, nadadora de resistência e palestrante motivacional.* Ela viajava tanto agora que precisava conferir a data e o local antes de falar em um microfone. *27 de fevereiro de 2018, Anaheim, Califórnia.*

Etta sorriu enquanto o mestre de cerimônias a apresentava como uma garotinha da ilha que crescera para conquistar o mundo. Ele falava de como ela nadara pela Catalina e pelo canal da Mancha e dera a volta na ilha de Manhattan. De como ela desbravara algumas das águas mais frias do planeta.

A nadadora sempre falou abertamente para sua audiência sobre os desafios que enfrentara, mas havia uma única coisa que ela nunca poderia contar, que, aonde quer que fosse, Etta "Bunny" Pringle ainda pensava em sua querida amiga Covey Lyncook. E às vezes acreditava vê-la.

Perder alguém podia ter esse tipo de poder sobre você.

Depois da morte de Covey, Bunny tivera a sorte de se apaixonar de novo, desta vez por alguém que se sentia da mesma forma. Ela e Patsy haviam criado o filho dela e o irmãozinho de Patsy na Inglaterra, e os visto crescer para se tornarem acadêmicos e pais. Patsy fora uma das primeiras mulheres negras a integrar a Scotland Yard. E durante tudo aquilo, os mares que haviam testado a determinação de Bunny a cada ano, no fim das contas, foram bons para ela. Agora, aos setenta, Bunny passara mais anos de sua vida nadando sem Covey do que com ela, mas ainda não conseguia encarar as ondas, ou seus medos, sem imaginar a amiga a algumas braçadas à frente dela.

E agora, Bunny viu alguém que a fez pensar em Covey. Quando

Bunny terminou de falar e as luzes se acenderam para perguntas da plateia, ela deu uma boa olhada para a mulher sentada no corredor, encarando-a do modo como Covey faria. Bunny desviou o olhar, e então voltou àquela direção, estreitando os olhos. Bunny, que colocara o corpo em uma rotina de punição por seis décadas, que era mais forte do que a maioria das pessoas com metade da idade dela, não pensava que as pernas poderiam suportar o choque do que ela pensava estar vendo, mas elas suportaram.

Quando uma pessoa deu tantas palestras como Bunny, aprendia a prosseguir apesar das distrações. Pessoas indo e vindo do banheiro. Alguém falando ao celular. Uma mosca passando diante de seu rosto. Mas aquilo, nada a preparara para aquilo. Bunny colocou os pés descalços de volta nos sapatos e desceu os degraus na lateral do palco. Prendeu o pé no nó do tapete. *Concentre-se, Bunny.*

Ela respondeu a uma última pergunta enquanto caminhava pelo corredor central. A plateia amava aquele contato mais próximo. As pessoas gostavam de ver que uma mulher que conseguia navegar pelas ondas fortes do canal Molokai era feita de carne e osso também. Gostavam de ver que Bunny caminhava com um leve coxear, tinha uma verruga na lateral do rosto e usava um perfume que alguns deles também poderiam ter comprado.

Bunny desceu e subiu o corredor duas vezes, impulsionada pela certeza daquela vez; ela não estava alucinando, não estava vivendo uma fantasia alimentada pelo luto. Parou. Não havia dúvida. Aquela mulher de cabelo curto sentada na plateia era Covey. Como era possível? Bunny queria se inclinar e puxar Covey do assento naquele instante, mas sabia que não podia. Havia câmeras por toda a parte. No fim do evento, Bunny esperou que a multidão se dissipasse e então correu para Covey.

"Bunny", Covey disse enquanto se apoiava em uma das muletas para abraçá-la. E então Covey apertou o antebraço dela e sussurrou urgentemente em seu ouvido. Bunny endireitou a postura e deu um passo para trás, mas segurou a mão direita de Covey entre as suas.

Bunny usou sua melhor voz de "cumprimente o público".

"Estou tão feliz que você veio me ouvir falar", disse ela. "Como você disse que seu nome era mesmo?"

"Meu nome é Eleanor Bennett", disse Covey, voltando a se apoiar nas muletas. "Eu vi que você estava vindo falar perto da minha casa e não teria perdido por nada, embora esteja usando isso aqui", ela disse, balançando uma das muletas.

"Como você...?"

"Quebrei minha perna surfando."

"Surfando!", disse Bunny. Covey assentiu. As duas riram. "Bem, eu certamente espero te ver de novo em breve", disse Bunny, pressionando um cartão de visita nas mãos de Covey, que tinha cabelos brancos na lateral do rosto. Covey era linda. *Covey estava viva!*

Uma jovem de tranças loiras e terninho preto veio na direção delas e conduziu Bunny na direção da saída. Um grupo de câmeras de televisão as seguiu, eclipsando a visão de Bunny de sua amiga de infância. Mesmo assim, a sala parecia preenchida com um tipo de luz que continuaria a seguir Bunny por muito tempo. Bunny de fato vivera uma boa vida e agora sabia que ficaria ainda melhor.

De volta ao hotel, ela mal teve tempo de fechar as malas antes de ter que voltar ao aeroporto. Estava rindo alto quando a assistente bateu na porta.

"Etta."

"Só mais dez minutos", Bunny disse. "Te vejo no saguão."

Ela se sentou na beirada da cama e se deixou cair para trás, braços abertos, pernas dobradas na beirada do colchão, encarando o teto.

Flutuando.

Ela precisava falar com Covey imediatamente. Bunny pegou o celular para ligar, mas percebeu que não tinha o número dela. Eleanor, ela dissera que era seu nome. Eleanor Bennett. Mas onde exatamente ela morava? E como ela encontraria uma pessoa com um nome tão comum? Etta tentaria encontrá-la, mas poderia ter que esperar que ela entrasse em contato. De qualquer forma, Bunny tinha certeza de que seria em breve.

Eleanor

Ela falara com Bunny por menos de um minuto, mas o encontro animara seu espírito. Ver Bunny naquele centro de convenções, envolver os braços ao redor da amiga depois de todos aqueles anos, colocou todo tipo de coisa na mente de Eleanor. Pela primeira vez, ela se sentiu realmente em paz de ser Eleanor Bennett. Pela primeira vez em muito tempo, sentiu também que ainda era Covey.

Se se tratasse apenas dela, nessa idade, Eleanor estaria disposta a largar a vida de fingimento, falar abertamente para as pessoas sobre ser Covey, até voltar para a ilha, consciente dos riscos. Mas o fato era que, quando você vivera uma vida, sob qualquer nome, aquela vida se tornava entrelaçada a outras. Você deixava uma trilha de possíveis consequências. Nunca era só você, e devia às pessoas que se importavam com você se lembrar disso.

Porque as pessoas que você ama são parte da sua identidade também. Talvez sejam a maior parte.

PARTE QUATRO

2017
Marble

Por mais que Marble Martin tivesse aparecido ao vivo na televisão várias vezes, ainda a surpreendia tudo que ocorria ao redor da apresentadora e dos convidados até o último segundo antes de entrarem ao vivo. Dessa vez, outro convidado, o magnata do café de suéter azul, estava aumentando a confusão por falar demais com Marble durante o intervalo.

"Acho que você está dizendo essas coisas porque quer vender seu livro", disse ele.

"Espere aí", disse a apresentadora. "Vamos guardar para o programa."

Uma mulher com unhas pintadas de turquesa estava gesticulando para contar até o começo do próximo seguimento. A apresentadora tirou um pedaço de chiclete da boca, o guardou em um lenço de papel e o estendeu para que um assistente pegasse. Um segundo depois, um sinal de luz se acendeu e ela se inclinou em direção à câmera como se falasse com um amigo.

"Marble Martin", disse ela, "guru da comida étnica e autora do best--seller sobre comidas tradicionais, *Algo verdadeiro*, diz que não existe essa coisa de café italiano. Mas o chefe do Caffé Top, Renzo Barale, não está gostando disso. O que você diz a respeito, Marble?"

"Não estou dizendo que não existe a *cultura* do café italiano", disse Marble. "A Itália é famosa pelas misturas de grãos de café e pelas técnicas de coagem. Eu mesma amo uma dose de espresso napolitano. Só estou dizendo que, em muitos casos, não podemos ignorar as contribuições da agricultura e da história de outros países e reivindicar cem por cento de uma tradição culinária."

"Não estamos tentando *ignorar*, como você diz, a contribuição de outros países", disse o cara do café. "Nosso café de alta qualidade é misturado a partir de grãos que vêm de uma dúzia de países diferentes e apreciamos suas origens. Mas somos nós que escolhemos os grãos que entram em nossas misturas, e somos nós que inventamos as técnicas de preparo que tornam o café italiano o melhor do mundo." O suéter do cara do café, Marble percebeu, era da cor do oceano Atlântico.

"O que estou dizendo", disse Marble, "é que algumas comidas nascem, crescem e são desenvolvidas dentro de uma área geográfica ou cultura alimentar específicas. Outras são importadas, e, sim, elas encontram lugar em novas culturas com o tempo, mas não estariam lá em primeiro lugar sem a viagem de longa distância, trocas comerciais e, em muitos casos, anos de exploração."

"Nós não exploramos cafeicultores de outros países", disse o cara do café. "Compramos nossos grãos por acordos comerciais justos."

"Eu não estava sugerindo que sua empresa explore cafeicultores, estava apenas me referindo ao fato de que alguns alimentos considerados garantidos em muitos produtos e receitas na Europa, por exemplo, são produzidos em outros países onde, em séculos passados, o comércio dependia de trabalho forçado ou de custo muito baixo. Cana-de-açúcar, por exemplo." Marble percebeu que o guru do café estava finalmente ouvindo. "O que me leva a outro exemplo. E o clássico bolo de frutas do Natal? Na Inglaterra, geralmente é feito com cana-de-açúcar dos trópicos. No Caribe, é feito com passas e groselhas importadas de países mais frios. Minha avó, que era inglesa, mas passou anos morando em Trindade e Tobago com os pais missionários, faz um bolo de rum divino, no estilo caribenho. Ela o chama de bolo preto. Mas é de fato caribenho? A cana-de-açúcar nem mesmo era originária daquela parte do mundo. Ela chegou da África, que por sua vez a recebeu da Ásia. Então, me conte, de quem é o bolo?"

Marble riu de sua própria lógica.

"Nem sempre podemos dizer em que ponto uma cultura termina e outra começa", disse ela, "principalmente na cozinha. Meu livro analisa as tradições familiares que são nativas de uma área geográfica e cultura ou que, pelo menos, estiveram ligadas à agricultura e aos costumes locais por tanto tempo que, se essas receitas tivessem raízes em outro lugar, precisaríamos voltar mais do que mil anos para entendê-las."

Marble pegou uma cópia de seu novo livro e a segurou onde sabia que a câmera conseguiria focar a capa.

"Então posso considerar algo como mel francês em uma receita francesa, por exemplo, ou sal galês em um ensopado galês. Para mim, são diferentes do bolo de rum que mencionei, que pode usar açúcar e rum da Jamaica, vinho do porto de Portugal, groselhas e passas da América do Norte ou da Europa, tâmaras da Tunísia e especiarias da Indonésia."

"Então você é uma purista culinária", disse a apresentadora.

"Não, de forma alguma", disse Marble. "A diáspora da comida, assim como a diáspora das pessoas, ajudou a moldar muitas tradições culturais. Mas sou, de fato, fascinada por culturas indígenas e tradições culinárias altamente localizadas, e é sobre isso que escrevi neste livro."

"E a sua própria cultura alimentar, Marble Martin?", perguntou a apresentadora. "Que cultura culinária é *verdadeira* para você?"

Marble se recostou e sorriu.

"Meus gostos refletem quem eu sou e, como muitas pessoas, sou uma intermediária. Nasci e fui criada em Londres, filha de um pai do Norte e uma mãe cuja própria mãe cresceu como uma criança missionária nas Índias Ocidentais. Eu cresci comendo coisas diferentes, e minha comida caseira favorita vem do Caribe."

"O que significa...?"

"Em manhãs frias, minha mãe costuma preparar mingau de fubá, assim como a mãe dela antes dela, com um toque de baunilha e noz-moscada."

Para Marble, mingau de fubá era *quase* o paraíso. Enquanto o mingau quente esfriava, o topo formava uma camada grossa e, ao partir a superfície com uma colher, subia um fio de vapor com o aroma leitoso de especiarias.

"Mas aquele mingau não veio da tradição da minha avó", disse Marble. "A família dela adotou o hábito enquanto vivia no Caribe, e então o levou para a Inglaterra. E as especiarias, originalmente, foram importadas da Ásia. Então, acho que isso me torna um produto da diáspora alimentar."

Marble sorriu e se inclinou em direção ao CEO do café. Ela conseguia sentir a bergamota na colônia dele.

243

"Os italianos fazem uma coisa mais grossa que mingau de fubá, a polenta, que servem com comidas salgadas e especiarias. Mas isso só começou quando Cristóvão Colombo levou o milho até a Europa. O que você encontrará em meu livro, em vez disso, é uma polenta antiga feita com favas e espelta, que se parece mais com o que os antigos romanos comiam muito antes disso. Há também outra feita de castanhas."

O cara do café estava assentindo. Depois do programa, ele pediu o cartão de visita de Marble, colocou o próprio cartão na mão dela e a convidou para visitar a sede de sua empresa na próxima vez que ela estivesse na cidade. Ela poderia fazer aquilo, ela disse. As mãos dele eram bem cuidadas, mas calejadas. Na próxima vez que o visse, ele explicaria que gostava de cuidar do jardim e que também tocava violão. Ele queria vê-la novamente, ele diria, ele queria conhecê-la.

E Marble diria a ele que gostou da ideia, mesmo que estivesse se sentindo cada vez mais insegura sobre quem ela era exatamente, essa pessoa que o guru do café dizia que queria conhecer. Até alguns anos atrás, Marble teria se descrito como uma estudiosa de história da arte que se tornou especialista em comida nascida em Londres. Teria acrescentado que era mãe. Hoje em dia, dizia simplesmente *escrevo sobre alimentos com um forte senso de lugar.* Porque era uma explicação que pegava, embora fosse imprecisa, e porque isso era tudo que ela queria dizer sobre o que sua vida havia se tornado.

Receita para o amor

A residência de Marble na Itália era o resultado de uma história previsível. Ela chegara da Inglaterra para estudar história da arte e ficara pelo amor de um homem. Mas no começo era apenas a arte. E a comida, claro. Um dia, ela estava olhando para o antigo mosaico romano de uma tigela de cogumelos quando teve a ideia de escrever um livro sobre a história de receitas tradicionais.

O projeto começou como um hobby, um trabalho de amor. Mais tarde, quando Marble começou a receber convites para fazer programas de TV e conferências, pensou: *Por que não?* As pessoas não estavam sempre se reinventando? A fórmula de Marble era simples. Ela pesquisava alguma receita tradicional, depois procurava o relato de uma família, uma comunidade ou um restaurante moderno que a usasse.

Deixando a terra e o clima de lado, a comida frequentemente dizia respeito a quem colonizou quem, quem se instalou onde durante a guerra, quem foi forçado a alimentar os filhos com o que, quando não havia mais nada. E, claro, era sobre geografia também, então Marble decidiu restringir seu foco aos alimentos tradicionais feitos com ingredientes indígenas ou àqueles produzidos localmente por mais de um milênio.

Um dos fatos mais perversos da vida é que ganhá-la examinando arte e arqueologia teria sido um desafio enorme, senão impossível, para Marble, embora fosse perfeitamente possível ganhar somas fabulosas de dinheiro falando sobre alimentação. Ela assistira aos reality shows na TV, vira os títulos dos livros na internet. Então Marble traçou um plano. Ela dizia que tratava de receitas quando, na verdade, tratava de história e cultura, e todo o resto.

O primeiro passo do plano de Marble era mudar de nome. Ela embarcou em uma campanha cuidadosamente orquestrada para se certificar de que todas as menções nas redes sociais fizessem referência ao seu nome de preferência, Marble, e não Mabel. Em seguida, se candidatou a uma bolsa para apoiar sua pesquisa sobre as histórias por trás das receitas. Alimentos antigos como personagens de narrativas culturais e histórias familiares.

E foi assim que ela conheceu o marido. Foi convidada a falar com turistas endinheirados sobre o farro cultivado na Umbria, e lá estava ele, em um fim de semana de férias em Roma, tendo aulas para praticar inglês.

Lá estava ele.

Química é uma coisa engraçada. Muito mais tarde, Marble seria capaz de listar uma série de coisas que ajudaram a criar vínculo entre ela e o homem com quem iria se casar, mas a verdade é que a química estivera lá desde o início, como uma brisa que passa por um olival, fazendo com que um universo de folhinhas brilhassem prateadas à luz do sol. Não só sexo. Química. O último não era apenas sobre o primeiro.

A partir do momento em que o conheceu, foi capaz de imaginar estar na cama com ele, mas também simplesmente enlaçar o braço no dele e passear devagar por uma ponte, falando sobre comida, discutindo sobre política, conversando sobre nada em particular. Naquela época, ela não conseguia imaginar como o amor poderia ser quando crescesse, apesar das diferenças culturais e de personalidade que surgiram, apesar das discussões e decepções. Ela não sabia que depois de apenas alguns anos, outra pessoa poderia se tornar parte do seu DNA.

Com um amante rico daquele jeito, era possível embarcar facilmente em um casamento assim. Lá estavam eles, uma jovem inglesa com um italiano de meia-idade na década de 1990, viajando entre cidades. Claro, Marble sabia o que as pessoas pensavam. Homem de negócios rico e uma interesseira, provavelmente rumo a um fim difícil. E quando o fim do casamento chegou, não foi da maneira que a maioria esperava.

Marble se deitou em uma noite de sábado, um pouco alta da festa em que foram, e acordou na manhã seguinte viúva. O marido morrera durante o sono, bastante em paz, agora que ela pensava no assunto, só que acontecera pelo menos quarenta anos mais cedo.

246

Pelos anos que viriam, Marble continuaria a escutar o bater da mala do marido na porta da frente enquanto ele encaixava a chave na maçaneta. Continuaria a desfazer o lado dele na cama como de costume, quando esperava que ele chegasse em casa tarde. Ela se imaginava dizendo para seu jovem filho, *É o seu pai, amor, ele chegou em casa*. Só que o marido morrera tão cedo que não conhecera o próprio filho.

Açúcar

Foi o episódio do açúcar que fez Marble ser chamada no escritório do CEO. Ela não frequentava a sala de George havia anos, desde que começara a namorar o cara do café. Não havia necessidade. Eles se viam o suficiente, de todas aquelas maneiras que o chefe de uma empresa de produção de mídia e uma de suas estrelas apresentadoras costumavam se ver. Quando ela voltava a Londres, geralmente almoçava com ele, de qualquer forma.

Às vezes, a esposa de George, Jenny, se juntava a eles. Marble gostava de vê-los juntos. A provocação, as reclamações fingidas, o toque de mãos. George era um dos mocinhos, e Marble sentia muito por vê-lo tão desconfortável. Um *telespectador de influência* ligara para ele tratando a respeito do episódio do açúcar. No jargão de George, isso significava que um anunciante endinheirado ligou para o seu número pessoal e reclamou do programa, ignorando o grupo editorial no processo.

"Foi a palavra com C?", Marble perguntou.

"Acredito que seja a palavra com C", disse George.

Marble simplesmente lembrara aos telespectadores de algumas coisas que todo mundo já sabia, e apenas porque alguém escrevera para o programa ao vivo e perguntara por que ela não mostrava mais sobremesas feitas com açúcar de cana-de-açúcar.

Como muitos dos meus telespectadores sabem, eu foco mais a comida tradicional e local. Muitas receitas antigas ditas como tradições locais usam cana-de-açúcar, mas prefiro falar apenas sobre receitas feitas com alimentos de origem nativa, alimentos indígenas ou alimentos de produção local há pelo menos mil anos. Por isso, costumo ficar longe de receitas que usam a cana-de-açúcar, a menos que sejam da Ásia, de onde, pelo que sabemos, ela se originou.

A cana-de-açúcar viajou para longe de seus territórios indígenas, tendo sido levada da Ásia para a África e outras áreas do mundo, incluindo as Américas. Por volta de 1600, a cana-de-açúcar e o doce líquido extraído de seus caules haviam se consolidado no Caribe, transformando alguns homens em reis do comércio e outros em escravos.

Marble tinha orgulho daquele episódio.

"Não fique irritada, Marble", George estava dizendo. "Só estou te informando, está bem? É que você já teve aquela discussão com o figurão italiano do café sobre a exploração dos produtores. E agora você diz que qualquer coisa feita na Europa com açúcar não pode ser considerada tradicional."

"Cana-de-açúcar."

"Hã?"

"Cana-de-açúcar, e não açúcar de beterraba."

"Certo."

"E não apenas tradicional."

"Hã?"

"Local. Comidas tradicionais de origem local."

"Tá."

"Além disso, não tivemos uma discussão, o cara do café e eu, tivemos uma diferença de perspectiva. No fim, entendi o que ele estava dizendo."

Na verdade, houve apenas aqueles poucos momentos de tensão entre Marble e o cara do café até eles conversarem no programa, até jantarem juntos no mês seguinte, até ficarem fora até tarde, conversando, até se encontrarem no fim de semana seguinte em Milão, até trocarem um beijo longo e carinhoso na despedida, antes de embarcarem de volta no trem para suas respectivas cidades. Mas ela não ia contar nada disso a George. Não queria que ele associasse ao fato de que seu falecido marido também era italiano. Não queria que ele sentisse pena dela.

"É só que você deve ser uma guru da comida, não uma comentarista política."

"O que você está falando, George? Que eu deveria apenas compartilhar as receitas e não dizer às pessoas nada sobre a comida, sobre de onde vem? Isso não é o que eu faço, não sou uma chefe. Minha especialidade é de onde a comida vem, você sabe disso. E se você falar sobre a forma como a comida se move pelo mundo, não dá para evitar mencionar os fatos sociais, econômicos e políticos por trás. Não significa que eu estou *fazendo* comentários políticos."

George se levantou e deu a volta na mesa, se sentando na cadeira ao lado de Marble.

"Marble, eu sou seu maior fã, e você sabe disso. Amei aquele episódio sobre quiabo."

"Você é fã do dinheiro que eu faço", respondeu ela, erguendo a sobrancelha.

"Dinheiro que permite que você faça os programas que quer", disse George.

"Ah, agora você está sendo cruel."

"E você está sendo uma diva."

Eles riram.

"Não, George, sério. Não tenho certeza do que você espera que eu faça. Você está me censurando?"

"Ah, nem eu sei o que espero que você faça. Não, não quero te censurar, mas talvez você possa pensar um pouco sobre as palavras que está usando? Claro, precisamos olhar para a história, mas não queremos que nossos telespectadores fiquem autoconscientes por usarem uma colher de açúcar."

"Ah", disse Marble, assentindo devagar.

"Você sabe que nosso foco é vender direitos de distribuição para mercados internacionais."

"Uhum", disse Marble.

Ela se levantou, se inclinou e beijou George na bochecha.

"Como está Jenny?"

"Ela está bem. Sente falta das crianças. Por que você não passa lá qualquer hora dessas? É mais fácil para ela no fim do dia. O almoço é sempre corrido."

"Farei isso. Vou ligar para ela."

Marble não estava com raiva de George, mas estava irritada com aquela ligação. Ela voltou para a mesa e clicou em um link que levava ao episódio do açúcar.

Não acredito que possamos reivindicar totalmente uma tradição se não estivermos dispostos a reconhecer o que tiramos de outras culturas ao longo do tempo, para melhor ou para pior.

Sentada ali, olhando a si mesma na tela, Marble percebeu qual seria o assunto de seu próximo livro. Ela daria uma volta de cento e oitenta graus. Pegou um lápis e escreveu AÇÚCAR.

Wanda

Ela sempre fora uma criança adorável, estudiosa e charmosa, travessa o bastante para ser divertida, nunca se envolvendo em qualquer tipo de problema real. Todavia, mais tarde, a filha de Wanda Martin passou por poucas e boas. Ela lutou para lidar com a gravidez depois da morte repentina do marido. Wanda e o esposo imploraram a Mabel para ficar em Londres em tempo integral, mas Mabel insistiu em voltar para a Itália com o bebê. E ela ainda estava lá, dezesseis anos depois, embora seu neto passasse grande parte do ano em um internato na Inglaterra.

Ainda bem que o trabalho de Mabel a levava para casa de tempos em tempos. Wanda ficava mais feliz quando tinha a filha por perto. Ela amava quão comum tudo parecia quando era capaz de ir de bicicleta até o apartamento da filha, se sentar com ela para uma xícara de chá, aguar um pouco as orquídeas da filha, enquanto Mabel estreitava os olhos para o notebook. Só mais alguns minutos e Wanda estaria a caminho de casa, mas primeiro inclinava o quadril contra as costas da filha e lia algumas linhas na tela do computador.

"Não, mamãe", dizia Mabel, colocando as mãos na frente da tela.

Wanda amava que a filha, agora com quase cinquenta anos, ainda a chamasse de *mamãe*. Ela se inclinou de novo para espiar.

Cana-de-açúcar. Uma planta com caules tão grossos quanto bambu, moída para produzir um líquido que, por fim, mudou o mundo.

"Não quero ninguém lendo isso agora, mamãe."

"Para o que é isso, querida?"

Sem levantar a cabeça, a filha disse:

"Estou pensando em escrever outro livro. Essas são só notas que estou fazendo para quando voltar para casa."

Mabel tinha dito *casa*? Não, não tinha dito *casa*. Porque *aquela* era a casa dela, perto deles, ali em Londres. Aquela era a base de tudo que a filha e o neto precisavam na vida, não era? Wanda e o marido haviam se dedicado para que fosse assim. Porque, mais do que qualquer coisa, isso era o que eles eram. Eram a mãe e o pai de Mabel.

Antes
Porque o dinheiro fala

Porque o dinheiro fala, uma criança pálida nascida no inverno de 1969 de uma secretária solteira das Índias Ocidentais não foi dada para a adoção pelos canais oficiais, mas foi transferida diretamente para as mãos de um casal londrino abastado que pagou bem à casa para mães solteiras pelo privilégio. Wanda e Ronald Martin não consideravam aquilo como comprar um bebê. Pensavam que aquilo aceleraria o processo. Eles haviam preenchido as inscrições. Fizeram as entrevistas. Esperaram e esperaram. Tiveram esperança. Quase perderam as esperanças.

Quando a menina se tornou adolescente, seus pais adotivos, ambos brancos, perceberam que a filha era provavelmente o que alguns chamariam de mestiça, mas fingiram não notar. Afinal, raça não era um conceito desatualizado? Mas era verdade que a filha era muito diferente deles. Mais escura, mais alta, atarracada. Disseram à garota que ela se parecia com a família do avô. Disseram a si mesmos que ela sempre fora deles. Disseram a si mesmos que ela era sua filhinha e que nada nem ninguém jamais mudaria isso.

Altura

Apenas quando o corpo de Mabel Martin terminou de se desenvolver na adolescência que ela começou a se preocupar com o fato de que não se parecia com os pais. Foi algum tempo depois que aquele garoto pervertido estadunidense da escola a agarrou e a chamou de *açúcar mascavo*, mas antes que seu desconforto crescente com o busto e a altura tivesse evoluído para uma agitação mais específica, que envolvia o fato de que ela era mais alta que o garoto Randall, que morava a duas casas de distância e por quem ela se apaixonara, de repente e desesperadamente.

Aos dezessete anos, Mabel também era mais alta e gorda que os pais. A mãe dizia que ela herdara o peso e o nariz do avô materno, que ela nunca conhecera e que só podia ser visto em um retrato marcado e amarronzado na gaveta da cômoda de sua mãe. *Viu?* A mãe de Mabel disse, sorrindo. Não, Mabel não via, mas também sorriu e assentiu.

Quase trinta e cinco anos depois, Mabel, agora Marble, sentiu o celular vibrar enquanto se sentava debaixo do secador de cabelos em um salão em Roma. Ela veria as palavras *Patrimônio de* aparecer na tela e entenderia, instantaneamente, que era um e-mail de um escritório de advocacia estadunidense, cujo nome ela nunca vira antes, e que tinha algo a ver com o fato de que ela tinha um metro e oitenta e dois e nada do tom rosado no rosto que ambos os pais apresentavam. Marble perceberia então que estivera esperando aquela mensagem por toda a vida.

Àquela altura, ela tinha idade suficiente para entender que, se a mãe e o pai haviam mentido sobre a origem dela por todos aqueles anos, era por causa de amor ou medo, ou ambos, porque, naquele momento, esses eram os sentimentos que tomaram conta de Marble e das dobras macias de sua cintura. Amor pelos pais, medo do que poderia descobrir, medo de como poderia se sentir. Sim, principalmente medo.

Porque não importava quanto os pais a amaram e a mimaram e investiram nos sonhos de sua juventude, a presença deles não podia libertar a pequena rebarba que se alojara em algum lugar sob sua caixa torácica e, pouco a pouco, havia se expandido com o passar dos anos, cutucando-a por dentro. Um sentimento de que outra pessoa, havia muito tempo, podia ter se decidido que a Bebê Mabel não era digna de amor e mimos e investimento.

As dúvidas sobre a árvore genealógica surgiram quando seu filho nasceu e o rosto macio de recém-nascido começou a tomar forma. A pele rosada e cheia de veias aos poucos tomou um tom mais uniforme, de um oliva profundo, e o cabelo cresceu em uma silhueta macia e volumosa.

"Seu neto não se parece em nada com você, não é, mãe?", Marble deixou escapar um dia, quando estava se sentindo malvada.

"Não, ele não se parece, querida", a mãe respondeu. "Você tem um garotinho italiano aqui, é isso o que tem."

O que poderia ter sido um argumento razoável se o marido de Marble não fosse um homem loiro nascido de pais brancos. Enquanto seu filho, Giò, entrava na adolescência, tudo o que ele tinha para mostrar do lado paterno era um nariz com sardas.

Depois que Marble enviou Giò para o internato na Inglaterra, continuou a viver no exterior na maior parte do tempo. Suspeitava que se passasse tempo demais longe dos pais, eles não veriam a dúvida crescente nos olhos dela. Ela sinalizara o assunto vezes suficientes para saber que os pais não iam deixá-la discutir a possibilidade de que ela podia ter nascido de qualquer um, exceto deles.

Em certos dias, Marble se sentia profundamente ressentida. Em outros, olhava para os pais, ficando mais finos nos ombros com a idade, e se sentia culpada. Seu filho era a coisa mais bonita de sua vida. Os pais se sentiam assim sobre ela? Eles poderiam estar preocupados com a possibilidade de perdê-la. Se é que tal coisa fosse possível.

Ou era?

Agora
Sra. Bennett

B e B, depois de cinquenta anos, acho que vocês pensarão que era hora de eu aceitar que nunca encontraria minha primogênita, mas eu não podia desistir. Ou, o que quero dizer é, eu não podia viver com aquilo, não junto com a sensação de isolamento que tomou conta de mim depois da morte do pai de vocês. Como sabem, eu estava me sentindo tão pra baixo que levei a prancha até a península e quase quebrei meu pescoço. Uma bobagem, sei disso, mas não posso dizer que sinto muito por ter ido até lá porque, estranhamente, foi isso o que me levou à irmã de vocês.

Se eu não tivesse acabado no hospital e feito todos aqueles exames depois, poderia não ter descoberto tão cedo que estava doente. Eu estava me sentindo bem quando fui diagnosticada. Então se eles não tivessem começado a quimioterapia, se eu não estivesse sentada em casa um dia com dois potinhos de remédio diante de mim, cansada demais para fazer outra coisa além de assistir a vídeos no computador, poderia não estar aqui hoje, contando esta história a vocês.

B e B, vocês sabem que estou gravando isto porque não acho que vou viver por muito mais tempo. Não vou mentir para vocês, sinto muito por partir tão cedo. Mas nesse curto período de tempo, desde o dia em que tive aquela ideia estúpida de me matar, tenho vivido o equivalente a uma vida inteira de felicidade. E agora, posso compartilhar com vocês.

Chuchu

Eleanor Bennett acabara de reencher seu organizador semanal de remédios e estava sentada diante do notebook, procurando por valores nutricionais de várias comidas, tendo decidido que a única maneira de desacelerar o progresso da doença era, se é que havia essa possibilidade, através da dieta. Ela podia sentir a medicação drenando o *bem* de seus ossos de setenta anos. Enquanto lia um artigo on-line, um daqueles anúncios irritantes apareceu na tela, com a imagem de um chuchu. A visão da casca verde e espinhenta do legume a levou aos seus anos na ilha.

Nos anos que se seguiram ao desaparecimento da mãe, a presença maternal de Pearl, com seu abraço diário com cheiro de talco, seria uma grande fonte de conforto para ela. Exceto nas segundas-feiras, porque noite de segunda-feira era noite de sopa. Não noite de *bouillabaisse*, não noite de *pepper-pot*, mas noite de carne e vegetais, que envolvia o temido *chocho*.

Na Califórnia, ela aprenderia a chamar o vegetal de *chuchu*. Ela descobriria que "chocho", a palavra local para o *Sechium edule*, soava como o termo que alguns falantes de espanhol usavam para descrever as partes baixas de uma mulher. Era uma associação que, depois de todos os anos de resistência àquela coisa bulbosa, cor de lagarto e com gosto de água de torneira, dera a ela um estranho senso de satisfação. Ela gostava de acreditar que o *chocho*, fosse uma pessoa, poderia se sentir um tanto estranha. Ela nunca imaginaria que um dia o chuchu poderia lhe dar a maior surpresa de sua vida.

Só a visão do chuchu na tela do computador era suficiente para fazer a boca de Eleanor se entortar nos cantos, mas ela clicou na caixa de vídeo mesmo assim. Uma narradora explicava que o legume fora identificado em um mercado rural na Itália.

"Não no Caribe", disse a narradora, "não na Ásia, mas bem aqui no sul da Europa."

Ela conhecia a narradora. Havia algo familiar na voz dela. Naquele momento, a câmera saiu do chuchu e passou pela garganta carnuda da apresentadora e a sra. Bennett se viu olhando nos olhos de uma mulher de meia-idade que se parecia com ela, só que com a pele mais clara e os cabelos mais escuros, e cuja voz, Eleanor agora percebeu, era uma variação próxima da sua.

Estava lá, bem na frente de seus olhos, mas Eleanor disse a si mesma que não era possível. Não era possível que tivesse procurado a filha em vão, apenas para vê-la aparecer, sem mais nem menos, na tela do computador. Sua bebê, Mathilda. Não era possível. Ou era? Havia um nome escrito no vídeo. Eleanor abriu uma janela de busca na internet e digitou. *Marble Martin*. Lá estava a foto da mulher. E lá estava sua biografia. Nascera em Londres em 1969. Essa mulher era a filha de Eleanor, Mathilda, ela sabia disso agora, pela maneira como sentiu o coração inchar dentro de si para preencher o buraco que sempre esteve lá.

Apesar do choque, Eleanor conseguiu se dar conta da ironia do momento. Nas piores noites dos últimos cinquenta anos, enquanto ela andava com dificuldade pela tristeza de ter tido sua primogênita levada embora, enquanto procurava em vão por sua filha, enquanto escondia sua angústia do marido e dos outros filhos, ela se lembrava das segundas-feiras à noite de sua infância, quando evitar o chuchu era sua principal preocupação, quando ela ainda acreditava que a mãe voltaria para casa e antes de aprender que você pode amar uma criança mesmo quando ela foi forçada em seu útero.

E seria a lembrança de ser importunada para comer aquela tigela de sopa fumegante e, em seguida, ser envolvida no aconchego do abraço de Pearl, que se tornaria sua maior fonte de conforto.

Prognóstico

Prognóstico. Prognóstico. Prognóstico.

Todos aqueles anos, Eleanor só queria encontrar a filha primogênita. Agora que sabia quem era e como entrar em contato com ela, percebeu que não poderia fazer isso. Era tarde demais. Não seria certo, não com esse prognóstico, para ela, uma estranha, entrar sem ser convidada na vida da filha apenas para dizer que a mãe biológica estava prestes a morrer.

"Acho que ela gostaria de ouvir falar sobre você de qualquer maneira", disse Charles. "Acho que ela apreciaria a chance de te ouvir dizer que você sempre quis encontrá-la, que nunca quis desistir dela. Imagine que presente poderia ser."

Charles era bom. Ele tinha jeito para convencer as pessoas. Mas na manhã seguinte, Eleanor já mudara de ideia.

"As coisas estão acontecendo rápido", ela disse a Charles. "Meus outros filhos precisam saber primeiro. Então podemos ligar para ela."

Eleanor pegou a mão de Charles.

"Sinto muito que as coisas acabaram assim para nós", disse ela. "Essa doença estúpida."

Charles se inclinou e beijou-lhe a testa, então a bochecha, então a curva de seu pescoço, empurrando o nariz na pele dela até que Eleanor riu.

Sua garotinha

Ela ligou uma vez, mas não teve coragem de falar.

Eleanor conseguiu o número de celular de Marble Martin na Inglaterra. Não parecia possível, mas era para isso que serviam os investigadores, Charles disse. Pelo que leu na pilha de papéis que Charles lhe dera, Marble viajava longas distâncias a trabalho, vivendo entre Londres e Roma. Eleanor leu que Marble era uma espécie de nome artístico e que na verdade fora batizada de Mabel Mathilda. Seu coração deu um pulo ao ler o nome do meio de sua filha pela primeira vez. Mathilda, o nome de sua própria mãe. As pessoas que adotaram a bebê de Eleanor mantiveram o nome que ela lhe dera.

Eleanor poderia ligar de novo outra hora, quando se sentisse pronta. Ela não queria assustar a filha, chocá-la, trair as pessoas que haviam passado cinquenta anos de sua vida criando-a e amando-a. Era preciso tato. Além disso, a filha poderia não querer falar com ela. Eleanor também precisava estar preparada para isso.

Por enquanto, bastava ter ouvido a filha dizer: *Alô? Alôôô?* Que engraçado era aquilo, ouvir sua própria voz voltando para ela. Foi a confirmação de que depois de todos aqueles anos de separação, a filhinha de Eleanor ainda era parte sua, levara algo consigo quando foi afastada do mamilo de sua mãe pela última vez.

Iguana

Quando o telefone tocou, Marble estava deitada de costas, observando uma iguana. Pensava que tinha acertado ao ir para aquela praia tão longe de tudo. Por mais que tivesse tentado, não foi capaz de fazer as pazes com as dúvidas sobre os pais e as origens. Ela precisava pensar. Precisava estar em um lugar onde ninguém tivesse expectativas com ela. E aquele era o lugar. Ela soube no minuto em que viu aquele olho preto cintilante fixo nela, lá de cima. Enquanto ela a observava, a iguana cuidou de seus assuntos na areia bem perto do rosto de Marble, que não se importou com o cocô.

Era uma obra de arte, a imobilidade daquela criatura, os dedos aranhosos agarrados ao galho da árvore, a crista franjada ao longo das costas. Marble desviou os olhos para as ondas turquesa subindo pela areia branca, inspirou o cheiro de nozes da própria pele aquecendo ao sol, depois verificou as manchetes no tablet.

Houve um incêndio em uma usina nuclear na França, outro grande terremoto na Itália, mais refugiados se afogando no Mediterrâneo. E lutando, em quase todos os outros lugares. As pessoas tinham problemas, grandes problemas, mas por aqueles dias, Marble queria se concentrar apenas em si, longe das sessões de foto, microfones e salas de reunião, onde pudesse deixar os sentimentos flutuarem e pairarem, descaradamente, acima de seu corpo, e não fazer nada além de assistir a um lagarto sarapintado do tamanho de seu cachorro. Ela pensou no cachorro em casa e esperava que o menino que era seu vizinho não estivesse dando a ele muita comida.

Como você está, filhotinho?, o menino sempre perguntava ao cachorro, e Bobby respondia com um pulinho. Aquele garoto era agora praticamente um homem; costumava ir para a escola com o filho dela, escalar árvores com ele, e continuou indo visitá-lo quando ele estava em casa nos feriados. Assim que Giò ingressou pela primeira vez no internato, o vizinho se sentava nos degraus da frente do prédio de Marble, ziguezagueando um pedaço de pau pelo chão até que ela abrisse a porta. Ao longo dos anos, Marble evitou olhar para os ombros largos dele, para o bigode novo e peludo, para aquela criança que continuava crescendo diante de seus olhos enquanto o filho estava tão longe. Mas aquela criança conhecia seu filho desde que os dois usavam fraldas, então por fim um dia Marble perguntou: *Quer cuidar do cachorro para mim?*

A iguana virou o pescoço, então se acomodou de volta em sua quietude. Marble fechou os olhos e se imaginou como o lagarto, transformando-se em uma massa de pedra coberta de líquen, dormindo durante as longas e frias horas da noite e ganhando vida apenas com o calor do sol. Estava apegada a esse pensamento quando o celular vibrou.

Um número desconhecido.

"Alô?", Marble atendeu.

Ninguém falou do outro lado, mas ela ouviu um inspirar.

"Alôôô?"

Nada. A ligação caiu.

Ela esperou por um tempo antes de deixar o celular de lado. Sabia que se fosse importante, quem quer que tinha ligado ligaria de novo.

Mas não ligaram.

Agora
Herança

Benny está no banheiro, lavando as mãos e se olhando no espelho. Costumava ver os traços do pai em seu rosto, além do sorriso torto da mãe. Agora, sabe o que mais herdou do lado materno da família. Para começar, a pele. Benny é tão pálida em comparação com o irmão e os pais que, se não se parecesse tanto com o irmão, poderia duvidar de suas origens. Aquilo deveria vir da avó paterna.

O fato de não saber tudo sobre a família nunca a incomodou antes. Benny e Byron foram criados para acreditar que os pais eram órfãos. Perguntas sem resposta surgiram com o território. Eles sempre foram isso, uma família afro-americana de origem caribenha, um clã de histórias não contadas e culturas meio cartografadas.

Agora Benny está perguntando mais especificamente sobre as gerações que vieram antes de seus pais, a chegada a regiões distantes, a vida que eles viveram, as diferentes influências culturais. Benny também está pensando sobre outro tipo de herança, um espírito de provocação que ela entende, agora, vir da mãe. A mãe também teve dificuldade de encontrar um caminho apesar das expectativas de outras pessoas, das definições dos outros, sobre o tipo de mulher que ela deveria ser. A mãe também fechou portas e seguiu em frente.

Ah, se ela tivesse dito isso mais cedo...

Na gravação, Eleanor conta que o pai de Benny realmente perdeu os pais, embora já fosse jovem quando aconteceu. Depois que Gibbs Grant se mudou para a Inglaterra para estudar e então saiu do radar, seus parentes devem ter imaginado que ele, como outros antes dele, simplesmente sumira na corrente de sua nova vida de imigrante. Os parentes da mãe dele podem tê-lo procurado, mas certamente não poderiam ter imaginado que ele estivesse escondido debaixo do nariz deles sob um nome alterado, com uma mulher que pensavam estar morta.

A mãe de Benny falou sobre se sentir como um fantasma depois da morte de Bert, sentindo como se não houvesse mais ninguém para reconhecê-la como quem realmente era. Benny começou a se dar conta da realidade da situação da mãe. Com o tempo, Eleanor Bennett desistira de partes de si mesma até que a maioria do que ela fora um dia não existia mais. Família, país, nome, até mesmo uma filha. E ela não se sentira livre para nomear as perdas. Benny e Byron nunca teriam sido o suficiente para preencher os vazios que permaneceram, teriam?

Ela e o irmão nunca foram o suficiente.

Benny pega uma toalha de um cabide, senta-se na tampa do vaso sanitário e enterra o rosto no monte de pano, tomando cuidado para não deixar o irmão e o sr. Mitch ouvirem seu choro.

Byron está na cozinha moendo mais café, olhando para as mãos. Ele e Benny se parecem tanto, poderiam ser gêmeos se não fosse pelos nove anos e os vários tons de cor entre eles. Aparentemente, Benny lembra o pai da mãe, o tal do Lyncook, o homem cujos erros levou a mãe a sair da ilha.

Sendo crianças do povo do Caribe, Byron e Benny sempre pensaram que poderiam ter ancestrais de várias origens. Mas, no coração, Byron é um filho da Califórnia e um homem negro em primeiro lugar. Essa é a identidade dele. É claro que, na mente das outras pessoas, ele é um homem negro em primeiro, segundo e sempre, o que seria aceitável se não fosse a exclusão em todas as outras áreas.

Se Byron algum dia teve dúvidas sobre o peso da raça em seu mundo, só precisa olhar para Benny. A irmã sempre fora uma motorista descuidada, capaz de te fazer rezar na rodovia, mas Benedetta Bennett, graças à pele cor de areia, nunca foi parada pela polícia, enquanto Byron é parado em média de três a quatro vezes por ano.

Está chegando ao ponto de Byron temer dirigir à noite. De ele se recusar a visitar certos amigos em certas vizinhanças depois de certa hora, não por medo de ser assaltado, mas sim de ser parado pela polícia. Chegou ao ponto de, da última vez que ele precisou comprar um carro, escolher um modelo menos descolado, um que não atrairia a atenção de alguém que acha que um homem negro não deve dirigir alguns tipos de veículo, porque há essa questão também. Mas ele nunca admitiria isso para alguém, exceto para Cabo.

Qual é a aparência de sua irmã britânica?, ele se pergunta. Como ela navega em seu mundo? Byron não consegue resistir. Entra na internet e pesquisa Marble Martin no celular. Aparentemente, ela tem muitos seguidores na Inglaterra. Ele desliza e clica até encontrar uma foto. Fica atordoado. Será que essa Marble sabe, Byron se questiona, o quanto ela se parece com a mãe? A mulher é tão pálida quanto Benny, mas não há como confundir esses olhos, esse nariz e essa boca. Esses são os olhos, o nariz e a boca de sua mãe. A visão enche Byron de um anseio que ele só consegue descrever como saudade.

Byron abre o freezer, guarda o restante dos grãos de café e vê algo redondo embrulhado em papel-alumínio. Lá está. O bolo preto. Ele estende a mão e o toca. *Quero que vocês se sentem juntos e compartilhem o bolo quando for a hora certa*, a mãe escreveu no bilhete. *Vocês saberão quando*, disse ela. Agora ele entende *quando*.

Anonimato

Benny abre a mala e tira seu suéter cinza-prateado. Ela se recusa a se vestir toda de preto no funeral da mãe no dia seguinte. Estende o suéter e o pendura sobre a velha cadeira da escrivaninha. Não planejara estar ali, em seu antigo quarto. Ela nunca dormiu na casa de sua infância sem os pais.

Benny pensara que ficar em um local neutro essa noite teria sido mais fácil. Sempre encontrou conforto no anonimato da viagem, na terra de ninguém das vastas salas de aeroporto, no cheiro de plástico de carros alugados, nos cartões-chave de hotel que esqueciam sua identidade no check-out. Todos esses espaços livres de peso emocional. Mas dessa vez foi diferente.

Benny reservou um hotel em Orange County, mas quando se viu deitada em um quarto duplo padrão tão perto de sua casa de infância, foi tomada por uma tristeza que ia além da morte da mãe, um peso que a invadiu quando tocou as torneiras cromadas escovadas do banheiro, os reguladores de luminosidade do quarto, os minúsculos tubos de creme falso ao lado da máquina de café.

O quarto era espaçoso, limpo e silencioso, exatamente como ela precisava que fosse depois de um voo cruzando o país, mas ficava a apenas cinco quilômetros de casa. Quando Byron disse a ela para ficar, Benny achou que não ficaria. Byron nem sequer estava falando com ela direito, exceto pelos comentários obrigatórios. Chaves, café, cremação. Mas depois de ouvir a primeira parte da gravação da mãe, depois de dar boa-noite ao sr. Mitch, ela olhou para a poltrona do pai e soube que não suportaria voltar para o hotel. Claro, ela deveria ter imaginado que seria assim. Afinal, levara a mala consigo até a casa.

267

Profundidade

O telefone de Byron está vibrando sobre o balcão da cozinha. Ele se esqueceu do horário no cabeleireiro nessa manhã. Corte de cabelo sem tintura. Ele não se importa com o salpico de grisalho em suas têmporas, e o cabeleireiro sugere que Byron pode considerar mantê-lo assim, mínimo, ainda por um tempo. Ele cancela o horário; não há tempo suficiente, embora saiba que a mãe não teria cancelado. Eleanor não teria ido a um funeral sem antes arrumar o cabelo.

A mãe diria que era um sinal de respeito ir ao salão, verificar o estado da roupa, ver se precisava comprar uma camisa nova. Ela era mesmo bastante convencional em alguns aspectos, embora, como Byron começou a entender, em menos maneiras do que ele tinha imaginado. Mas, quando crianças, um dos mantras da mãe era "Vista-se com respeito!". Isso nunca mudou.

Quando Byron ingressou em sua profissão, ele não imaginava ver seus colegas homens com sobrancelhas bem-feitas e as mulheres com mega hair. Os tempos mudam, e as pessoas devem se sentir à vontade para aderir ou não às tendências. Ele apenas nunca imaginou que geólogos, engenheiros e matemáticos estarem prontos para postar no Instagram, em qualquer dia da semana, fosse uma necessidade profissional. Isso era mais do que respeito, era exibicionismo.

Byron supõe que devesse ser grato pelas redes sociais, tantas pessoas acompanham o trabalho que ele faz. E ele certamente continua intrigado com a própria profissão. Graças à tecnologia sonar atual, sua equipe pode acumular milhares de quilômetros quadrados de mapas de alta resolução com apenas uma expedição em alto-mar. Às vezes, Byron apenas ri bastante da beleza de tudo isso.

Ele acredita que muitas pessoas que o seguem on-line realmente *entendem* a importância do mapeamento subaquático, que não se trata apenas de tecnologia e de poder ver a forma da terra abaixo do mar. É sobre padrões climáticos, tsunamis, defesa territorial, pesca, cabos de internet, rastreamento de poluição e muito mais. É sobre como viveremos no futuro. E, claro, é sobre dinheiro. É sempre sobre o dinheiro.

Às vezes, Byron fica deitado na cama de manhã olhando para o teto por um longo tempo, imaginando quanto de seu trabalho está indo bem e quanto está apenas abrindo as portas para aqueles que buscam lucro, que usarão as informações para fazer coisas como minar áreas anteriormente desconhecidas do fundo do mar em busca de metais preciosos, elementos raros, petróleo e outras riquezas. Muitas dessas coisas, ele sabe, beneficiam seu próprio estilo de vida.

As pessoas falam sobre gestão responsável dos recursos naturais, falam sobre sustentabilidade e moderação, mas Byron não viu muito disso em seus vinte e poucos anos de carreira. Achava que, ao fazer bem seu trabalho, envolver o público, visar ao cargo de diretor, fizesse algo de bom. Mas agora que seus pais se foram, ele não sabe mais se sua vida realmente fez tanta diferença para alguém ou alguma coisa.

Eleanor e Bert se sacrificaram muito para dar a Benny e a ele uma boa vida.

Byron está fazendo certo por eles? Está fazendo o suficiente?

Ele não sabe mais se, fazendo-o pensar todos esses anos que ele era uma pessoa especial, seus pais lhe deram um presente ou prestaram um desserviço. Ele espera, pelo menos, que ser visto nessa posição conte para alguma coisa, para todos aqueles garotos que se parecem com ele e que podem querer seguir seus passos, ou para aqueles que precisam apenas ver um rosto semelhante olhando para eles, sorrindo, parecendo bem, sendo tratado com respeito.

Ouvindo

Em 1978, a Nasa lançou o primeiro satélite em órbita da Terra, projetado para realizar o sensoriamento remoto dos oceanos. Quarenta anos depois, sempre que Byron visitava alunos em escolas, gostava de contar a eles sobre a mulher negra que fora gerente de projeto no programa Seasat. Mas os alunos sempre se interessavam mais em saber que a mesma mulher tinha sido fundamental no desenvolvimento inicial do GPS. *Massa!*, alguém sempre exclamava, ou fosse lá qual palavra estava na moda.

Como muitas pessoas, Byron não sabia de nada disso na época da escola, mas naquela época já se sentia atraído naquela direção. Os vinte minutos de carro voltando da praia. O surfe. Quando aprendeu o procedimento em caso de terremoto. Byron cresceu entendendo que a Terra e seus oceanos estavam em constante estado de agitação e, quando chegou à faculdade, sabia que gostaria de passar a maior parte do tempo ouvindo os mares.

Byron ouve o farfalhar e o tilintar de Benny no quarto, se preparando para o funeral da mãe. Ele aprendeu que o sensoriamento remoto, a obtenção de informações sobre locais sem estar fisicamente lá, é muito mais simples do que compreender outro ser humano, mesmo quando ele está na mesma sala que você. Byron não faz mais ideia de como interpretar Benny, de como falar com a irmã. Não existe tecnologia para ajudá-lo a lidar com esse tipo de coisa.

Despedidas

Não é um funeral de verdade. O corpo da mãe não está ali. As cinzas de Eleanor Bennett serão entregues para Benny e Byron nos próximos dias, em uma urna feita para isso. Mas o pastor diz que Eleanor Bennett está ali em espírito, nesta igreja onde costumava ser voluntária, onde tinha tantos amigos.

Benny engancha o braço no de Byron e, felizmente, ele não se afasta. Ela sente como se a curva do cotovelo de Byron fosse a única coisa sólida em sua vida agora. Benny tenta não pensar sobre todos os segredos da vida da mãe. Ela e Byron ainda não sabem toda a história. Precisam terminar de ouvir a gravação, ainda precisam conhecer a irmã da qual não tinham conhecimento até pouco tempo. Ainda precisam descobrir quanto da mãe sobrou para se lembrarem.

O pastor queria que Benny dissesse alguma coisa, mas ela não conseguiu. Byron foi até a frente e agradeceu a todos por terem ido, disse que a mãe teria gostado daquilo, e então voltou para seu assento. Ainda bem que tinham o sr. Mitch. Pelo menos ele foi até lá e disse algumas palavras em nome da família. Ou Benny acha que foi isso. Ela parou de ouvir depois do "Cada um de nós conhece um lado diferente de Eleanor Bennett. Mãe, amiga, voluntária...". Em algum ponto, o sr. Mitch saiu de lá com lágrimas nos olhos. Isso Benny se lembra. Charles Mitch, voltando para seu assento ao lado de Byron, seus olhos e nariz tão rosados quanto peônias.

As pessoas ainda estão indo até lá para falar. Essa coisa toda está ficando insuportável. Benny se apoia no braço de Byron. Byron põe a mão sobre a dela e o toque da palma dele, quente e seco, limpa todo tipo de poeira do coração dela.

* * *

Alguém está tocando o rosto de Benny agora, puxando-a para um abraço suave e com cheiro de algodão, invocando o nome de sua mãe em tons quentes. Benny já está procurando uma saída. Ela procura na multidão na sala de estar, em busca de Byron, e o vê indo em direção a um aglomerado de pessoas na cozinha. Ela segue o irmão e, por um único momento, espera ver a mãe ali, com ele diante da pia, rindo, brincando.

Sua mãe.

Ah, se Benny soubesse antes sobre o passado da mãe... Uma noiva em fuga, forçada a se mudar de repente, lutando para se recompor cada vez que sofria uma perda. Se Benny soubesse de tudo isso, poderia ter contado aos pais sobre seus próprios problemas na faculdade. Isso poderia ter evitado o lento acúmulo de mal-entendidos entre eles. Benny duvida que o pai se sentiria mais confortável com o abandono da faculdade ou com sua vida amorosa, mas, sendo Bert Bennett, a raiva pela maneira como a filha fora maltratada poderia ter eclipsado todas as outras preocupações.

Em vez disso, Benny se afastou. Pior, depois de tudo isso, adquiriu o hábito de tentar manter a cabeça baixa, buscando se dar bem com as pessoas, não irritá-las, não se machucar. Qual foi, então, o objetivo de tudo isso?

A verdade é que Benny quisera ir para aquela universidade quase tanto quanto seus pais queriam que ela fosse. Mas bem quando pensou que seu mundo estivesse se expandindo além da sufocação da adolescência e em um novo ambiente, descobriu que as caixas nas quais deveria se encaixar — fosse por raça, orientação sexual ou política — pareciam estar tornando seu mundo menor.

Bastou um olhar para que ela soubesse que saíra de sua caixa designada. Como o que recebeu de uma garota branca, com quem fora amigável, quando ela viu Benny saindo de um salão de beleza para mulheres negras. Ou o olhar recebido uma tarde de uma de suas companheiras negras de dormitório quando entrou no espaço comum, rindo com algumas garotas brancas. Ou recebendo vários olhares, mas sem que ninguém lhe dirigisse a palavra nas reuniões do clã. Mas olhares eram coisas subjetivas que não davam para definir facilmente. Um chute no rosto era mais concreto.

A mulher que esbarrou com Benny e a empurrou daquela vez estivera no pé dela por semanas. *Você acha que é melhor do que o resto de nós?*, ela disse a Benny naquele dia. Mas não, ela não se achava melhor do que ninguém. Só não entendia por que era pior.

Então ela viu a decepção no rosto dos pais e a confusão no de Byron. Foi para a Europa para fugir e estudar culinária.

Na Itália, Benny se apaixonou por uma nova cidade, uma nova mulher e uma visão do tipo de pessoa que poderia ser. Pensava que a resposta ao que sua amante italiana chamava de *disagio* seria ficar lá, no exterior, para que a distância de sua cidade natal camuflasse o cânion que se cavava entre ela e sua família. Mas o desconforto a seguiu.

Houve um jantar. Um grupo internacional de falantes nativos de inglês, todos conhecidos de conhecidos. Eles estavam se acomodando alegre e ruidosamente à mesa, farejando os aromas que vinham da cozinha, trocando descrições do menu, quando alguém disse:

"E de onde você é?"

"Eu?", respondeu Benny. "Da Califórnia."

Mesmo que Benny já tivesse se mudado do estado antes de ir para a Itália, permaneceu como uma garota da Califórnia em seu coração. Se existisse, teria levado um passaporte californiano. Correção: sul da Califórnia. Porque havia uma diferença.

Mas antes que ela pudesse falar sobre seus pais, outra pessoa interveio e disse:

"Benny é das Índias Ocidentais."

Por que as outras pessoas sempre respondiam a esse tipo de pergunta por ela? Por Benny, que nunca estivera na Flórida, muito menos nas ilhas. Além disso, quem diz *Índias Ocidentais* hoje em dia?

"E você?", Benny perguntou à outra companheira de jantar, não querendo prolongar o assunto e tirar o foco de si mesma.

A mulher que respondeu em nome dela riu da pergunta.

"Ela é americana! Você não percebeu? Olhe o cabelo loiro dela!"

Sem pensar, Benny tocou o próprio cabelo, sentiu o volume macio e escuro acima de suas têmporas. Três semanas seguintes, depois que Benny se desapaixonou da amante italiana, chegou à conclusão de que era melhor voltar para casa quando terminasse o curso. Afinal de contas, as coisas não pareciam tão diferentes ali.

Claro, em primeiro lugar, Benny já começara a esquecer o que a levara até a Europa. Não tanto a escola de culinária, mas a necessidade de se distanciar da família. E, com saudade de casa, era fácil esquecer essas coisas. Pensando agora, Benny percebe que passou a maior parte da vida adulta desejando voltar para casa, só que agora que enfim voltou, sente que nada jamais foi do jeito que ela pensava que fosse.

A mãe de Benny se foi para sempre, em mais de uma maneira, e a única coisa que restou dela, uma voz em um arquivo de áudio, continua transmitindo essa mensagem.

Sra. Bennett

Benedetta, naquela carta você disse que achava que eu não entenderia por que você se calou sobre seus problemas, mas é claro que entendo. Mais pessoas tiveram a vida moldada pela violência do que gostamos de pensar. E também mais pessoas tiveram a vida moldada pelo silêncio do que pensamos. Quando engravidei de sua irmã, foi tudo contra a minha vontade, e ninguém próximo nunca soube disso, até agora. E tive que impedir que ela soubesse. Isso foi parte do motivo pelo qual eu os deixei me convencerem a desistir dela.

E eu também estava com vergonha. O que aconteceu comigo foi uma surpresa completa. Achei que estava em um bom lugar com um empregador generoso. Pensei que estivesse segura. Depois, fiquei me questionando, o que fiz de errado? O que fiz para que isso acontecesse comigo? Mas essas perguntas não tinham relevância. Essas perguntas nunca têm qualquer relevância quando outra pessoa decide nos machucar. Mas mesmo assim nos perguntamos, e elas nos pesam. Elas podem nos esmagar. Felizmente, percebi que tudo o que eu precisava fazer era sair daquele escritório.

Benny, isso é o que eu queria dizer a você pessoalmente, mas não posso esperar mais. Quando seu pai e eu hesitamos em aceitá-la como você é, em mostrar nossa aceitação imediata, você fugiu. Claro, gostaria que você tivesse sido mais paciente conosco, mas você se machucou e quis ir embora para se proteger. Fiquei profundamente decepcionada, mas com o tempo percebi que me identifiquei com o que você fez. Espero que você não tenha medo de fazer o mesmo tipo de escolha novamente, se sentir que é isso que precisa fazer para sobreviver. Questione-se, sim, mas não duvide de si mesma. Há uma diferença.

Só não pense que isso basta para ter sucesso na vida, esse distanciamento das pessoas. Isso nunca deve ser uma resposta fácil para seus problemas. Vivi o sufi-

ciente para ver que minha vida foi determinada não apenas pela mesquinhez dos outros, mas também pela bondade e a disposição deles para ouvir. E é aqui que seu pai e eu falhamos com você. Você não encontrou garantias suficientes disso, em nossa própria casa, para ousar ficar.

Benny e Steve

Sempre houve um momento em que, contra seu melhor julgamento, Benny atendeu aos telefonemas de Steve, quando ele a fez rir, quando ela concordou em se encontrar com ele. Mas agora, quando Benny sente o celular vibrando dentro da bolsa, quando o verifica e vê que é Steve ligando de novo, decide que não vai atender. Não dessa vez. Nem da próxima.

"Acho que é o seu celular", diz Byron.

"É sim", afirma Benny.

Ela toca a tela para rejeitar a ligação e confere a hora. O sr. Mitch está falando com alguém no notebook, lá fora no pátio. Benny ainda tem tempo de falar com Byron, e vira o rosto para ele.

"Byron, tem uma coisa que quero te dizer."

Benny fala. Conta a Byron que sofreu bullying na faculdade. Conta a ele sobre Steve. Conta como Steve era bom com tudo no começo, até que eles encontraram uma ex-namorada de Benny.

"Mas já falamos sobre isso, Steve", Benny disse, enquanto eles discutiam.

"Desculpe", disse Steve. "Não consigo me acostumar com isso."

Isso, aparentemente, era o que Benny era, o jeito de Benny. *Confusa* era como Steve a chamara, mas Benny não conseguia se lembrar da última vez que se sentira confusa. Só se lembrava de se sentir rejeitada.

Eles discutiram. Benny gritou. Steve bateu nela. Disse que sentia muito, implorou para que ela não fosse embora.

"Continuamos tentando", Benny diz agora. "Continuei me encontrando com Steve, de vez em quando. Mas não estava funcionando. E ele estava ficando mais agressivo." Ela abaixa a cabeça, põe uma mão na testa. "Byron, foi por causa de Steve que você não me viu no funeral do papai."

Ela sente Byron pegar sua mão e expirar devagar, enquanto Benny conta a ele sobre aquela noite, há seis anos.

O que Steve disse a ela naquela noite, antes de empurrá-la contra a mesa de madeira, foi horrível. O que ele disse — antes de ela agarrar a toalha de mesa, arrastando pratos, talheres, copos e velas para o chão, antes que ele empurrasse o rosto dela contra o chão em um caco de cerâmica azul, antes que ela ouvisse o estalo de seu braço esquerdo — foi uma palavra que ela nunca pensou que ouviria de um homem que tinha feito amor com ela.

Porque era amor que eles faziam, ela tinha certeza, e Leonard Cohen cantava nos alto-falantes enquanto ela tentava se levantar, e os dois amavam Leonard Cohen e Mary J. Blige e René Papp na ópera, ambos eram ecléticos quando se tratava de música, e embora ela tenha explicado a Steve várias vezes que estava com ele porque queria estar com ele, simples assim, ele ainda *surtou*, porque, de novo, eles tinham encontrado Joanie. O que Benny poderia fazer, ela perguntou a Steve, se Joanie por acaso vivia no mesmo bairro?

A princípio, Steve estava só irritado. Ele não terminou o jantar que Benny havia cortado e temperado para ele, nem sequer provou a torta de batata-doce. Era sua receita nova, Benny disse a ele. Era para Steve ser o primeiro a provar, disse ela, forçando um sorriso. Mas então ele ergueu a voz e disse aquela palavra, e Benny ainda estava tentando se recuperar do som dela na garganta dele, quando Steve a puxou pelo cabelo, fazendo suas presilhas se soltarem.

E então a mesa.

E então o chão.

E então o sangue.

E foi isso. Benny decidiu terminar o relacionamento bem ali, só que ela precisou de uma ambulância para isso. Ela acabara de passar a noite na emergência quando Byron ligou para contar que o pai falecera.

"A pior parte é que", ela diz a Byron, "jurei que aquela era a última vez que eu veria Steve, mas não foi. Fiquei pensando, ele vai melhorar, ele só precisa de tempo, ele vai me aceitar por quem eu sou."

Byron balança a cabeça.

"Eu sei, Byron, eu sei. Eu deveria saber. Nunca foi sobre mim, não pra valer. Eu *sabia*, mas quando a gente está no meio de alguma coisa, não conseguimos enxergar dessa forma, sabe? Não enxergamos o que é óbvio para as outras pessoas."

Byron assentiu.

"E agora estou pensando na mamãe e em tudo o que ela passou e como ela costumava dizer, *O que você está disposta a fazer?* Lembra, Byron? E o que ela disse na gravação. Que às vezes está tudo bem se afastar. Talvez eu não devesse ter me afastado tão rápido de todos vocês, mas deveria ter fechado a porta para Steve há muito tempo."

Byron olha para Benny, com quase um metro e oitenta e dois e trinta e seis anos e vê, na curva da boca dela e no flexionar de seus ombros, a garotinha que costumava segui-lo por toda a parte. Ele quer se aproximar e colocar os braços ao redor da irmã, mas algo no inclinar do queixo dela, no brilho da pequena cicatriz na bochecha, o interrompe. Em vez disso, ele se levanta e estende uma mão para ajudá-la a se levantar também.

"Benny, eu sinto muito", diz ele.

Benny assente, a boca comprimida em uma linha fina.

"Estou falando sério, sinto muito mesmo, eu fui um merda."

Ela assente de novo. Ainda está segurando a mão dele.

"Eu também", diz Benny.

"É." Byron ergue a sobrancelha.

E eles começam a rir.

Garota linda

Benny tem seis anos e está ziguezagueando no corredor do supermercado enquanto a mãe examina latas de comida. Ela encontra uma moça legal que diz o quão fofa e doce ela é. E quantos anos ela tem? E qual é o nome dela? Olhe todo esse cabelo bonito, diz a moça, tocando-lhe os cachos. Benny se sente confusa e feliz. Até que o irmão mais velho se aproxima para buscá-la, dizendo, aí está você, vamos voltar para a mamãe, e a moça legal dá a Byron um longo olhar de cima a baixo, observando sua figura alta e negra, e volta-se para Benny, fazendo uma careta fina antes de ir embora. Benny sente a confusão passar, aquela moça não gosta mais dela, mas não importa, seu irmão está segurando sua mão com força, seus dedos pequenos e pálidos aninhados nos dedos longos e negros dele, e Benny sabe que, enquanto estiver com Byron, sempre estará segura e feliz.

Benny

Benny está sentada na cama da mãe. Na cama dos pais. Deveria ter entendido essa coisa sobre os pais, seus pais talentosos e impecáveis, que exigiram excelência dos filhos ao ponto de quase acabar com Benny. Deveria ter percebido mais cedo que as demandas e a resistência deles em relação à sua orientação sexual deviam ter origem, em parte, do medo.

Ela folheia uma edição da *National Geographic* que encontrou na mesa de cabeceira da mãe. Há um artigo sobre um cara que escalou o El Capitan sem corda. *Caramba*. A mãe gostava muito desse tipo de coisa. Gente que escalou montanhas, que passou pela Antártica, que navegou os oceanos sozinha, que fez as travessias mais notórias a nado. Benny, que só queria encontrar calor e conforto neste mundo, nasceu de uma fanática por aventura principiante.

Não, não tão *principiante*. Às vezes, depois de tirar Benny e Byron da água, a mãe voltava sozinha. Ela sempre levava a prancha mais longe do que da vez anterior, enfrentando ondas que estavam além de sua competência. Às vezes, no caminho, tinha dificuldades com as ondas e cambaleava até a praia como uma criança. Quando Benny era pequena, aqueles momentos em que sua mãe desaparecia dentro de uma onda a deixavam aterrorizada. Mas o pai nunca parecia preocupado, apenas ria e se recostava na toalha. E a mãe também ria enquanto caminhava pela areia.

Os pais sempre se comportaram como se nada pudesse realmente abalá-los, como se tivessem visto de tudo. Benny vira ambos zangados, preocupados, mas nunca realmente com medo, não até o dia em que tentou contar a eles sobre si mesma, sobre o tipo de vida que ela pensava que viveria e viu aquela expressão nova nos olhos deles. Ela deveria ter percebido que não era tão simples quanto uma desaprovação. Eleanor e Bert Bennett temiam que os filhos não conseguissem viver no mundo tão facilmente quanto esperavam, depois de tudo que haviam feito para isso. E assim, eles se tornaram parte do problema.

Benny pega o envelope que o sr. Mitch entregou a ela. Dentro, há recibos que Eleanor salvou dos arquivos de Bert. Companhias aéreas, hotéis, restaurantes, além de uma página arrancada do calendário de 2011. Benny olha novamente para os locais e datas, e cada um age como uma pincelada de bálsamo em uma ferida. O pai estivera em Nova York mais de uma vez. Rabiscara vários endereços na página do calendário. O apartamento de Benny, o restaurante onde ela trabalhava, o estúdio onde tinha aulas de arte nas tardes de sábado.

Depois daquele miserável Dia de Ação de Graças em 2010, Benny e seu pai nunca mais se falaram, mas agora ela sabe que ele nunca a perdeu de vista.

Sra. Bennett

Byron, meu filho. No dia em que você nasceu, seu pai pegou seu pezinho na mão, o envolveu entre os dedos e só olhou para mim. Não há palavras para esse tipo de sensação. Então você veio, Benny, sorrindo desde o primeiro dia, e graças a vocês, crianças, e ao seu pai, eu tinha amor em minha vida outra vez. Mas nem um dia se passou sem que eu pensasse na irmã de vocês. Era como um enorme buraco na minha vida, como a morte de alguém que eu amava, de novo e de novo e de novo. Mas eu não fui a primeira pessoa a passar por este mundo vivendo duas vidas separadas, uma em exibição e a outra trancada dentro de uma caixa.

Em todos aqueles anos, seu pai nunca soube do bebê que entreguei para a adoção. Eu nunca contei a ele o que realmente aconteceu comigo naquela empresa. Eu não podia. Estava tão envergonhada. Ele só sabia que o supervisor tinha feito avanços indesejados e que eu decidira que era hora de seguir em frente. Nada de incomum sobre isso. Mulheres sempre tiveram que fazer esse tipo de coisa. Seguir em frente sob aquele tipo de pressão. Agir como se não fosse nada, a vida virada do avesso.

Fiquei dizendo a mim mesma que se eu conseguisse um jeito de encontrar minha filha, contaria a Bert sobre ela e ele entenderia, ele a aceitaria, ele me perdoaria por não ter contado antes. Mas não consegui encontrá-la, e mantive meu segredo. Conforme os anos passavam, senti que não podia mais contar ao pai de vocês.

Eu sabia que Bert não me culparia pelo que meu empregador fez comigo, mas e o restante? Ele poderia se perguntar sobre tudo o que eu fizera e me levara àquele ponto. Como eu fora para a Escócia sozinha, mesmo depois da morte de Elly. Como eu ficara na ilha com meu pai, quatro anos antes, em vez de ir embora de uma vez quando ele, Bert, me implorou para fazer isso. Como, no fim, eu não tinha conse-

guido evitar que a agência levasse minha bebê. Eu me preocupava que ele pensasse essas coisas porque eu também as havia pensado.

Quando seu pai morreu, eu não precisava mais me preocupar com o que ele pensaria disso, mas eu precisava me encarar no espelho todas as manhãs e reconhecer minhas próprias dúvidas. Uma parte de mim sentiu que eu tinha atraído tudo aquilo para mim ao querer fazer as coisas à minha própria maneira, por me recusar a aceitar a vida que os outros esperavam que eu vivesse. Levei um longo tempo para me livrar de parte daqueles sentimentos.

O que me leva a você, Benedetta. Vejo, agora, que seu pai e eu podemos ter feito você se sentir daquele jeito também, sentir que precisava escolher entre ser você mesma e ter nosso apoio. E você, Byron? Nós te fizemos sentir que a única maneira de ter nossa aprovação era fazer as coisas à nossa maneira, mesmo que significasse deixar sua irmã por conta própria? Essa nunca foi nossa intenção. Nós amávamos tanto vocês dois e tínhamos tanto respeito por vocês, que nunca pensamos que poderiam duvidar disso.

História do peixe

Byron está rindo. Ele se sente estranhamente leve agora que o enterro da mãe já passou. Depois da casa cheia do dia anterior, ele e Benny enfim estão sozinhos na cozinha, e ele sente que pode passar da tristeza para o riso sem precisar se envergonhar.

"O que foi?", pergunta Benny. "O que foi?"

Byron tira uma caçarola da pia, aquela com a ilustração de um peixe no fundo. Depois de ouvir o resto da gravação da mãe, Byron e Benny prepararam um café da manhã tardio para o sr. Mitch, colocando algumas sobras em um prato. O sr. Mitch está agora na sala de estar, preparando os papéis para a próxima fase da discussão. Ele diz que já enviou um e-mail para a irmã deles.

Eles precisam aprender a dizer isso em voz alta. *Nossa irmã.*

"O peixe", diz Byron. Ele mal consegue falar entre o riso. Ele vira o interior da caçarola de cerâmica para que Benny possa ver. Há um peixe ilustrado no fundo. "O peixe, lembra?"

"O peixe", diz Benny, e então ri.

Castaic Lake. Benny tinha oito anos, Byron dezessete. Eles, filhos da costa do Pacífico, foram levados à terra firme para pescar em um lago artificial. A mãe chamou o plano de *ridículo*, mas eles acabaram adorando. As colinas com arbustos ao redor, a água tão calma. Eles não sabiam até aquele dia que a água poderia ser tão tranquila.

Eles tinham duas varas na água, quando Bert começou a gritar, "Eu peguei, eu peguei!" e puxou para cima. Um achigã saiu voando da água, refletindo a luz do sol no flanco e batendo direto no rosto da mãe deles.

"Eeeca!", guinchou Eleanor Bennett, balançando as mãos e empurrando o marido.

"Ah! Você está com medo de um peixinho?", disse Bert Bennett. Ele tirou o peixe do anzol e o colocou em um balde. Estava rindo. "Ah, coco, não fique brava."

Não, não coco.

Covey.

O pai de Byron dissera "Covey" naquele dia, ele tem certeza agora, mas só faz sentido trinta anos depois. Até dois dias atrás, Byron não sabia que Covey era o nome de uma pessoa, muito menos da própria mãe. Ele apenas presumiu que fosse um erro de pronúncia. Ele ainda se lembra porque foi engraçado como a palavra saiu. *Ah, Covey, não fique brava.*

A mãe dera ao pai um olhar sombrio, pegou o balde onde o peixe lutava contra o ar e o virou, devolvendo-o à água.

"Ah!", o pai gritou. "Era o meu peixe!"

"Não é mais", a mãe deles disse.

Byron e Benny riram até lacrimejar.

"Vocês dois fiquem quietos", a mãe disse, e eles riram ainda mais.

No Natal seguinte, Bert deu a Eleanor a travessa como uma piada. Acabou sendo uma das favoritas dela. Ela costumava fazer caçarolas, batatas gratinadas, às vezes até bolo de café, mas nunca peixe.

Byron e Benny ainda estão dando risadinhas agora, secando os olhos. Benny estende a mão, Byron dá a ela a travessa, e ela a seca com um pano de prato. Ela o olha com aqueles olhos, os mesmos que os dele, e Byron sorri para ela, em seguida a envolve com um braço, então Benny começa a chorar.

Receita

Benny espera até que esteja sozinha na cozinha para olhar a gaveta de lixo. É preciso sacudir a gaveta no fim do balcão da cozinha, enquanto a puxa ao mesmo tempo. É a única maneira de fazê-la abrir, uma coisa que não mudou por ali.

É onde a mãe guardava tocos de lápis, canetas esferográficas com tinta, blocos de notas grátis da farmácia e do serviço de limpeza de ralos, clipes de papel coloridos como confete e minúsculos dispositivos de plástico cujas finalidades originais a maioria das pessoas esquecera havia muito tempo, mas que Benny sempre conseguia descobrir.

Eleanor entregava algo para ela da gaveta de lixo e dizia: *O que é isso?* E Benny estreitava os olhos para um objeto pontudo ou torcido ou encolhido, virando-o na mão, segurando-o perto do rosto e imaginando a vida que queria. Benny passa os dedos agora ao longo da lateral da gaveta. Lá está, onde sempre esteve, um pedaço de papel dobrado e pautado onde a mãe anotara a receita do bolo preto.

Benny desdobra o papel e passa o dedo pela lista de ingredientes. *Rum, açúcar, baunilha.* E os ocasionais verbos. *Misturar, esfregar, salpicar.* Só agora Benny percebe que a receita não tem medidas, nem quantidade. Espere, foi sempre assim? É a mesma de sua infância, ela tem certeza. Então Benny percebe que a receita de sua mãe nunca foi uma lista de quantidades exatas e instruções, mas uma série de dicas de como proceder.

O que Benny aprendeu com a mãe foi transmitido por meio de demonstração, conversa e proximidade. O que Benny aprendeu com a mãe foi confiar em seus próprios instintos e continuar a partir daí.

Byron

O celular de Byron está tocando. É Lynette. No fim das contas, ela não foi ao funeral da mãe dele. Ele reflete. Pensa no que aconteceu com Benny aqueles anos atrás, sobre os motivos de ela não ter ido ao funeral do pai. Não consegue superar o fato de que ele e sua mãe não faziam ideia. Nunca dá para saber de fato pelo que uma pessoa está passando.

Quando Byron atende, Lynette está chorando. Ele mal consegue entendê-la.

"Um o quê?", pergunta ele.

"Um farol queimado, Byron", responde Lynette. "Jackson só estava tentando pegar a carteira, pegar a identidade, e o policial apontou uma arma para nós. Pensei que fôssemos morrer."

"Jackson? Meu Deus, ele está bem?"

Jackson, sobrinho de Lynette. Um rapaz ótimo. Ver Jackson fazer seu caminho no mundo profissional deixou Byron orgulhoso. Um jovem cientista construindo sua confiança, um jovem negro abrindo portas.

"Ele só estava tentando me levar ao médico, sabe?"

"Médico? O que, você está doente? O que aconteceu?"

"Não, Byron, não estou doente. Eu só não estava me sentindo bem. Vou explicar depois. Nós ainda tínhamos esperança de chegar ao funeral da sua mãe, mas então eles levaram Jackson."

"O quê?"

"Estou falando sério. Algemaram ele, Byron. E para quê? Não sabemos porque depois acabaram liberando ele. Sem acusação nem nada, mas foi terrível. A gente só estava sentado no carro, e foi como se tudo parasse, sabe? É tipo, houve esse único e longo segundo quando eu só..."

288

Byron ouve um longo respirar do outro lado da linha. Ele pensa em Lynette, sentada bem ao lado de Jackson. Qualquer coisa poderia ter acontecido. Ele tenta não pensar a respeito, em tudo que poderia ter dado errado. Mas tentar desfazer a preocupação é como tentar desfazer sua negritude.

"Eu sei, Lynette, eu sei. Você vai ficar bem?"

"Acho que sim, obrigada, Byron", responde ela, mas ele ouve sua voz falhar outra vez.

"Vou até aí", diz ele. "Posso ir até aí?"

"Uhum", diz Lynette. Está chorando de novo.

Depois que desliga, Byron lê as notícias no notebook. Jackson viralizou. Há um vídeo na internet.

O que o rapaz deveria fazer se pediram para que mostrasse sua carteira de motorista?

Como uma pessoa deve pegar sua carteira?

As pessoas negras nos Estados Unidos não têm permissão para ter mãos?

Byron quer acreditar que essa epidemia de maus-tratos, esse bullying contra negros desarmados é apenas isso, um surto, embora prolongado, que pode ser controlado. Ele quer continuar acreditando nos policiais, respeitar o trabalho arriscado que fazem, sabendo que todos os dias eles entram em território desconhecido. Ele quer ter certeza de que ainda pode pegar o telefone e ligar para a polícia se precisar. Há muita raiva por aí. Muita dor. Onde todos vão acabar — preto, branco, seja lá quem for — se as coisas não melhorarem? O que seu pai diria se soubesse que tudo ainda está assim nos Estados Unidos em 2018? Ele tem um pensamento rápido, um pensamento blasfemo, de que talvez seja melhor que o pai não esteja mais por perto para ver como as coisas estão.

Byron se vira para o sr. Mitch e Benny.

"Olha", diz ele, estendendo o celular para que eles vejam as imagens. "Essa é a minha..." Ele não quer dizer *namorada*, mas também não quer dizer *ex*. "Esse no carro é o sobrinho da minha amiga."

Benny pega o celular, olha por um momento, e então começa a mexer em seu próprio aparelho.

"Desculpe, preciso ir", diz Byron. "Preciso ir agora."

Protesto

A maioria das pessoas ao redor de Byron está segurando seu smartphone acima da cabeça, um braço estendido e acenando devagar, como se estivessem em adoração. Outros têm pequenos castiçais nas mãos, a luz brilhando abaixo do queixo, o cheiro enjoativo de cera derretida revirando o estômago de Byron. Ele está parado no meio da multidão, as mãos ao lado do corpo. Byron não faz protestos de rua, e Lynette sabe disso.

Byron acredita que a melhor estratégia para o ativismo é ganhar status, acumular riqueza, exercer sua influência nos centros de poder. Mas Lynette diz que isso é mais como uma vigília, para todas aquelas pessoas que não foram tão afortunadas quanto Jackson. Que não sobreviveram a uma abordagem de trânsito que deu errado. Que ainda estão de luto. *Incluindo nós*, Lynette diz. *Precisamos nos permitir sofrer, pensar*, diz ela, *para que possamos voltar às prefeituras e aos tribunais e às salas de reuniões e salas de aula e trabalhar pela mudança.*

Jackson está na frente, com seu advogado e com os pais. O sr. Mitch também está lá; ele conhece os organizadores da vigília. O sr. Mitch parece conhecer todo mundo, como o pai de Byron conhecia. Há pessoas falando no microfone, políticos e ativistas e até aquele ator famoso. Por fim, um grupo se reúne à frente para cantar. Lynette diz que Jackson não queria toda essa atenção, mas sim que a polícia explique o que aconteceu, que reconheça que ele foi injustiçado. Byron olha para Benny. Os olhos dela estão fechados, e ela está cantando com a multidão.

Byron está tentando pensar em Jackson, mas fica olhando para a barriga de Lynette, esticando o casaco. Lynette não disse nada a ele, mas é evidente que está grávida e há um bom tempo. Ela não mencionou outro homem. Não houve tempo para falar sobre nada além do que aconteceu com Jackson. Do que aconteceu com Lynette também. Lynette ainda estava tremendo quando Byron chegou à casa dela, horas depois do incidente policial.

Preciso falar com você sobre uma coisa, disse Lynette ao telefone antes do funeral de Eleanor. Era sobre isso que ela queria falar? Tanta coisa está acontecendo agora, Byron terá que esperar para descobrir.

Por enquanto, tudo o que ele pode fazer é se esforçar para não ficar olhando.

Esperando

Eles estão sentados um diante do outro na sala dos fundos, na casa de Lynette, enquanto ela conta a Byron sobre a gravidez. Lynette diz que espera dar à luz em três meses. Ela diz que Byron pode pedir por um teste de DNA se quiser, mas não tem dúvidas de que o bebê é dele. Mesmo assim, ela insiste, o bebê sempre será dela primeiro. Byron não precisa se sentir obrigado. Ela diz que eles podem se encontrar para conversar outra vez, se ele estiver mesmo interessado em fazer parte da vida do garoto.

Ele não precisa se sentir obrigado? Que tipo de conversa é essa?

Byron não queria ter deixado as coisas daquele jeito. Não tinha intenção de levantar a voz para Lynette daquele jeito. Não queria ter batido a porta ao sair da casa dela. Mas por que ela está o tratando dessa forma? O bebê é dela? Mais que dele? Foi ela quem deixou Byron. Foi ela quem não contou a ele sobre a gravidez na época. Foi ela quem não deu a ele a chance de participar desde o início.

Se a mãe de Byron estivesse aqui agora, provavelmente diria que Lynette está certa, é ela quem dará à luz o bebê. O pai de Byron, por sua vez, certamente concordaria com ele, diria que Lynette deveria ter contado que estava grávida. Mas isso não muda o fato de que Byron está sozinho no balcão da cozinha esta noite, se perguntando se o menino que Lynette está esperando se parecerá com ele. Querendo saber quando exatamente Lynette decidiu que poderia viver sua vida sem Byron. Desejando poder voltar àquele momento e de alguma forma mudá-lo.

Byron ainda está perto do balcão quando o céu noturno se transforma em uma manhã cinzenta. Não há tempo para dormir. Charles

Mitch voltará à casa em duas horas para terminar de tocar a gravação de Eleanor. Mas primeiro, Byron precisa falar com Lynette. Embora não tenha certeza do que dizer. Como ele a fará entender o quanto quer vê-la de novo? O quanto quer ver seu filho crescer, mantê-lo seguro nesses tempos. O quanto precisa que ela explique para ele, diga a ele o que fazer, diga a ele o que ela realmente quer.

Como ele percebe que entendeu errado todos esses anos, sem saber direito como estar lá pelas pessoas que ama.

Quando está limpo e vestido, Byron liga para o número de Lynette. O telefone dela toca e toca. Ele liga de novo, mas ela ainda não atende. Com o coração martelando, Byron pega as chaves do carro e abre a porta de trás, mas o sr. Mitch já está ali, subindo a calçada.

Quem eu sou

B e B, não sei como vocês se sentirão depois de ouvir tudo o que eu tinha a dizer. Eu fugi, mudei de nome, inventei um passado. Até agora, vocês não sabiam de onde eu tinha vindo ou como vivi antes de vir para os Estados Unidos. Vocês não faziam ideia de que tinham uma irmã mais velha. Vocês podem estar chateados por isso, consigo entender. Podem estar se perguntando se um dia saberão de verdade quem sou, se podem acreditar em qualquer coisa que eu tenha dito. Quando o pai de vocês morreu, eu também tive momentos em que pensei, quem sou eu? O que sobrou de mim? Mas então percebi que sempre tive a resposta, bem na minha frente. E é isso o que preciso que vocês entendam: vocês sempre souberam quem eu sou. A mãe de vocês é quem eu sou. Essa é a parte mais verdadeira de mim.

Marble

Quando Marble recebe a mensagem do advogado de Eleanor Bennett, ela está inclinando a cabeça para trás, sob um jato de água morna, enquanto o cabeleireiro enxágua a espuma de abacaxi falsa do seu cabelo. Ela está em um daqueles salões especializados em mega hair para mulheres africanas em Roma, o termo "africana", nesse caso, não se referindo ao continente, mas a uma ampla gama de clientes de vários países da África, da Europa e das Américas.

Marble não é a única não *africana* que vai a esse salão. Há sempre algumas mulheres que sabem que podem conseguir um bom desconto em mega hairs de qualidade, ou pessoas que, como Marble, estão aliviadas de terem encontrado uma *parrucchiere* que sabe lidar com seus cabelos grossos e cheios de cachos. Marble ama suas horas de relaxamento no salão, dançando na cadeira ao som da música no local e jogando conversa fora com a tagarela mistura de mulheres negras e pardas que formam essa pequena e multilíngue comunidade.

Marble sente o celular vibrando dentro da bolsa. Quando o cabelo dela está enrolado em uma toalha, ela coloca a mão dentro da bolsa e toca a tela do celular. Ela lê o e-mail algumas vezes. O assunto é *Patrimônio de Eleanor Bennett*. O advogado gostaria de marcar uma reunião por ligação para falar sobre uma questão confidencial de relevância para Marble, em relação a essa tal de Bennett. Pela linguagem do e-mail, Marble poderia não ter adivinhado logo de cara. Se ela fosse pequena e loira, como a mãe, poderia não ter adivinhado logo de cara. Se ela não estivesse vivendo com uma sensação crescente de inquietação a respeito de seu senso de identidade, poderia não ter adivinhado logo de cara.

Ela marca a ligação com o advogado americano para o dia seguinte, e depois só fica sentada, tremendo. Precisa lutar contra a necessidade de ligar para a mãe em Londres. A mãe é a primeira pessoa em que Marble pensa quando precisa falar com alguém. Sempre foi assim, mesmo quando o marido dela ainda era vivo. Mas esse não é o tipo de novidade que uma filha pode compartilhar com a mãe pelo telefone. Esse não é o tipo de raiva que uma filha deva expressar por telefone. Ela liga a tela do celular e começa a procurar voos. Precisa ir para Londres esta noite.

Wanda

Wanda e Ronald Martin estão sentados para jantar em sua casa em Londres quando escutam alguém limpando os pés no tapete lá fora. É Marble. Eles reconhecem o peso e o arrastar daqueles pés. Reconhecem a forma como ela aperta a campainha.

"Eu não sabia que ela estava em Londres."

"Nem eu."

"Por que ela não entra?"

"Talvez ela tenha esquecido as chaves em Roma."

Wanda abre a porta da frente, o peito estufado com a sensação que a chegada da filha sempre traz, mas quando vê o rosto de Marble, tudo cai por terra. Ela sabe, instantaneamente, por que a filha veio sem avisar.

Cinquenta anos.

A filha deles tem quase cinquenta anos.

Wanda esperava que, depois de cinco décadas, eles estivessem seguros.

Wanda esperava que ela e Ronald nunca precisassem ter aquela conversa com Marble, essa conversa sobre outra mulher, uma mãe jovem e solteira do Caribe. A mãe biológica da filha deles. A verdadeira vida de Wanda começou quando ela pegou a filha nos braços faz todos aqueles anos. Agora, olhando para o rosto da filha, Wanda teme que a vida encantada que ela, Ronald e a filha viveram todos esses anos esteja prestes a desmoronar.

Benny

Que sentimento estranho. Benny está prestes a encontrar sua irmã há muito perdida pela primeira vez. Marble Martin está indo para os Estados Unidos e, depois de várias semanas em Nova York, Benny está a caminho da Califórnia para se juntar a Byron. Quando Benny ouviu o nome *Marble* pela primeira vez na gravação da mãe, pareceu familiar, mas levou um tempo para ela descobrir onde já o tinha escutado.

No outono passado, uma amiga contou a Benny sobre uma especialista da Inglaterra que fazia programas na tv sobre comida indígena. Benny anotara o nome na sua agenda, mas nunca o pesquisou. Ela tinha muito em que pensar. Ganhar dinheiro, conseguir um empréstimo, fazer terapia. Em seguida, a mãe de Benny morreu e ela voltou para Nova York sobrecarregada com tudo o que acabara de saber sobre a sua família.

Marble Martin.

Benny decidiu que não quer procurá-la na internet de jeito nenhum. Byron diz que Marble Martin se parece com a mãe deles. Benny não quer ver isso. Ela vai esperar para conhecê-la.

Benny está curvada sobre o seu caderno de desenho em um saguão de aeroporto quando uma mulher com uma jaqueta verde-esmeralda para ao seu lado.

"Que lindo", diz a mulher. Ela deve ser tão alta quanto Benny. E linda. "Um pente de cabelo?"

"Sim, um *peineta*", diz Benny, erguendo o caderno para que a mulher possa dar uma olhada melhor.

"Ah sim, uma daquelas coisas que as mulheres espanholas usavam para manter suas *mantillas* em pé", diz a mulher, erguendo o braço direito no ar com um movimento que lembra o flamenco. A manga ampla da jaqueta dela cai para revelar um pulso da cor de bronze e um bracelete com uma pedra que lembra a íris de alguém.

"Exatamente", diz Benny, rindo.

"Parece muito especial."

"É. É da minha mãe. *Era* da minha mãe. Casco de tartaruga."

"Ou uma imitação. Não é mais permitido fazer coisas com casco de tartaruga."

"Eu sei, mas esse aqui é muito antigo."

"É?", diz a mulher, assentindo. Permanecendo.

Benny passa o dedo na lateral do desenho.

"Minha ideia é fazer uma decoração de bolo com algo assim no topo. Minha cabeleireira em Nova York vai se casar."

"Que ótima ideia! Você faz bolos?"

"Faço."

"E você é artista?"

"Bem, eu fui para a escola de arte", diz Benny, "mas também fiz aulas de confeitaria."

"Você aceita encomendas?"

"Para bolos? Ou desenhos?"

A outra mulher ri. E entrega a Benny um cartão de visitas.

"Eu gostaria do desenho do pente quando estiver pronto." Ela aponta para o cartão de visitas. "Você poderia me enviar? Sempre estamos procurando uma boa ilustradora. Nunca se sabe."

Benny olha para o cartão de visitas. Diretora de arte em uma empresa própria. De alto padrão. Essa mulher está mesmo pedindo para ver mais da arte de Benny? Enquanto ela se afasta, Benny leva o cartão ao nariz. Sândalo com notas de baunilha e cacau. Benny sorri consigo mesma.

Marble

Alguém deveria ter contado a Marble sobre isso há muito tempo. Alguém deveria tê-la preparado para este momento. Deveriam ter contado a ela sobre esta casa de família, estilo bangalô, em Orange County, Califórnia, não muito longe da costa do Pacífico, com cheiro de jasmim no quintal e uma sala de estar cheia de fotos de uma mulher negra que é igualzinha a ela.

Parece que os e-mails e telefonemas do advogado não foram suficientes para prepará-la. Parece que o voo transatlântico não foi suficiente, nem ficar de molho na banheira do hotel esta manhã. Marble tenta fazer agora o que faz quando está na frente das câmeras, quando presta apenas uma atenção mínima a todos os sinais ao seu redor, o diretor e a equipe se movendo e gesticulando de lado e atrás da câmera, e pensa apenas em uma coisa, pensa apenas na pessoa do outro lado da câmera, apenas naquela pessoa, com quem ela precisa se comunicar.

Ela tenta fazer isso agora, se concentrar nesses dois estranhos que a chamaram ali e estão observando cada um de seus movimentos, tenta ser educada, sorrir calorosamente, mas não muito abertamente, ela os segue até a sala de jantar onde prepararam uma mesa de aspecto alegre com torradas, geleias, ovos, café e uma marca inferior de chá, mas com bolinhos de aparência bastante promissora. Ela diz a si mesma para se concentrar apenas neles, mas a casa está cheia de distrações, com o sofá, as cortinas e a cafeteira que sua mãe biológica deve ter usado até poucas semanas atrás.

Alguém poderia ter avisado Marble sobre esta nova mistura de emoções que ela está sentindo. Alguém poderia ter dito a ela que tomar café da manhã com o seu irmão e a sua irmã seria como estar em um encontro às cegas, com todos vestidos para impressionar, falando amenidades e lançando olhares tímidos uns aos outros. E Marble se pergunta por que diabos concordou em fazer isso, por que está permitindo que seu senso de quem é seja removido. Essas pessoas, este lugar, aquela cafeteira, tudo lhe diz que ela não é quem pensava que era.

Ela não tem que estar ali, tem? Ela poderia se levantar agora e sair dessa casa. Poderia se esquivar daqueles corvos barulhentos na entrada e daquele cacto bobo no quintal e voar de volta para sua mãe e seu pai. Mas acontece que Byron e Benny são tão altos e corpulentos, assim como Marble, e há algo no modo de ser deles que torna difícil para ela resistir. Além disso, todas aquelas fotos de Eleanor Bennett, o próprio rosto de Marble, olhando para ela.

Talvez ela se sinta melhor depois de descansar um pouco. Marble está cansada do longo voo do dia anterior e irritada por ter que trocar de quartos esta manhã. O primeiro quarto que deram a ela no hotel noite passada era decorado *inteiro* em lilás, e Marble precisou dar o fora de lá. Onde diabos, ela se pergunta, alguém consegue encontrar um abajur lilás?

Marble olha para Byron e Benny. *Meu irmão e minha irmã*, pensa ela. Ela usa todas as suas habilidades profissionais agora, tentando transmitir curiosidade e simpatia e nada dessa corrente de agitação que está sentindo. Ela evita o elefante na sala. Fala sobre os pais, sobre o falecido marido e os estudos do filho, sobre os planos de voltar para a Inglaterra em tempo integral.

Uma coisa que Marble não diz é quão difícil será sair da Itália, deixar as memórias do marido para trás, mesmo depois de mais de quinze anos. Mesmo depois do amante ocasional. Mesmo depois do Homem do Café. Ela suspeita que ele voaria até a Inglaterra para vê-la, se fosse o caso. E terá que ser o caso. Ela sabe que é hora de mudar. Faz um tempo que está se sentindo assim, desde que mandou o filho de volta para a Inglaterra para estudar.

Como recomeçar? Marble tem roupas nos armários, comida na despensa, planos para executar. Ela tem Bobby, o cachorro. A ideia de colocar o pobre Bobby em uma caixa e carregá-lo até a Inglaterra, a ideia de esvaziar a casa do marido, está pesando nela. Mas isso é pessoal demais, não é da conta de Byron e de Benny.

Olhando para eles agora, Marble percebe que está ressentida. Ela sabe que eles não têm nada a ver com o fato de ela ter sido abandonada quando bebê, mas a verdade é que Benny e Byron cresceram com Eleanor Bennett, enquanto Marble foi deixada para trás. Eles podiam não ter nascido ainda, mas a mãe deles, na verdade, os escolheu em vez de escolher Marble.

Ela sabe que deve se perguntar: o que uma mulher teria que passar para tomar a decisão que Eleanor Bennett tomou? Foi há cinquenta anos. Uma mulher como Marble, uma pessoa com recursos financeiros e sociais, não pode julgar uma mulher de outros tempos, de diferentes circunstâncias.

Mas mesmo assim.

Amanhã, Marble descobrirá mais sobre como tudo isso aconteceu. O advogado da mãe biológica diz que Eleanor Bennett deixou uma carta e uma gravação para ela antes de morrer. Talvez ela devesse ter ido ao escritório do advogado primeiro, mas só de pensar nisso sua garganta ficou insuportavelmente seca. *Fique calma*, ela pensou, mas agora as perguntas a estão enlouquecendo. O que Eleanor terá a dizer? Será o suficiente para mudar o pensamento de Marble?

Ela não me quis o suficiente.

Todos esses pensamentos sobre sua mãe biológica fazem Marble sentir muita falta do filho. O Giovanni dela, seu menino Giò. Ela quer dizer a Byron e a Benny que ela, Marble, nunca teve qualquer dúvida sobre querer ser mãe dele, nem mesmo quando se viu viúva e grávida quando jovem e sem aviso, com todo o seu futuro incerto. Ela quer que alguém pergunte agora *Como ele é?* para que ela possa pegar o celular e mostrar fotos do filho.

Marble quer dizer que trocaria estar ali com Byron e Benny, trocar a chance de aprender tudo sobre a mãe biológica, por saber que o filho estará de volta em seu quarto quando ela voltar para casa, e não enfiado no internato. Giò é a família de verdade dela, não essas duas pessoas sentadas à mesa com ela.

Byron é do tipo engraçado. O homem parece uma estrela de cinema, mas está encarando Marble boquiaberto, como se ela tivesse roubado seu ursinho favorito. Ela não acha que ele goste muito dela. Benny é doce, mas um pouco grudenta. Marble percebe que Benny está aproximando a cadeira da dela. Cada vez mais perto, cada vez mais perto. Marble não sabe bem o que pensar disso.

"Sobre seu filho", diz Benny.

Marble inspira fundo.

"Então, ele está na escola na Inglaterra?"

Marble assente.

"Mas você mora na Itália."

"Eu vou e volto. Giò começou na escola na Itália, mas então eu quis que ele experimentasse o sistema britânico. Depois disso, ele vai poder viver e trabalhar onde quiser."

"Então seu filho não será nem italiano nem britânico de verdade?"

"Acho que ele será os dois. Como muitas pessoas, ele não é uma coisa só."

Embora agora Marble esteja sentindo que ela de fato é uma coisa só, mais do que qualquer outra. Ela é a mãe de Giovanni, e tem deixado o filho crescer longe de suas vistas. Em que diabos ela estava pensando?

Cinco anos se passaram, e Marble tem sofrido cada mês que o filho vive longe dela, frequentando a escola com crianças que ele não conhece, dormindo em um quarto sob um teto diferente, voltando para casa nos feriados parecendo e soando diferente do menino que ela mandou embora. Marble não entende como tantos outros pais como ela fizeram a mesma coisa, geração após geração, enviando seus filhos de onze anos para a escola porque podiam se dar ao luxo de fazer isso, porque se convenceram de que assim garantiriam aos filhos o melhor futuro possível.

Em certo ponto, Marble pensou em tirar o filho do internato, mas ele parecia ter se adaptado tão bem. Agora é tarde demais. Provas para terminar, universidades para planejar. O que Marble não entende é como, todo esse tempo, nem uma mãe de internato a levou para um canto, em um jantar, no supermercado, na sala de espera do médico, para dizer *odeio isso, quero meu filho em casa*. Com certeza ela não é a única a se sentir assim.

"Você tem fotos?", Benny pergunta.

Marble sente o pescoço relaxar. Ela pega o celular e passa pelas fotos da galeria, entregando-o a Benny.

"Ah, veja só, ele é lindo!"

Marble assente.

"E ele está indo bem na escola?"

De novo, Marble assente. Ela não consegue falar. Tem um nó na garganta.

Benny toca o braço de Marble.

Byron

As mãos de Byron ainda estão tremendo. Ele ainda está se acostumando com esse fantasma de mulher que está caminhando pelos cômodos da casa onde ele cresceu, essa versão com sotaque inglês e da cor de madeira de faia de sua mãe. Quando ela apareceu no desembarque, Mitch e Byron apertaram a mão de Marble Martin, mas Benny a abraçou. No caminho até o aeroporto, Benny parecia feliz.

Byron está abrindo e fechando os armários da cozinha quando vê um pote de vidro comprido, guardado no canto dos fundos do armário de baixo, atrás do arroz e do açúcar. As frutas. Ele havia se esquecido das frutas para o bolo preto. O que fazer? Antes de ouvir a gravação da mãe, ele poderia ter reunido coragem para jogar fora a mistura, talvez assim que as roupas, os livros e a mobília da mãe tivessem sido removidas e a placa de *À venda* fosse colocada lá fora.

Ele coloca o pote no balcão e mantém uma mão de cada lado, como se estivesse firmando um bebê. *Esta é a sua herança*, a mãe disse muitas vezes, mas ele nunca se importou. Agora ele vê. Quando fugiu da ilha, sua mãe perdeu tudo, mas carregava essa receita na cabeça aonde quer que fosse. Isso e as histórias que ela passou a vida escondendo dos filhos, a narrativa não contada de sua família. Cada vez que a mãe fazia um bolo preto, deve ter sido como recitar um encantamento, evocar uma linha de seu verdadeiro passado, levando-a de volta para a ilha.

Há cinco anos, Byron estava hospedado na casa da mãe enquanto ela se recuperava de uma operação de rotina que a deixara com algumas dores. Ele tinha acabado de lavar os pratos do jantar quando ouviu certo rangido na estrutura da casa, depois o barulho de algo quebrando, provavelmente o vidro do armarinho para porcelana de sua mãe, aquele que ela recebera como um tardio presente de casamento de Bert quatro décadas antes, e que sinalizara a chegada de todos os terremotos desde então.

A maioria dos tremores no sul da Califórnia não passava daquilo, de tremores, seguidos pela especulação entre vizinhos, colegas de trabalho e pessoas nas filas do supermercado sobre *quando* e *como* o maior viria, seguido pela discussão da eficácia dos códigos de obras e edificações ou a ameaça de esporos dormentes liberados pelo tremor de encostas secas.

Essas conversas geralmente acabavam em relatos de outras ameaças naturais, de erosão do solo, enchentes de inverno e a relação entre esses acontecimentos e a atividade humana. O despojamento de terrenos para habitação, agricultura, exploração de petróleo e gás. Certa vez, uma psicoterapeuta com água engarrafada em seu carrinho de compras disse a ele que seus clientes, todos crianças, estavam começando a demonstrar ansiedade em relação ao meio ambiente. Ela estava escrevendo um artigo sobre isso. Disse que estava se tornando usual, embora Byron se perguntasse se era uma coisa real ou apenas marketing.

Mas aquele tremor pareceu diferente. Terminou com um grande estremecer. Podia ser o sinal de algo maior chegando. Byron escancarou a porta da frente e a deixou aberta, tirou a bolsa de emergência do armário do corredor, a mala de rodinhas já cheia de roupas, medicamentos, água e cópia dos documentos. Ele conseguia ouvir vozes rua abaixo, vizinhos tentando descobrir o que fazer a seguir. Ele se virou para buscar a mãe, mas Eleanor já estava vindo pelo corredor, devagar. Ela conseguira colocar os sapatos de sair.

Quando o próximo tremor chegou e atingiu a casa com um som de *huh*, Byron e a mãe já tinham voltado para dentro e para a cama. Alguns alarmes de carro dispararam.

"Lá vamos nós de novo", disse Byron.

No quarto, a mãe estava se levantando da cama. Ele pegou a alça da bolsa de emergência e a mão da mãe enquanto desciam a entrada em direção à rua. Então ergueu a mão para cumprimentar alguns vizinhos, depois entrou correndo de volta na casa, apanhou a bolsa da mãe e um cobertor extra para dormir no carro e puxou com força a porta da frente, que estava agarrando mais que o normal.

"Não, Byron, não!", Eleanor gritou. Ela estava se apoiando na lateral do carro, a mão pressionada sobre o seu ferimento.

Byron parou e franziu a testa.

"O que foi? O que há de errado?"

"As frutas, Byron, as frutas!"

As frutas? Ela não estava falando sério, estava? Byron olhou para Eleanor por um longo segundo. Ah, ela estava falando sério, sim. Porcaria de frutas, um lembrete para Byron de que ele não era apenas um homem da Califórnia, mas também um caribenho-americano e seria amaldiçoado pelo resto da vida pelo apego desordenado de sua mãe ao bolo preto. Agora a mãe esperava que seu único filho colocasse a vida em risco para voltar à cozinha e pegar um pote de vidro de dois litros de mistura cor de ébano atrás de grãos de feijão e arroz e açúcar e pimenta, com um abalo sísmico acontecendo. Certamente nada de bom sairia daquilo.

Byron agora sorri com a lembrança. Ele ainda está lá com o pote de frutas e rum, quando Benny e Marble entram na cozinha. Uma irmã se parece com o pai, a outra é a mãe cuspida e escarrada, a expressão no rosto das duas é idêntica ao olharem para o pote. As duas irmãs viram a cabeça uma para a outra, e então se voltam para Byron, as bocas abertas em sorrisos gêmeos. E ele começa a falar da mãe.

Mais tarde, Byron encontrará as mulheres com o pote aberto e uma colher de sopa da mistura servida em um pires. Elas se revezarão para escrever no mesmo pedaço de papel. Quando Byron se aproxima, elas não olham para ele, não parecem notá-lo, parado ali, até que ele coloque um braço em volta dos ombros de Benny.

Outra mensagem

O sr. Mitch marcou uma reunião com Marble para o dia seguinte, e Byron e Benny concordaram em se encontrar com Marble depois para o almoço. Mas quando eles aparecem no escritório para pegá-la, ela não está mais lá, e não atende às ligações nem responde às mensagens.

"Acho que a reunião foi um pouco difícil para ela", é tudo o que o sr. Mitch diz.

"O que a mensagem da nossa mãe dizia?"

"Vocês sabem que eu não tenho liberdade de dar detalhes", diz o sr. Mitch, "mas não havia nada lá que vocês já não soubessem. Deem a ela um pouco de tempo."

Byron e Benny assentem. Entre eles, concordaram que não conseguem chamar o sr. Mitch de *Charles*. Talvez um dia. Ou talvez eles o chamem de *Mitch* sem o *senhor*, mas, por enquanto, eles preferem pensar nele como o advogado da mãe, não como namorado dela.

Eles concordam em dar espaço a Marble, mas, depois de dois dias, começam a ficar preocupados. Eles vão até o hotel e descobrem que ela fez o check-out. Quando enfim recebem um e-mail no fim da semana, Marble confirma que voltou à Inglaterra.

"Acho que preciso de tempo para entender isso", escreve Marble. "Obrigada por tudo. Desejo tudo de bom a vocês."

Desejo tudo de bom a vocês? Benny e Byron vão a um restaurante e cada um bebe duas cervejas, mas não tocam na comida. *Desejo tudo de bom a vocês?* Mas e o bolo preto que Eleanor deixou?

"Tudo bem, chega disso, está na hora", diz Byron. "A mãe queria que a gente compartilhasse o bolo preto com a Marble? Bem, ela teve a chance, mas não está mais aqui. Vamos comer."

"Não sei", diz Benny.

De volta à casa, eles entram na cozinha juntos, abrem a porta do freezer e encaram o bolo coberto de papel-alumínio. Após cerca de dez segundos, se entreolham e fecham a porta. Benny se inclina contra o balcão, passando a mão ao longo da superfície verde-abacate. É tão anos setenta, tão a *mãe* dela. Depois de uma semana, Benny volta para Nova York e Byron vai para uma conferência. Eles planejam se encontrar mais uma vez em breve para começar a retirar as coisas da casa, mas ainda não há notícias de Marble. Byron diz que eles viveram a vida toda sem Marble e talvez tenham que continuar fazendo isso. Mas, por precaução, eles vão deixar o bolo onde está por enquanto.

Bolo

De volta a Nova York, Benny fez seu melhor bolo preto até hoje. Ela despejou e dobrou e mexeu e canalizou as memórias de estar com a mãe na cozinha. Superou a frustração com o silêncio contínuo de Marble. Disse a si mesma que por algumas horas lá, na Califórnia, ela e Marble realmente estabeleceram uma conexão. Caso contrário, ela não estaria fazendo isso agora.

Naquele dia, na cozinha da mãe, Benny e Marble riram do interesse comum por comida. *Que coincidência*, Marble disse, e Benny respondeu, *Não é coincidência, está no nosso sangue*. E se Benny tivesse visto um vídeo ou foto de Marble antes de saber sobre o passado oculto de sua mãe? Teria sido um choque. Já fora um choque ver uma mulher branca com o rosto da mãe, com a voz da mãe, entrando em sua casa de infância, de pé na cozinha da mãe.

Acontece que Benny e Marble na verdade não veem a tradição culinária da mesma maneira, mas quando passaram aquela hora ou mais conversando na cozinha, Marble ofereceu a Benny alguns conselhos excelentes para sua próxima visita ao banco.

Então aqui está ela. Benny embrulha o bolo preto agora em papel-manteiga, coloca-o em uma lata e o leva ao banco. Benny diz ao funcionário do banco que sabe que a cidade não precisa de outro café, mas sim de um lugar como o dela. Ela diz a ele que seu café-conceito destacará a diáspora culinária, a migração de culturas para este país por meio de receitas, a mistura de tradições que alimenta os Estados Unidos contemporâneo. Será um lugar para aprender e refletir. Será um lugar para as pessoas se reunirem.

Benny explica que está trabalhando em um plano de aula para crianças com educadores locais. Ela não oferecerá o bolo preto para as crianças por causa do teor alcoólico, mas dará uma amostra para que eles vejam e cheirem, e contará sobre as narrativas falhas que sempre tiveram como objetivo traçar limites claros em torno da identidade das culturas e das pessoas.

Existem restaurantes italianos, chineses, etíopes, delicatéssens polonesas e sabe-se lá o que mais, mas seu cardápio apresentará receitas de diferentes culturas que só poderiam ter surgido por meio de uma mistura de tradições, de destinos, de histórias. Além disso, sua mãe deixou dinheiro o suficiente para ajudá-la a financiar as operações diárias por dois anos, depois dos quais ela espera poder lucrar. Então, dada a mudança nas circunstâncias, o banco reconsideraria seu pedido anterior de empréstimo?

Sobre amor

Como começa: em um estacionamento no shopping no subúrbio.

"Eu não entendo, o que você é?", diz o homem, pegando um panfleto da mão de Benny.

"Sou Manny, o Suricate", diz Benny, abaixando a voz para entrar no personagem.

Manny, o Suricate, é um de seus bicos de fim de semana, um dos diversos empregos que ela continuará tendo até que tenha a confirmação do financiamento para o seu café.

"Suricate?"

"Suricate."

Benny endireita as costas e a cabeça e ergue o queixo, olhando para longe através dos pequenos orifícios atrás dos olhos de sua fantasia, sua postura inspirada pelo calendário na parede da cozinha, onde um grupo de suricatos está mirando o horizonte em busca de ameaças. Cada uma das criaturas magrinhas seria presa fácil para um predador, mas elas sabem que unidas são fortes.

Quando o gerente da Eletrônicos Manny a viu pela primeira vez, disse que nunca contratara o tipo dela antes, ou seja, provavelmente mulher ou *negra* ou ambos, mas disse que Benny conseguiu o emprego por causa de sua altura e peso, e ela tentou fazer dar certo. Não importa que ela esteja coberta por onze quilos de espuma de borracha aveludada com a precisa finalidade de vender produtos eletrônicos, mesmo depois de toda a confusão por causa da impressora na central de atendimento. De qualquer forma, não é que Benny não goste de eletrônicos, só acha que eles deveriam durar muito mais tempo.

"Estou de olho nas ofertas, sabe?", Benny-Manny diz para o homem que pegou o panfleto.

"Ah, está bem", diz ele e se afasta, deixando o mais leve perfume amadeirado em seu rastro.

Então ele para e volta, e Benny tem esperança de que pergunte mais sobre a liquidação de eletrônicos com quarenta por cento de desconto. Ela quer que ele não vá em direção a seu carro, aperte o pequeno botão em sua chave, que fará o veículo piscar e piar como um animalzinho, e volte para casa com o único pequeno saco plástico que tem na outra mão. Uma pequena sacola, não uma sacola cheia de mantimentos. É bem provável que não seja um homem de família, pensa Benny. É bem possível que seja solteiro.

Benny espera que o homem acabe dentro da loja, gesticulando com o folheto de desconto, prova de que Benny, como Manny, o Suricate, tem feito um bom trabalho em atrair clientes, embora se fale de outra recessão a caminho.

Em vez disso, o homem franze a testa e diz:

"Não era pra ter, tipo, um bando de vocês? Os suricatos não ficam todos juntos?"

Ele flexiona os músculos dos braços e ombros de forma que lembra as costas curvas de um time de futebol, em vez da aglomeração de pequenos animais de olhos brilhantes.

Benny está começando a suar dentro da fantasia e pode sentir sua menstruação descendo, aquela sensaçãozinha de dor. E ainda faltam duas horas. Ela se lembra de que cada hora a leva mais perto de pagar as contas do mês. O dinheiro que a mãe deixou para Benny no testamento deve ir para o plano de negócios dela e nada mais.

"Ah, olha, é o Sid de *A era do gelo*", Benny ouve um garotinho dizer. Ela consegue sentir uma mãozinha puxando a lateral de sua fantasia.

"Esse não é o Sid", diz a mãe da criança. "Sid é uma preguiça, não um esquilo."

Agora, a criança se afasta o suficiente para que Benny a veja. Ela então nota que é mais provável que a mulher seja a babá, e não a sua mãe. O cabelo da criança é tão loiro que é quase branco, e a babá tem a tez de Byron. Benny percebe que a mulher tem um tipo de sotaque caribenho e está vestida impecavelmente, como uma policial à paisana ou uma daquelas pessoas religiosas que ficam nas esquinas distribuindo livretos.

Há uma boa probabilidade de que a mulher seja funcionária de um executivo de televisão ou um advogado ou um analista financeiro, algo assim. Ela é alguém que envia parte de seus ganhos para a ilha. Mesmo assim, ainda deve ter mais dinheiro no fim do mês do que o pouquinho extra que Benny ganha ao se vestir como um suricato, levar cachorros para passear e ocasionalmente fazer bolos exclusivos e decorados para clientes que são ricos o suficiente e ocupados o suficiente para apreciar esse tipo de coisa.

Um de seus esboços pode fazê-la lucrar mais do que algumas pessoas recebem em um mês, mas a arte não garante renda, enquanto levar o cachorro de alguém para fazer xixi garante.

"Ele não é um esquilo", diz o homem. Benny fica surpresa em ver que ele ainda está por perto. "É um suricato."

Benny percebe que o homem tem muitos pelos no antebraço. É praticamente um tapete. Loiro-arruivado. Não é comum hoje em dia ver esse tipo de coisa, com todo mundo se depilando. Ele é alto como ela, esse urso vermelho em forma de homem.

"Você viu suricatos no zoológico, lembra?", diz a babá, tocando o garoto de leve no ombro.

"Ah, eu sei", diz a criança. "Eles fazem grupinhos e olham assim." O menino faz uma imitação impressionante de um suricato na vigília. Ele deveria ter o emprego de Benny.

A mulher sorri e bagunça os cabelos dele. Benny-Manny continua estendendo o braço aqui e ali, entregando panfletos para as pessoas que passam e os pegam sem olhar para ela.

O homem chega mais perto de Benny agora, e ela sente um calor subir em suas bochechas. O perfume dele é um tipo de coisa esfumaçada, que provoca uma leve agitação abaixo de seu umbigo. Benny nunca entendeu o que a atrai em uma pessoa. Ela só sabe quando um indivíduo cruza seu radar e emite um *pingue*.

Pingue.

"Você *é* uma garota, certo?", pergunta o homem.

"Mulher."

"Ah, certo, desculpe."

Dentro da fantasia, Benny sorri.

"Você sabia", diz ela, "que uma gangue de suricatos é conduzida por um par de alfas, e que o membro dominante desse par é fêmea?"

Ele está tentando vê-la pelos buracos dos olhos da fantasia. Este homem nunca viu Benny. Não sabe como ela é. E mesmo assim está interessado.

Pingue.

Como terminará: Benny não sabe ainda, mas isso já é um presente, essa abertura para tentar amar de novo.

Mais que vida

O som de metal tocando tira Marble de seu estupor. Ela está sentada sozinha à meia-luz, segurando uma xícara de chá frio no colo. Não contou aos pais que está de volta à Inglaterra, que está sentada sozinha no apartamento faz dois dias. Eles já tiveram aquela longa e dolorosa conversa com ela sobre sua adoção, com vozes embargadas de lágrimas, e eles têm estado mais em silêncio desde então, entrando em contato apenas para ter certeza de que ela chegou a salvo na Califórnia, e que ela tinha voado de volta para a Itália sem problemas. Eles não perguntaram como as coisas foram. Ela sabia que eles não iam perguntar. Esperariam que ela dissesse algo primeiro.

No entanto, a atitude de Marble em relação aos pais já se amenizou desde então. Ela aprendeu com a mensagem de Eleanor Bennett que seus pais mantiveram o nome que havia sido escolhido por sua mãe biológica. A bebê Mathilda se tornou Mabel Mathilda e, mesmo quando mudou o primeiro nome para Marble, seu apelido de longa data, ela inadvertidamente manteve o nome de sua avó biológica. Os pais podem não querer admitir que ela foi adotada, mas também não apagaram todos os vestígios da mãe biológica.

Quando Marble ouve a chave girando na fechadura, se preocupa com uma invasão, mas então se lembra das orquídeas. A mãe sempre vem regar as plantas, que Marble insiste em manter, apesar de passar a maior parte do tempo fora. A mãe está sempre preocupada em abrir a porta e encontrar as orquídeas mortas, mas Marble a lembra que essas flores são criaturas resistentes, que crescem naturalmente em todos os continentes, que existe uma orquídea no jardim de alguém em Cingapura que está florescendo há bem mais de um século.

"Marble!", chama sua mãe.

Marble não se levanta, não sente que consegue. Ela olha para esta pequena mulher parada diante dela. O cabelo de sua mãe, originalmente loiro escuro, adquiriu mechas brilhantes nos últimos anos, a arte do cabeleireiro se misturando ao seu branco natural. Ela lança um longo olhar para Marble, caminha até o sofá, pega a xícara e o pires e os coloca na mesa de centro. Em seguida, Wanda se senta e pega a mão de Marble.

Marble toca a gravação para a mãe. Ela espera até que a mãe termine de chorar. Mais tarde, elas vão compartilhar com o pai de Marble. Vão deixá-lo ouvir a voz da mulher que se parece tanto com a própria filha. Vão deixá-lo ouvir a parte em que Eleanor Bennett diz que bela e talentosa a bebê Mathilda acabou se tornando e que deve tudo isso a eles.

Eles vão deixar o pai de Marble ler a carta em que Eleanor diz que é eternamente grata a ele e sua esposa por terem dado à sua bebê um lar seguro e amoroso e, se eles sentiram por Marble apenas uma fração do que ela sentiu na primeira vez que a amamentou, então ela sabe que eles devem amá-la mais do que qualquer coisa no mundo, mais do que a própria vida.

Reunião

Um vapor frio sobe do alumínio enquanto Benny tira o bolo preto do congelador. Era isso que Eleanor Bennett queria, os três filhos juntos. Marble voltou. Ela demorou um mês inteiro desde a última mensagem para entrar em contato, mas aqui estão eles de novo, na cozinha onde Benny costumava passar dias inteiros cozinhando com a mãe, na mesa onde Benny e Byron faziam a maior parte de suas refeições enquanto cresciam. Na casa onde sua mãe amamentava um desejo pela filha primogênita que estava perdida, mas que enfim foi encontrada.

Byron e Benny se consolam em saber que Eleanor não morreu antes de encontrar a filha mais velha e descobrir quem ela se tornara. A mãe deixou este mundo acreditando que um dia os três filhos estariam juntos nesta cozinha para cumprir seu último pedido. Quando Marble voltou para a Inglaterra depois de ouvir a mensagem privada da mãe para ela, Byron pensou que eles poderiam nunca mais vê-la, mas Benny nunca duvidou que veriam, sim. Nem o sr. Mitch, que continuou fazendo arranjos de acordo com os desejos de Eleanor. Há viagens a serem feitas, diz ele, pessoas que a mãe gostaria que eles vissem.

Mas primeiro, isso.

Eleanor queria que os filhos se sentassem juntos e dividissem o bolo preto que ela havia feito para eles. *Vocês saberão quando*, ela escreveu em seu bilhete para Byron e Benny. E este é o *quando*. Benny pega uma faca e gesticula para Marble.

"Você é a primogênita", diz Benny.

"Não, você corta", diz Marble.

Benny olha para Byron. Eles seguram a faca juntos, como os pais costumavam fazer, e a afundam no bolo. *Nós nunca tivemos um bolo de casamento* é o que a mãe contou no fim da gravação. *Não houve tempo. E quem estaria lá para celebrar com a gente?* Mas quando os pais haviam se mudado de Londres para Nova York e depois para a Califórnia, quando sentiram que estavam se ajustando à nova vida, a mãe encheu o pote com frutas e fez o primeiro de uma série de bolos de aniversário.

"Ah!", Benny exclama.

A faca toca algo duro. Eles abrem o bolo e encontram um pequeno pote de vidro dentro, largo e baixo. A mãe cortou o bolo na horizontal e escavou o meio para colocá-lo lá.

Benny limpa o pote e bate a lateral da tampa na mesa para destravá-la. A primeira coisa que retiram é um pedaço de papel dobrado e rachado. É uma fotografia em preto e branco de três jovens nadadores em pé na areia, o mar atrás deles. Byron e Benny reconhecem os rostos adolescentes dos pais. A terceira pessoa ainda está com a touca de natação e segura a mão de Covey em uma espécie de comemoração silenciosa. Eles nunca a conheceram, mas ela é fácil de reconhecer porque é famosa, a única mulher negra no mundo que fez exatamente o que ela fez. A nadadora de longa distância Etta Pringle. Byron vira a foto e, no verso, encontram três nomes escritos com a caligrafia do pai.

"Gilbert Grant, Coventina Lyncook e Benedetta Pringle."

Ele olha para Benny.

"Benedetta?", diz ele.

"Etta é apelido de Benedetta!", exclama Benny.

Seu nome deve ter sido escolhido em homenagem à amiga de infância da mãe. Aquela que ajudou Eleanor a escapar da praia na noite em que pensaram que ela havia se afogado. Os três ficam sentados em silêncio por um momento, pensando em heranças pequenas, mas profundas. De como histórias não contadas moldam a vida das pessoas, tanto quando são retidas quanto quando são reveladas.

No fundo do pote, encontram as alianças de casamento dos pais, ambas com a mesma inscrição dentro, *C e G*. Benny se lembra de ter visto a inscrição uma vez e perguntado à mãe sobre ela. Eleanor explicara que as letras significavam *compreensão* e *generosidade*, duas qualidades que ela disse serem essenciais para um bom casamento. Agora ela sabe que são as iniciais dos nomes originais dos pais. Coventina e Gilbert, Covey e

Gibbs. Todo esse tempo, a real identidade dos pais estava escondida bem ali nessa casa, nessas alianças, nessa fotografia.

Por fim, eles viram o pote e deixam o restante do conteúdo cair na mesa da cozinha. Três conchas de molusco, esbranquiçadas por fora e bege-rosado por dentro. A mãe deve tê-las encontrado na bolsa que pertencia a Elly, a Eleanor Douglas original, a garota que fez amizade com sua mãe e que, involuntariamente, deu a ela uma vida nova.

Byron sente um zumbido de animação. Ele já superou o choque, está pronto para aprender mais. Quer ir para a ilha. Quer ver onde os pais cresceram. Quer ver a parte de si mesmo que nunca conheceu. Precisa ver. Do contrário, como vai lidar com tudo isso? Com esse desaparecimento da vida que ele pensava ter.

Há mais uma coisa, presa na lateral do pote. Um pedaço estreito de papel que diz A CAIXA. Byron e Benny se entreolham e assentem. Eles já encontraram a caixa de madeira, o recipiente de ébano com dobradiças que pertenceu à mãe da mãe deles, Mathilda. Ficava guardada em uma prateleira no armário de Eleanor. Lá dentro estão quatro medalhões, discos de ouro amarelo estampados com cruzes, com os quais os dois costumavam brincar, e o velho pente de cabelo que a mãe deixou Benny usar em um Halloween, preso em suas tranças e coberto com um velho véu, como uma senhora espanhola.

Eles conhecem esses itens de cor. Quando crianças, os dois passaram as mãos sobre as curvas finas gravadas na superfície do pente, sobre os marrons, os dourados e o cinza do casco de tartaruga, sobre a cruz na face de cada medalhão. Benny vai ao quarto dos pais e volta com a caixa de madeira, abraçando-a contra o peito.

Benny e Byron já falaram sobre a caixa. A mãe queria que eles a dessem para Marble, para que ela tivesse a chance de mexer com o conteúdo, assim como eles fizeram quando mais jovens. Eles vão dar à bebê Mathilda um pedaço da infância que ela poderia ter vivido se tivesse crescido na família deles. Darão a Marble os únicos objetos que sobraram da vida anterior de sua mãe.

"A caixa de bugigangas da mãe", diz Benny. "Ela sempre disse que a caixa pertencia à mãe dela, mas que encontrara o pente e as medalhas no quintal do orfanato. Achamos que pertenciam a Elly, a Eleanor original."

Ela entrega a caixa para Marble.

"A gente brincava com isso o tempo todo, Marble. Agora é a sua vez."

Marble sorri para a caixa, passa a mão pela superfície macia, a traz para o rosto e inspira o cheiro da madeira antes de abrir a tampa. Sua boca se escancara quando vê o que há lá dentro. Ela coloca os óculos.

"Caramba", diz Marble, passando os dedos sobre um dos discos. "Não são bugigangas. São ouro. De muito tempo atrás. Provavelmente deveriam estar em um museu."

Marble se endireita e os lembra que antes de trabalhar com comida, estudou história da arte. Pega o tablet da bolsa e procura na internet por um artigo sobre mergulhadores que recentemente recuperaram moedas de ouro do local de um antigo naufrágio de navio. Ela mostra a Byron e Benny um close das moedas. São idênticas aos medalhões de sua mãe.

"O pente também deve ter uns trezentos anos. Pode ser do mesmo navio."

"Cara, você tá de brincadeira", diz Byron.

Por causa da palavra "cara", Marble dá a Byron um olhar que ele só pode descrever como sendo extremamente britânico.

"Mas se formos a público com isto", diz Benny, "não teremos que explicar de onde vieram? Talvez tenhamos que dizer algo sobre nossos pais. E eles inventaram uma narrativa por um motivo, para esconder suas verdadeiras identidades."

"Mas eles não estão mais aqui", lembra Byron.

"Não, não estão", repete Benny. "Mas algumas das pessoas que eles conheciam ainda estão. O que faremos? O que acontece se alterarmos mesmo uma parte pequena da história? E o assassinato?"

"E o assassinato?", pergunta Byron.

"Ainda não sabemos quem matou o Homenzinho, sabemos?"

"Exatamente", diz Marble. "Vocês acham que foi a mãe de vocês? Quer dizer, vocês sabem. Nossa..."

Byron e Benny a olham com os mesmos olhos arregalados. Marble tem que se acostumar a dizer *nossa mãe*. Ou será que tem? Ela está feliz por enfim saber sobre sua mãe biológica, mas a mãe dela, Wanda, será sempre sua mãe.

"Já pensei e pensei, mas realmente não sei", diz Byron. "Há um ano eu teria dito que de jeito nenhum minha mãe teria matado um homem, mas há muito que não sabíamos na época. Na gravação, nossa mãe nunca realmente nega ter matado o Homenzinho."

"Eu não a culparia", diz Benny. "O caso é que nossos pais nos contaram muitas mentiras ao longo dos anos. Talvez nunca vamos descobrir quanto do que nossa mãe contou é verdade."

"Talvez a gente descubra quando formos à ilha."

"Não podemos ir à ilha, Byron. Não sabemos no que estamos nos metendo. Há pessoas que ajudaram nossa mãe a escapar. Não queremos causar problemas a elas, queremos? Não depois de tudo o que fizeram por ela. O que você acha, Marble?"

Marble não diz nada. Ela pega o pente e as moedas da mesa, devolve à caixa e fecha a tampa.

Naufrágio

Em 1715, um furacão que atingiu o Caribe afundou dois navios espanhóis e esmagou outros oito no banco de areia da costa da Flórida. Mais tarde naquele ano, dois navios piratas deixaram a ilha e voltaram para casa carregados de tesouros, a maioria dos quais os espanhóis haviam retirado dos naufrágios. De volta a Port Royal, os invasores descarregaram metais preciosos, corantes, tabaco e outros itens valiosos, alguns dos quais não estavam listados em nenhum lugar nos manifestos da frota em ruínas e que prometiam render uma boa quantia no mercado clandestino.

Vinte anos depois, um escravizado fugitivo saiu do mato no interior da ilha e se esgueirou para a plantação da qual havia fugido quatro meses antes. Protegido pela noite, partiu com sua mulher, cuja barriga pesava com uma criança. Ela saiu apenas com a roupa do corpo, duas goiabas no bolso do avental e um grande pente de cabelo da dona da casa. A sinhá, por ocasião de seu casamento com o dono da propriedade anos antes, recebera o pente junto com uma caixa de medalhões de ouro e outros presentes de um alto oficial, que, dizia-se, enviara seus homens à Flórida para saquear bens recuperados da frota espanhola naufragada. Foi uma afirmação que ele sempre negou.

A mulher escravizada estivera esperando para reaver sua liberdade. Estava esperando um sinal todas as noites por quatro luas, mas, como sempre nessa situação, se preparava para a decepção. Sabia que seu homem poderia nunca voltar. Quando a hora enfim chegou, ela teve apenas alguns minutos para escapar. Já estava correndo por um campo encharcado de chuva, segurando firme a mão de seu homem, quando percebeu que o pente ainda estava preso na cintura da saia. Ela teria

323

lavado o pente e o colocado na penteadeira da sinhá naquela noite, se tivesse tempo, se não tivesse escorregado na lama e tropeçado nas raízes das árvores em sua busca pela liberdade.

A sinhá geralmente a tratava com bondade — para uma escrava. O sinhô não era tão gentil. Na verdade, mais de uma vez ele tratou a jovem *não tão gentilmente*. Mas a criança dentro de si seria sua, não dele. Aquela criança cresceria livre nas colinas com os outros que haviam escapado e que estavam ensinando aos filhos os velhos hábitos. Ela jogou o pente no campo enquanto corria. Afundou na lama, onde seria lavado e conduzido até o fundo do jardim por uma forte chuva e, em seguida, enterrado ainda mais na terra por uma das pás dos homens. Ela pensou nas moedas que pegara na casa do sinhô, uma por vez, e enterrado na terra. Não havia tempo de recuperá-las. Só havia tempo de sobreviver.

Mais de duzentos anos se passariam antes que uma menina órfã chamada Elly, criada em um orfanato no local da antiga plantação de cana-de-açúcar, encontrasse um pente de cabelo incrustado de sujeira no jardim, junto com conchas de moluscos de uma era pré-histórica e uma cobra-de-jardim bem alimentada — esta última ela logo jogou para longe. Elly lavou o pente na banheira onde tomava seu banho à tarde e depois guardou-o em sua lata pessoal de tesouros. Nela, havia quatro moedas de ouro que ela encontrara perto das plantas de batata no ano anterior.

Mapeando o oceano

Cientistas arrumaram novas maneiras de mapear as partes mais profundas do oceano. Um dia, muitos imaginaram que o fundo do mar fosse uma planície escura e arenosa cheia de peixes não vistos ou de gigantes cartilaginosos e, talvez, alguns corais que podiam sobreviver sem luz. Mas a tecnologia confirmou o que Etta Pringle sempre sentira, que o fundo do mar é um universo de cristas, vales e rios subaquáticos, depósitos minerais e joias, de continentes inteiros de vida. Os azuis, os verdes, os amarelos, os pretos.

Quando Etta soube que os cantos mais remotos do fundo do mar seriam descobertos, teve a confirmação de por que foi colocada nesta terra para nadar. Ela deveria passar o resto da vida fazendo sua parte para lembrar às pessoas que o planeta era tanto terra quanto água, que era uma coisa viva a ser cuidada, protegida e usada com cuidado, e não drenada e suja a ponto de se extinguir.

As máquinas são sofisticadas, mas não conseguem ler o amor. Não conseguem dizer aos pesquisadores como é fazer parte do mar, ser um pontinho de braços e pernas, uma pequena caverna em forma de boca, deslizando pelas superfícies salgadas do mundo. Algumas pessoas se perguntam como seria voar. Etta já sabe. Então continua voando pela água e continuará lutando para protegê-la.

Etta viaja ao redor do mundo para falar em público e se reunir com políticos e defender a causa dos oceanos e dos mares, a última barreira que resta entre a vida na Terra e o esquecimento. Ela lembra às assembleias intergovernamentais que até criaturas dez mil metros abaixo da superfície marinha foram encontradas com fibras plásticas dentro do corpo. O que, ela pergunta, isso nos diz sobre o que pode acontecer com os nossos filhos?

E agora a questão do mapeamento.

Etta sabe que apenas uma pequena fração do fundo do mar foi mapeada. Sabe que isso pode ser perigoso. Veja o submarino que bateu em uma montanha subaquática alguns anos atrás. Ela sabe que as pessoas precisam de mais informações e de mais recursos. Mas não só isso. As pessoas sempre quiseram mais, fim. Esta é uma das leis da natureza humana. O que impede esses mapas de se tornarem uma mera ferramenta de exploração?

E assim, Etta luta, nada, sofre e volta para a costa para lutar. Ela fala pelos mares que a fizeram crescer, que lhe deram amizade, que a ensinaram a amar. Ela não percorre as distâncias que costumava percorrer, mas ainda detém alguns recordes mundiais. As pessoas vêm para ver suas apresentações, querem autógrafos, querem selfies, mas ela se pergunta quantos deles estão ouvindo o que ela tem a dizer? Alguns a chamam de nomes feios em público, em vez de se engajarem em um diálogo real. Essa também é uma das leis da natureza humana. Quando visível, você se torna um alvo.

Mas Etta sente sobretudo o amor.

Um dia, depois de discursar e estar se perguntando como pode escapar antes da recepção que foi organizada só para ela, Etta olha para cima e se vê cara a cara com um homem mais jovem, de talvez quarenta, quarenta e cinco anos, que parece muito familiar. Ele lembra alguém que ela não vê há décadas.

Ele se parece com Gibbs Grant.

O homem está falando com ela. Ele trabalha com mapeamento do fundo do mar. Ele diz que deveriam falar sobre isso algum dia. Mas Etta está distraída por esses olhos e por outra coisa, o sorriso dele, um sorriso que repuxa para a esquerda. Não há como confundir, esta é a boca de Covey. O homem estende a mão para apertar a dela, e Etta é puxada de volta para o mar de sua infância.

Tremendo, ela pega a mão do homem entre as suas. Em seguida, duas mulheres saem da multidão que se dispersa e ficam de cada lado do homem, ambas da cor de palha. Uma delas parece uma fotocópia pálida de sua amiga há muito perdida, Covey.

Benedetta "Bunny" Pringle dá um passo para trás. Ela olha ao redor, o peito se enchendo de antecipação. Covey. Onde ela está? Elas fizeram planos de se encontrar aqui em Los Angeles esta noite, do lado de fora do auditório.

Da última vez que viu Covey, ela sussurrara apressadamente:

"Eu o encontrei, Bunny. Encontrei Gibbs. Trocamos de nomes. Temos filhos. Moramos aqui."

Não havia tempo para mais nada. Etta deu a Covey seu cartão e pensou que ela entraria em contato, mas não entrou, então Etta pediu a uma de suas assistentes para localizar a sra. Eleanor Bennett em algum lugar perto de Anaheim. No outono de 2018, ela ligou para o número que lhe deram.

"Aqui é Etta Pringle", ela dissera, tentando manter seu tom firme e profissional. "Estou procurando pela sra. Eleanor Bennett."

"Ah, Bunny", a mulher do outro lado da linha dissera, e ela soube que era Covey.

"Sra. Bennett, eu tenho outra palestra no centro de convenções onde nos encontramos."

"Eleanor. Por favor, me chame de Eleanor."

"Eleanor, você acha que poderíamos fazer isso? Podemos dar um jeito de conversarmos direito depois. Eu poderia te deixar com dois ingressos, um para você e um para o seu marido, ou mais, se você quiser."

Foi então que Covey contou que Gibbs falecera. As duas ficaram em silêncio por um tempo, então terminaram a ligação concordando em se encontrar nesta data. Não havia necessidade de dizer *chega de ligações*, *de e-mails*, *de cartas*. Elas haviam se encontrado. Mas teriam que ser discretas.

Bunny está diante dos filhos de Covey agora, olhando de um lado para o outro, procurando por Covey. A jovem que se parece com Gibbs balança a cabeça.

"Nossa mãe", diz ela. "Ela adoeceu." Os olhos dela começam a encher de lágrimas.

Bunny olha para a outra mulher por um momento até enfim entender. Covey se foi.

Ela cobre a boca com uma mão. Então abre os braços e abraça os três filhos de sua amiga de infância.

A carta

Byron tem o mesmo rosto, o mesmo tom de pele profundo, os mesmos ombros largos do pai, exceto que talvez seja mais forte que Gibbs Grant era, ou pelo menos, era da última vez que Etta esteve com ele. Ele mal tinha vinte anos quando deixou a ilha, e Etta nunca mais o viu. Embora não por falta de tentativa. Ela tentou entrar em contato com Gibbs um tempo depois que ela e Patsy se mudaram para Londres, depois do nascimento de seu filho, mas Gibbs parecia ter desaparecido. Agora Etta sabe por quê.

O filho de Gibbs e Covey, agora com quarenta e poucos, entrega a Etta um envelope. Ela rasga uma ponta e tira um pedaço de papel. Sente o rosto aquecer ao ver a letra de sua antiga amiga.

Minha querida Bunny,

Estou te escrevendo agora porque acho que não serei capaz de encontrá-la outra vez. Sinto muito. Tínhamos um plano, eu sei, mas minha saúde está piorando. Eu não queria te chatear contando. Achei que estaria bem o suficiente para ter nosso encontro. Mal posso expressar como foi maravilhoso colocar os olhos em você novamente no centro de convenções, depois de tantos anos. Sempre acompanhei suas notícias, Bunny, em cada um de seus eventos de natação, e estou muito orgulhosa do que você conquistou. Você não sabe quantas vezes eu quis entrar em contato antes deste ano, mas, bem, nós duas sabíamos da situação. Por fim, me arrisquei e fui ver você naquele dia e estou muito feliz.

Bunny, você tem sido uma verdadeira amiga. Você fez mais por mim do que eu poderia retribuir. Então, por favor, me perdoe por pedir que você me faça este favor. É sobre meus filhos. Isso não será fácil para eles. Você pode ajudá-los? Char-

les Mitch, meu advogado e amigo íntimo, contará a você mais sobre o que estou pedindo que faça. Ele te dirá mais sobre o que está acontecendo em nossa vida.

Há tantas coisas que eu gostaria de te contar pessoalmente, mas temo que, a menos que haja algum tipo de milagre, terei que me despedir aqui. Mas é só um até logo, Bunny, não um adeus. Eu não irei longe, prometo. Eu estarei lá na água com você, todas as vezes. Eu sempre estive.

Cuide-se, querida amiga, e cuidado com aquelas águas-vivas danadas.
Sempre sua,
C.

Etta segura a carta contra o peito, e fica ali por um momento, de olhos fechados. Então dobra o papel de volta no envelope, guarda-o no bolso da jaqueta e assente para os filhos de Eleanor.

"Tudo bem", diz Etta. "Preciso ver Charles Mitch. Vocês podem me levar até ele?"

Pearl

O problema da ilha onde Pearl cresceu é que muitas pessoas acabam indo embora. Podem ir à procura de trabalho ou podem seguir seus filhos adultos para o exterior, como fez Pearl. De qualquer forma, muitos deles carregam algo da ilha consigo, uma história ou memória que, por uma razão ou outra, nunca compartilham com outras pessoas. É assim para Pearl. E por isso ela se sente muito bem quando Bunny Pringle vem à cidade.

Bunny sabe mais sobre Pearl do que a maioria. Entende que a mãe de Covey não era apenas a empregadora dela. Mathilda se tornou uma amiga e Pearl tentou cuidar de Covey depois que a mãe foi embora, mas não foi o suficiente. Ela assistiu a Covey se transformar de uma danadinha de coração grande para uma jovem durona e determinada, sabendo que por trás da bravata da garota estava um poço de desânimo tão profundo quanto o mar.

Bunny vem visitá-la sempre que passa por esta parte da Flórida. Bunny é avó agora. É difícil de acreditar, embora a própria Pearl seja bisavó. Acontece que as crianças sempre serão crianças, não importa a idade que tenham. Bunny deve ter setenta e três anos agora, talvez setenta e quatro, e ainda está nadando daquela maneira louca. Todos aqueles anos atrás, o treinador dela disse às pessoas que Bunny seria campeã um dia, e, com certeza, basta olhar para ela agora.

Ao longo dos anos, Pearl viu Bunny na televisão e até em seu celular. Ela se lembra de assistir pela televisão quando nomearam uma enseada na ilha em homenagem a Bunny. Ver as fotos da cerimônia à beira-mar de Bunny na internet deixou Pearl se sentindo orgulhosa e triste ao mesmo tempo. Covey deveria estar viva para ver isso também.

Lá está Bunny agora, saindo de um carro na entrada da casa de Pearl. Três outras pessoas estão saindo do carro com ela, um homem e duas mulheres. Pearl quase tem um ataque cardíaco ao dar uma boa olhada neles. Ela só precisa de mais dez segundos para ter certeza do que está vendo, para entender que algo impossível aconteceu, algo maravilhoso, louvado seja Deus. Bunny disse que levaria algumas pessoas com ela, mas Pearl nunca teria imaginado. Que história Bunny está contando a ela agora. Que história.

Agora, Pearl está no quintal, ladeada pelos filhos de Covey e tentando agir normalmente. Ela fica na beira do canal, apontando para o manguezal, os pássaros e os peixes. Por que, Pearl brinca, os únicos peixes que dá para ver ali, aqueles que pulam da água salobra e se jogam de volta, são os de aparência comum e que adoram se exibir?

Os filhos de Covey riem, risos baixos e borbulhantes, assim como o sr. Lin. Imagine só.

O filho de Covey e uma das filhas se parecem com Gibbs, embora a mulher tenha a pele do sr. Lin. Mas é a outra filha, a mais velha, que Pearl não para de olhar. Esta mulher branca é Covey inteirinha, até a maneira como mostra todos os dentes quando inclina a cabeça para trás e sorri. E pensar que durante todos esses anos, Covey estava viva e criando uma família com Gibbs.

Depois que Gibbs Grant foi para a Inglaterra e nunca mais voltou, as pessoas começaram a dizer que talvez ele tivesse ficado metido e por isso não se importava em manter contato com seu próprio tio. Ou talvez algo tivesse acontecido com ele, pensou Pearl. Mas não, todo aquele tempo, Gibbs estava com Covey na Califórnia. O Senhor trabalha de maneiras misteriosas, é verdade.

Se ao menos, pensa Pearl. Se ao menos Mathilda pudesse ver isso. Os filhos de sua filha. O que faz Pearl se perguntar pela milionésima vez: o que aconteceu com Mathilda? Outra pessoa que simplesmente desapareceu. Isso também faz parte da história não contada de Pearl, como Mathilda conseguiu fugir de casa. Ela usou parte do dinheiro do bolo preto que economizara e deixou o resto para Pearl, para cuidar de Covey.

O sr. Lin não tinha ideia de quanto uma mulher conseguia ganhar fazendo um bom bolo de casamento. Ele nunca levou o trabalho feminino na cozinha muito a sério. O que era bom. Do contrário, ele poderia ter encontrado o dinheiro e apostado tudo.

Lin

Quando chegou à idade de se aposentar, Johnny "Lin" Lyncook era um homem rico. Havia se mudado para um subúrbio em Miami onde conhecia pessoas da ilha, ganhou um bom dinheiro no mercado clandestino, investiu seu lucro em ações e títulos, e liquidou seus ganhos antes da crise de 2008. Ele aprendeu a ficar longe de todo o resto. Nada de cassinos, pôquer, rinhas de galo, esportes. As apostas já haviam lhe custado muito. Duas esposas e a única filha, seu único arrependimento real.

A riqueza recém-encontrada de Lin acabou sendo muito útil. Ele se casou pela terceira vez com uma mulher com duas crianças pequenas, filhas de outros homens, mas bem-vindas na casa dele. Ele enviou os garotos para universidades caras e observou com satisfação quando o investimento compensou. Os garotos têm as próprias casas e famílias agora, e os filhos deles o chamam de vovô Lin, para distingui-lo de vovô Shaw, o pai da mãe deles.

Lin também conseguiu pagar um investigador particular para localizar sua filha Covey, que pelas informações fora morta em um acidente de trem na Inglaterra anos antes, mas que na verdade, Lin descobriu, estava viva e morando na Califórnia. Havia uma foto. Mostrava a filha de Lin com Gilbert Grant, que, como Covey, mudara de nome e deixara o passado para trás.

A ideia de procurar pela filha depois de tantos anos veio a Lin depois que ele assistiu a um vídeo on-line com uma expert em comida, uma mulher branca que parecia tanto com a filha dele que ele quase caiu do sofá. Então Lin se sentou com o investigador e contou a ele tudo o que podia se lembrar sobre Covey, incluindo Gibbs e sua própria partida da ilha.

Lin não tentara contatar a filha. Se ela quisesse entrar em contato, ele tinha certeza que ela daria um jeito. Não teria sido difícil encontrá-lo. Metade da ilha agora morava em Miami. Mas Covey nunca deu notícias. Quando Lin se sentia magoado por isso, pensava que Covey tivera pouca escolha. Provavelmente era melhor para Coventina Lyncook permanecer morta para todos que a conheciam, mesmo cinquenta anos depois de seu desaparecimento. É verdade, qualquer mulher jovem na situação dela poderia ter fugido no dia do assassinato do Homenzinho, culpada ou não. Mas mesmo assim.

Tantos anos se passaram desde então, e Lin está indo até lá pela primeira vez em anos. Não faz muito tempo, ele estava pensando que deveria entrar em contato com Covey, esquecer seu orgulho, quando um e-mail de Bunny Pringle chegou. Bunny estava escrevendo para dizer que tinha notícias importantes e que ligaria para ele. No telefone, ela contou a Lin que estava ligando para falar da *conhecida em comum* deles, a *srta. C*. Bunny confirmou que Covey estava viva todos aqueles anos, mas agora ela havia partido, tinha adoecido.

Coventina. Aquela criança tola.

Bunny diz que Covey tem três filhos. *Três* filhos? O investigador só mencionou dois. De qualquer forma, Bunny diz a Lin que eles querem conhecê-lo, o que o surpreende, considerando o que aconteceu com a mãe deles. Mas aqui está ele agora, sentado na sala, esperando os netos chegarem.

Lin não vê Bunny há anos, exceto nas notícias. Ela é famosa agora por seu nado. Ela sempre foi *diferente*, essa garota Pringle, mas tinha um coração bom e era uma amiga leal para a filha dele. Bunny sempre defendeu o nome de Covey. Ela nunca, nunca lançou dúvidas sobre a inocência da filha, nem mesmo quando Lin o fez.

Talvez seja esse último pensamento o que enfim dissipa a névoa da mente dele sobre o dia do desaparecimento de Covey. A ideia de Bunny e Covey, tão unidas quanto gêmeas, de bochechas coladas em seus vestidos brilhantes. Lin já estava bastante bêbado quando aconteceu, quando Homenzinho caiu morto na frente dele. Mesmo assim, ele estava perto o bastante para ter visto algo, é o que percebe agora. Ele tinha mesmo esquecido, bêbado como estava naquele dia? Ou havia, como a maioria dos homens em momentos críticos de suas vidas, simplesmente se recusado a aceitar algo porque não queria?

A campainha toca. Quando os filhos de Covey enfim entram na casa de Lin, o choque de ver aquela mulher pessoalmente, aquela que é igualzinha à filha dele, eclipsa todos os outros pensamentos. Só mais tarde, quando Bunny tropeça na mesinha de café, *ainda desastrada, essa garota*, Lin dará uma boa olhada na melhor amiga da filha e pensará, outra vez, naquele dia em 1965.

Conhecendo Lin

Eles estão virando a esquina, passando por uma casa com uma explosão de crótons amarelos e laranja e uma varanda telada. Enquanto estacionam o carro na garagem e caminham até a porta mais próxima, Byron vê uma pequena piscina sob a varanda. A borda da piscina é ladrilhada com um motivo de golfinhos. A porta da casa tem um carrilhão de vento em forma de golfinho e uma placa de *Bem-vindo* também em forma de golfinho. *Bem Flórida*, Byron pensa, enquanto seca o suor das têmporas, enquanto puxa a camisa do torso úmido, enquanto anseia pelo ar fresco da manhã da costa do Pacífico.

Uma mulher pequena e corpulenta atende a porta. Ela tem um sorriso de comercial e um sotaque cubano.

"Entrem, o sr. Lin está nos fundos", diz ela, conduzindo-os por uma sala ampla com chão cor de creme.

Byron está balançando a cabeça enquanto caminha. *Por que estamos aqui?* Eles querem mesmo conhecer esse homem? O nervosismo que ele sentiu no caminho do hotel até ali está se transformando em certo tipo de irritação, misturado com a presença de Marble. Claro, Johnny Lyncook é avô dela também, mas é diferente para ela. Todo o relacionamento dela com a mãe e esta família é diferente.

Ao chegar ao cômodo seguinte, ele decidiu que vai confrontar este homem. Este homem que deve ser o avô dele. Este homem, cujo comportamento irresponsável e traição afastou a mãe de Byron, quase a matou, a fez perder tudo e todos que conhecia. E ele a enviou, por fim, para uma situação que jovem nenhuma deveria ter que encarar.

Byron vê um velho chinês com cabelo tão escuro quanto carvão, sentado em um sofá de vime. Ao lado dele está uma bengala e uma mesa de topo de vidro cheia de molduras. Ele inclina a cabeça enquanto usa a bengala para se levantar. É um homem alto, esse Johnny Lyncook. Mas é um homem de aparência delgada, exceto pelo cabelo, monocromático e grosso como uma peruca. A mesinha ao lado tem fotos de crianças. Este homem provavelmente tem outros netos. Este homem, que não merece ser chamado de *avô*.

Sempre respeite os mais velhos, a mãe de Byron costumava dizer. O que Eleanor realmente queria dizer era, sempre seja educado, sempre seja atencioso. Mas não, pensa Byron. Se pretendemos mesmo respeitar as pessoas em sua maturidade, devemos reconhecê-las como indivíduos plenamente desenvolvidos com uma longa história; devemos estar preparados para vê-las como são, para reconhecer que um merda é um merda, jovem ou velho. Como este homem, que arruinou a vida da mãe dele. Este homem não merece a educação de Byron.

Johnny Lyncook não diz "olá", não aperta as mãos deles, não os convida a se sentar. Ele apenas abre a boca e encara Marble. Em seguida, cutuca Benny no braço e balança um dedo entre ela e Byron.

"Vocês dois. Iguaizinhos ao pai", diz Johnny Lyncook, assentindo. "Iguaizinhos a Gilbert Grant."

Agora ele está encarando Marble. Ele se vira para a mesa cheia de fotos, se inclina e pega uma, pressionando-a nas mãos de Marble. Byron vê que é uma foto em preto e branco de uma adolescente usando uniforme da escola, uma túnica xadrez sobre uma camisa branca. Não há como confundir quem essa garota é. Ela é igualzinha a Marble, só que bem negra. Benny pega a moldura das mãos de Marble.

"Nossa mãe!", diz Benny.

Byron sente a garganta se apertar. Ele olha para o idoso. Quem ele pensa que é, mantendo uma foto da mãe de Byron na sala de estar? Byron não se sente conectado a este homem. Mas então Johnny Lyncook sorri um sorriso torto. É o sorriso da mãe dele. *Caramba*, é o sorriso de Byron. O que o faz querer agarrar a mão do homem e o chacoalhar até que ele caia no chão.

Johnny Lyncook se volta para o sofá e se senta. Etta Pringle tropeça em algo enquanto dá a volta na mesinha de café entre eles.

"Bunny Pringle", diz ele, em um tom que Byron não consegue decifrar. Quase como um adulto repreendendo uma criança. Não, é outra coisa. Algo mais intenso. É porque ela sabia, não é? Ela sabia que Covey sobrevivera ao mar há todos aqueles anos, e nunca contou a ele.

"Sr. Lin", diz ela, se sentando na outra ponta do sofá, sem olhar para ele.

Byron, Benny e Marble também se sentam, cada um em uma cadeira de frente ao sofá.

"Marisol!", chama Johnny Lyncook. A mulher que abriu a porta da frente mais cedo entra na sala, empurrando um carrinho com bebidas e amendoins. "Água com limão", diz ele, gesticulando para o carrinho.

Há fatias de limão e uma cereja marasquino flutuando em cada bebida. Marisol coloca um copo na frente de cada um deles.

"Você se lembra da água com limão, não se lembra, Bunny?", ele diz para Etta. "Você e Covey amavam esse negócio. Vocês amavam as mesmas coisas, não é? Sempre faziam tudo juntas, como irmãs."

Etta se remexe em seu assento.

"Sim, vou provar um desses", diz ela, pegando uma bebida sem olhar para ele.

Byron observa Etta por cima do copo. A mulher carismática que jogou os braços em volta de Byron quando o conheceu está se transformando em algo parado e frio, bem diante de seus olhos. Uma pessoa capaz de guardar segredos por toda a vida. Uma pessoa que abriga um poço de raiva. Ela não superou seu ressentimento por Johnny Lyncook, não é? Bem, eles são dois.

Etta Pringle está aqui porque a mãe dele pediu que ela os levasse para conhecer seu avô. Então aqui estão eles. Mas Etta está com a boca fechada e Byron está começando a sentir o estômago revirar. Benny e Marble, por outro lado, parecem fascinadas por este encontro com o pai da mãe delas. Estão inclinadas à frente enquanto Johnny Lyncook explica quem são as pessoas nas outras fotos.

Como se eles devessem se importar.

E agora, Johnny Lyncook está dizendo algo sobre os velhos tempos, mas Byron não está realmente prestando atenção. Ele tomou uma decisão. Vai se levantar e sair desta sala. Ele sabe que não deveria socar um cara de noventa anos, mas está pensando que se ficar nesta sala, é exatamente o que vai fazer.

"Você quer ir ao banheiro?", diz Lyncook, quando Byron se levanta. "Marisol, mostre a Byron onde é o banheiro."

Byron assente. Não custa nada fazer uma parada antes de ir embora. Enquanto segue Marisol de volta pelo amplo chão de mármore, ele ouve Lyncook dizer:

"Eu gostava muito de apostar, sabe?"

Byron para e olha para trás. O pai de sua mãe está se inclinando sobre a bengala, na direção de Benny e Marble.

"Eu gostava de apostar e gostava de beber. Foi assim que perdi minha filha."

Byron volta.

"Perdeu sua filha?" Ele está consciente de que está erguendo a voz enquanto se aproxima. "Você disse que perdeu sua filha?" Está diante de Lyncook agora. "Você não a *perdeu*, você a jogou fora. Você a *vendeu* para um criminoso."

"Isso não é verdade. Não foi simples assim", diz Johnny Lyncook. "Eu não tive escolha."

"Não teve escolha!"

Byron agarra a bengala do homem e a joga no chão.

"Byron!", diz Benny.

"Você faz ideia do que fez sua filha passar?", diz Byron. "Você sabe como nossa mãe teve que lutar para sobreviver?" Ele aponta para Marble. "Esta mulher foi a primeira filha de sua filha. Você sabe como ela engravidou?"

"Chega, Byron", diz Benny.

"Você sabe o que aconteceu com ela?"

"By-ron!", diz Benny, erguendo a voz, usando um tom que ela nunca usou com seu irmão mais velho.

Byron olha para Benny agora, e então para Marble, que está o encarando com as sobrancelhas franzidas, a boca entreaberta. Ele seca o suor do nariz. Não deveria ter dito aquilo, não daquele jeito. Não na frente de Marble. Ele quer retirar o que disse. Ele quer não ter vivido esse dia, mas não pode fazer isso, então sai da sala e vai direto para a porta da frente.

Quinze minutos depois, Byron está na metade do caminho da ponte quando percebe que Etta, Benny e Marble estão sem carro, e ele está com toda a bagagem delas.

Merda.

Byron faz a volta no fim do cruzamento. Quando retorna para a casa de Johnny Lyncook, as três mulheres estão paradas na beira da calçada, como viajantes esperando no fim de um cais por uma balsa. Benny e Etta têm cada uma um braço em volta da cintura de Marble. Marisol fica parada na porta, observando, até que eles entrem no carro e batam as portas.

Inimaginável

Porque algumas coisas são inimagináveis, o cérebro de Lin faz o que deve fazer. Dispara um sinal que bloqueia o fluxo de oxigênio que carrega pensamentos inimagináveis. Vai inundar o próprio quintal com sangue e causar um curto-circuito na ideia que está tentando abrir caminho através do córtex. Isso deixará Lin apenas com o seguinte: a memória de Covey aos dez anos, pulando da parte de trás de sua perua com Bunny e as crianças da vizinhança, gritando enquanto corre em direção à cachoeira, gritando enquanto atravessa a cortina de água, o som de sua risada, e *olha pra mim, pai!* misturando-se com o estrondo da cascata e ecoando na gruta atrás dela.

Olha pra mim, pai!

Quando Marisol volta para dentro da casa onde trabalha há dez anos, encontra a cabeça de Lin inclinada em um ângulo de quarenta e cinco graus contra a almofada de estampa de hibisco no sofá de vime, um lado de seu rosto caído. Ela confere o pulso e então pega o telefone para ligar para a emergência e, enquanto fala com o oficial do outro lado da linha, se senta ao lado de Lin e dá tapinhas no braço dele.

"Aguente firme, sr. Lin", ela diz, "eles estão vindo ajudar."

Então leva as mãos à cabeça dele, coloca a peruca de Lin no lugar e a ajeita atrás das orelhas.

Pilhagem

Lin pagou um investigador particular. Ele soube da maioria dos detalhes da vida da filha ao longo dos anos. Mas até a gritaria de Byron na sala de estar, Lin não sabia exatamente o que acontecera a Covey na Inglaterra. Ele não sabia exatamente, mas podia ter adivinhado.

A beleza justifica a pilhagem.

E nada era mais bonito do que uma garota destemida.

Byron

Ninguém te diz como viver com esse tipo de raiva, essa sensação espinhosa sob a pele. Isso é o que acontece com as narrativas falsas que, por fim, definem sua vida. Quando você enfim descobre que as pessoas em quem mais confiava mentiram por anos, mesmo quando consegue entender por que fizeram isso, essa consciência contamina todos os outros relacionamentos que você tem.

Você começa a revisitar todas aquelas ações e comentários que nunca entendeu de todo, as coisas que as pessoas nunca disseram, as vezes em que você tinha certeza de que alguém agiu de certa maneira por um determinado motivo, só que não podia provar. E então você pensa em todas as mentiras que tem contado a si mesmo ao longo dos anos. Sobre como tudo foi bom, o quanto você foi apreciado, o quanto as pessoas se importaram. Sobre serem amigos, uma grande equipe, sobre como certas coisas eram *apenas negócios, Byron, nada pessoal.*

Então tudo muda.

E não dá para fazer voltar a ser como era antes.

Um dia, você acorda e se vê parado na boca de algo largo e uivante, como a porta aberta de um avião, do tipo que você pula de paraquedas para se divertir, só que não tem graça, não dá para ver o chão, você não sabe o que está fazendo, mas sabe que vai ter que pular e não sabe exatamente para onde, só sabe que é onde sua vida vai ser de agora em diante.

Byron tira o celular do bolso da calça jeans e disca o número de Lynette pela milésima vez. Agora, Lynette atende.

343

Consulta

Byron precisa do nome de um advogado, ele diz para o sr. Mitch. Um bom advogado, alguém que entenda de questões de discriminação no ambiente de trabalho. Alguém que entenda de questões de barreiras institucionais persistentes, arraigadas, raciais, de gênero ou de outras quaisquer. Byron precisa de alguém que acredita que tal questão deva ser resolvida idealmente através de diálogo aberto, mas que, se absolutamente necessário, é capaz de dar um bom chute na bunda jurídico.

"Preciso de alguém como você", ele diz ao sr. Mitch. "Preciso de alguém como o meu pai."

Ele diz ao sr. Mitch que acabou de virar diretor pela segunda vez. Conta como até Marc, o colega que conseguiu o emprego, disse que Byron era de longe uma escolha melhor. O sr. Mitch escuta por um longo período sem dizer nada. Byron percebe que ele é bom nisso.

"Não sou quem você procura, mas conheço alguém", diz o sr. Mitch por fim. "Você pode ganhar. Mas, Byron, você quer mesmo esse emprego?"

Byron empina o queixo.

"Eu mereço esse emprego."

O sr. Mitch assente.

"Sabe, seus colegas vão transformar sua vida num inferno."

"Não, não vão", diz Byron. "Temos nossas discordâncias, mas somos uma comunidade. Somos cientistas. Em geral amamos as mesmas coisas. E todo cientista sabe que de vez em quando, se um experimento ou um cálculo não está te dando o resultado que deveria, você precisa estar disposto a ajustar o processo, a dar um passo para trás e corrigir o erro."

Byron dá seu melhor sorriso de televisão, confiante e com uma pitadinha de falsa modéstia. Endireita os ombros enquanto deixa o escritório do sr. Mitch. Mais tarde, ele praticará essa fala na frente do espelho para se convencer.

Surfe

Esse é um dos grandes, diz a moça do tempo. *Fique longe das estradas se puder*. Byron olha para a entrada da garagem. As árvores estão se curvando com o vento. A chuva está caindo com força. Ele acena com a cabeça para a janela.

Perfeito.

Byron pega uma prancha e seu capacete e os coloca na parte de trás do Jeep, põe para tocar um álbum do Black Eyed Peas e se dirige para a casa de Cabo. Eles se sentam na entrada da garagem dele, discutindo os prós e os contras. É uma tempestade feia, tudo bem, mas eles viram pior. Afinal, eles supostamente são os caras. Byron muda a marcha do carro, e eles se dirigem para a costa.

Byron desvia quando a folhagem de uma palmeira se parte e voa pelo para-brisa.

"Uau, Byron, ótimo reflexo!", diz Cabo.

Quando chegam à praia, estão todos lá, todos os de sempre, de roupas de mergulho e brilhantes e uivando como um bando de leões-marinhos. Um dos caras de meia-idade faz um *hang loose* para Byron e Cabo, balançando a mão no ar, polegar e dedo mínimo estendidos. Quando crianças, não era tão fácil estar perto dos outros. Eles eram ignorados. Ameaçados. A menos, é claro, que o mulherão que era a mãe de Byron estivesse lá com eles e, nesse caso, os caras estavam mais focados nela, apenas disfarçando. Mas o tempo passa. E isso pode ser uma coisa boa.

"Ah, não, Byron", diz Cabo. "Não o capacete."

"Só se vive uma vez, mano", diz Byron, prendendo as tiras do capacete no lugar.

Ele se alonga, inspira fundo duas vezes e corre até chegar à água. Ele e Cabo estão rindo enquanto correm, mas, por dentro, Byron está queimando. Ele não sabe mais o que fazer com todo esse ódio. É como se tudo o que o incomodava havia anos estivesse se acumulando dentro dele como material altamente inflamável, e a morte da mãe, e tudo o mais que aconteceu nos últimos dois meses, tivesse apenas riscado um fósforo.

Ali é um pouco arriscado, mas ele vai lidar com as ondas até começar a se sentir como antes. Porque ele é assim. Nasceu para surfar. Nasceu para ouvir o oceano. Isso, mais do que tudo, é o que ele herdou da mãe, essa conexão visceral com o mar.

Lá está ele na rebentação. De volta ao topo da onda e depois para baixo. Para trás e para baixo. Byron desliza para um longo e calmo momento em sua mente, onde vê que seja lá quem sua mãe foi em vida, não importando nome ou endereço, ela sempre fez parte deste mundo e sempre será. E este é o único lugar onde ele sabe que sempre pode vir para encontrá-la.

Diretor

Byron abre a porta do escritório do novo diretor. Os dois são colegas há quinze anos. Dos dois, de longe Byron tem mais qualificações, um histórico mais sólido e mais habilidade com as pessoas, mas Marc é muito bom com política, o que Byron admite ser uma habilidade necessária neste trabalho.

"Só para constar, preciso que você saiba de uma coisa", começa Byron.

"Se você está aqui pela acusação de falha na promoção", diz Marc, "já sei que você foi ver um advogado." Ele aponta um dedo para Byron. "Que porra você acha que está fazendo, Byron?"

"Ei, Marc, não é nada pessoal."

"Nada pessoal?", Marc sai de detrás da mesa e se aproxima de Byron. "Nada pessoal? Você não tem o direito de vir atrás do emprego que consegui e dizer que não é pessoal."

"Sinto muito que você se sinta assim, Marcus. Na verdade, eu queria entender o que está acontecendo, por respeito profissional, por apreciar nossos anos trabalhando juntos. Por que não simplesmente continuamos, como de costume, e deixamos o processo burocrático se desenrolar? Então veremos o que acontece."

"Vá se foder, Byron."

"Opa! Espere aí."

Marc avança para Byron, mas alguém bate na porta. Ele se endireita e a abre. A assistente de Byron está segurando o celular dele. Ele deve ter deixado na mesa dela.

"Desculpe, Byron, mas alguém está ligando", diz ela.

É a irmã de Lynette, mãe de Jackson.

"Depressa, Byron", diz ela. "É Lynette. Estamos no hospital."

Bebê

O som do choro do bebê corta os murmúrios do quarto de hospital. Uma enfermeira traz a criança para dentro do cômodo.

Lynette estende os braços.

"Aí está você, pequenino", diz ela.

O bebê ainda está parando de chorar, sua boca inclinada para baixo de uma forma que lembra Byron de Benny quando ela era recém-nascida. Na primeira vez que ele segurou a irmãzinha, ela se contorceu, fungou e colocou os dedos na boca. Então, ao som de sua voz, a boca dela repuxou para o lado, daquele jeito que ela e Byron haviam herdado da mãe.

Byron observa o menino agora, o rosto meio escondido sob a bata de Lynette, enquanto ele se alimenta.

"Quem é meu pequenino?", diz Lynette, cheirando a cabecinha dele. "Quem é meu bebê By?"

Ela decidiu nomear o bebê em homenagem a Byron. Byron não tem certeza de como serão as coisas entre ele e Lynette, mas quando ela contou sobre o nome do bebê, ele sentiu um clique, o destrancar de algo pequeno lá dentro, o abrir de uma porta.

Byron observa Lynette e pensa em sua mãe, as últimas palavras na gravação dela.

A mãe de vocês é quem eu sou. Essa é a parte mais verdadeira de mim.

Byron e Lynette terão que conversar mais. Então vão ver como as coisas ficam. Lynette chama Byron e estende o bebê para ele. Nada na vida o preparou para esse tipo de sentimento, nem mesmo ter segurado Benny nos braços quando tinha nove anos.

"Olá", diz Byron. Ele traz o bebê até o rosto e cola os lábios na testa dele.

O filho deixa escapar um soluço cheio de leite. *Seu filho!* Então, Baby By segue sua voz com a cabeça, os olhos bem fechados e uma boca minúscula e torta, cuja visão faz Byron perder o fôlego.

Benny

A má notícia é que Benny foi recusada de novo para um empréstimo. Ela não arriscará abrir o café sem o financiamento. Mas não vai desistir, tentará outro banco. A boa notícia é que ela continua recebendo encomendas de suas artes, e aquela que fez de Etta Pringle viralizou. Mostra Etta nadando em um mar tomado de plástico. Não é o material mais alegre, mas era o que Etta queria. E os seguidores dela amaram. Bem, na verdade alguns deles odiaram, mas Etta diz que isso também é bom. Benny não é muito chegada a redes sociais, mas Etta diz que isso terá que mudar.

Benny está perplexa com as mudanças em sua vida.

Nada está saindo exatamente do jeito que ela esperava.

Mas ela não liga muito.

Marble

Giò quer passar seu último verão antes da faculdade com Marble.

"Vamos à Califórnia", diz ele. "Você não prometeu me levar para conhecer meu tio e minha tia secretos?" Porque é assim que ele chama Byron e Benny, desde que Marble se sentou com Giò para contar sobre a mãe biológica e os irmãos que ela nunca conhecera.

É mesmo como a cena de um desses filmes. O celular de Marble toca antes mesmo que ela e Giò saiam de Londres de avião. Byron e Benny estão impacientes para vê-los. E lá estão eles, do lado de fora da saída de desembarque. Benny está segurando um pedaço de cartolina com as palavras BEM-VINDO, GIOVANNI! escritas e pulando para cima e para baixo como uma menina.

Marble já sabe que mais tarde naquele verão, depois que ela e Giò voltarem para a Itália, ela vai deixar o cachorro sair e segui-lo até o próximo *giardinetto* e bater na porta do menino vizinho que cuida dele. E ela enfim será capaz de dizer o nome dele, que é igual ao de seu filho. E ele vai beijar o filho nas duas bochechas e dizer, "*Ciao, Giò*", e o filho vai dizer, "*Ehi*" e eles ficarão lá, sem dizer nada, daquele jeito maravilhoso que os adolescentes têm de não conversar.

Respostas

Charles Mitch abre o relatório e lê. Graças à nova informação dada por Pearl, Charles conseguiu encontrar o paradeiro da mãe de Eleanor, Mathilda Brown.

Da mãe de Covey.

Pearl insiste que Mathilda sempre teve a intenção de voltar para buscar a filha. Ela diz que algo deve ter dado errado. E agora Charles está certo de que sabe o que aconteceu.

Mathilda, 1961

Era uma coisa linda, mais profunda e ampla do que qualquer coisa que Mathilda já vira. Ela ficou na beira das quedas estrondosas e inspirou o ar fresco, sentiu o leve borrifo em sua pele, tirou coragem do poder daquele lugar. Ela lera que aquela cachoeira era uma das maravilhas do mundo. Mas nada a havia preparado para estar ali. Nada a havia preparado para os amplos espaços abertos da América do Norte. Para a grandeza de tudo aquilo.

Mathilda se inclinou sobre o parapeito, sentindo o cheiro da madeira úmida, da terra lamacenta, do sol sob sua pele. Ela tinha chegado até ali. Desafiaria Lin, encontraria uma maneira de tirar Covey dele e de trazer a filha para viver ali. Ela veio como empregada doméstica, era a única maneira, e os salários eram baixos. Mas era um começo.

Ela precisava mandar uma mensagem para Pearl, informá-la de que as coisas estavam indo bem, descobrir como Covey estava. Elas não podiam se dar ao luxo de contar a Covey que estavam em contato. Covey era muito jovem, não se podia esperar que ela guardasse um segredo assim. *Abrace Covey todos os dias*, ela disse a Pearl um dia antes de partir.

Levaria muito tempo até que encontrassem Mathilda, anos depois de ela ter escorregado e caído. Àquela altura, sua carteira teria sido puxada da bolsa pela correnteza das cataratas. Àquela altura, seu empregador, incapaz de localizá-la, teria dado seu trabalho para outra pessoa. Àquela altura, a polícia já teria arquivado o caso. Uma garota negra desaparecida? Eles tinham coisas mais importantes com que lidar.

Naquela época, as coisas eram diferentes. O teste de DNA era menos sofisticado. Não havia buscas computadorizadas. Era fácil o caso do esqueleto de uma Maria Ninguém, encontrado na lama de um rio, ficar sem solução até décadas mais tarde, quando um advogado da Califórnia recomeçou as buscas por uma certa Mathilda Brown, uma jovem imigrante das ilhas vista pela última vez em uma cidade americana perto da fronteira canadense na primavera de 1961.

Etta Pringle

A plateia aplaude enquanto Etta Pringle se livra dos sapatos e dá uma corridinha pelo palco. Esse movimento característico dela virou até meme na internet. Ela riu na primeira vez que viu aquele recorte do vídeo repetir de novo e de novo, uma imagem dos pés se livrando dos sapatos.

As coisas em que as pessoas pensam. Esta é a última aparição pública dela antes do nado para arrecadar fundos no dia seguinte. Este terá cerca de dezesseis quilômetros, dependendo das correntes. Não é uma grande distância para ela, mesmo nessa idade. Mesmo com todos os remédios em seu corpo. Mas é uma travessia desafiadora por outros motivos. Águas-vivas venenosas, por exemplo.

Os repórteres e as redes sociais falarão sobre as águas-vivas, mencionarão a idade dela, falarão sobre as vantagens que mulheres maduras têm em esportes de resistência. Vão mencionar que ela é negra. Eles ainda mencionam, depois de todos esses anos, mesmo em 2019, e para Etta tudo bem. Deixem que eles a vejam. *Deixem que eles a vejam!* Ninguém falará sobre a doença de Etta, eles não sabem a respeito disso ainda. Com sorte, nunca saberão.

Etta terá que se esforçar para manter o foco em questões mais abrangentes. É por isso que está aqui esta noite, para falar sobre o meio ambiente. Ela teme uma narrativa fácil, em que a responsabilidade pela degradação ambiental seja colocada exclusivamente sobre as costas da indústria privada, sem levar em consideração a conexão direta com a demanda do consumidor por minerais e outros recursos. Ela vai falar sobre sustentabilidade. Sobre a necessidade de manter algum tipo de equilíbrio na natureza. Ela incentivará as pessoas a insistir em uma economia mais circular.

Byron Bennett já está no palco. Como o diretor de uma nova empresa de consultoria, Byron falará sobre a importância de mapear o fundo do mar. Ele explicará como países, a indústria e órgãos internacionais trabalharão juntos para compartilhar informações. Falará sobre o próprio amor pelo mar e pela costa da Califórnia. Byron dirá que conhecimento é poder, e Etta dirá:

"Exatamente o que penso, mas que tipo de poder?".

Eles debaterão no palco e Etta vai ficar imensamente feliz por aparecer em público com o filho brilhante de sua amiga de infância. Ela se sentirá orgulhosa, como se o tivesse visto crescer todos esses anos quando, em vez disso, não sabia da sua existência, de que sua mãe ainda estava viva e observando cada movimento seu. Mais tarde, Byron explicará a Etta por que ele deixou o instituto em que trabalhava e como o acordo extrajudicial o ajudou a iniciar um novo empreendimento e a criar um fundo de bolsa de estudos. E Etta pensará: *Muito bem, Covey, olhe para o seu filho.*

Eles não mencionarão a mãe de Byron, que ajudou a fazer de Etta a campeã que ela é, que foi quem a apresentou ao nado em mar aberto. Ele e as irmãs concordaram que suas narrativas públicas nunca devem conectá-los a Coventina Lyncook. Talvez um dia, quando eles forem mais velhos, quando os filhos deles estiverem criados, eles dirão, mas Etta suspeita que é apenas questão de tempo até que alguém que conheceu Gibbs ou Covey reconheça algo deles no rosto de seus filhos. Byron e Marble estão por toda a internet agora, e a internet é o que o mercado de rua na ilha costumava ser. Mais cedo ou mais tarde, você encontra alguém.

Etta olha para fora do palco, para onde a namorada de Byron está, o filho deles aninhado em um canguru contra o seu peito. Ela está surpresa com o fato de eles terem trazido a criança em tenra idade da Califórnia para a Polinésia. As viagens modernas a jato são impressionantes. Etta nunca foi a imagem da prudência como atleta, mas enquanto jovem mãe era muito cuidadosa com os filhos, sempre fazendo questão de mantê-los perto de casa até certa idade. Era o que Patsy preferia.

Etta está nadando pelos filhos agora, e pelos filhos deles também, não para os registros. Ela usa todas as oportunidades que pode para falar sobre a saúde dos oceanos. Danos no fundo do mar, escoamento, plásticos, aumento da temperatura da água, pesca excessiva. Ela pede a demarcação de mais zonas protegidas. Mas também reserva um tempo para mostrar ao público fotos antigas de si mesma como uma garota usando touca de natação, além de suas fotos favoritas de Patsy e dos meninos quando eles eram pequenos, brincando em uma piscina no País de Gales, seus sapatos grudando na areia molhada. Ela nunca se esquece de mostrar a alegria, de mostrar o amor. Porque, do contrário, qual seria o sentido de qualquer coisa?

Sobrevivência não é o suficiente. Sobrevivência nunca foi o suficiente.

Engraçado pensar isso depois de mais de sessenta anos de nado a longa distância. Etta ainda está um pouco nervosa sobre o que há debaixo da água, ainda hipervigilante com a sinfonia da vida lá embaixo. Mas é por isso que ela luta, pela preservação da vida em todo o seu mistério vibrante, venenoso e cheio de dentes.

O médico dela resmunga. Diz que Etta não pode se dar ao luxo de ser picada ou se cortar agora que seu sistema imunológico está tão fraco. Mas Etta não quer se machucar. Ela prometeu que fará tudo o que puder para evitar, exceto ficar fora da água, é claro. Isso é o que ela é. É assim que ela vive.

Etta poderia dizer a si mesma que criou dois filhos bondosos e prestativos, que já fez a coisa mais importante que uma pessoa poderia fazer, mas sabe que isso não é o bastante para ela. Quando era só uma menina, Etta costumava pensar que merecia todas as coisas boas que surgiam em seu caminho. Ela não percebia por que deveria ter sonhos menores do que as outras pessoas, só porque era uma garota das ilhas. Isso não mudou, mas a cada ano que passa, ela percebe o quão sortuda foi. As coisas poderiam ter sido muito diferentes para Etta Pringle, e ela ainda tem uma dívida a pagar ao mundo.

Lin

Marisol leva a Lin um copo de chá gelado. Lin voltou a comer e a beber sozinho depois do infarto mais recente, e só consegue andar usando a bengala. Ele se recosta no sofá e assiste a Etta Pringle no noticiário. Bunny Pringle. A garota que deve ter mais de setenta anos agora, e ainda está fazendo aqueles nados doidos.

Lin deveria saber que chegaria a este ponto. Deveria saber no dia em que viu Bunny e Covey nadando no meio da tempestade tropical em 1963. Deveria saber que se você tinha sido capaz de ir longe daquele jeito, naquele tipo de água, se você corresse aquele risco, talvez não fosse como as outras pessoas. Provavelmente havia muito que você estaria disposto a fazer para conseguir o que queria, coisas que os outros não ousariam tentar.

Antes
Uma noite de verão

Em uma noite de verão de 1965, Bunny ouviu alguém batendo na janela do seu quarto. Os pais dela estavam adormecidos. Ela abriu as cortinas só o suficiente para espiar lá fora e viu Covey em pé no escuro, a boca escancarada em um grito silencioso. Bunny correu lá pra fora.

"O que foi?", sussurrou. "O que foi?"

Covey não falava. Estava tremendo. Bunny nunca tinha visto a amiga assim. Afinal de contas, aquela era Coventina Lyncook. Aquela que apelidaram de Golfinho. Ela havia nadado em meio a tempestades, saltado sobre víboras, ignorado as fofocas sobre seus pais. Bunny sabia que Covey poderia enfrentar qualquer coisa. Só que Covey ainda não havia contado a ela sobre Homenzinho.

Enquanto Bunny abraçava Covey, enquanto Covey chorava e começava a falar, Bunny sentiu todo o peso da infância desabando sobre elas. Bunny e Covey cresceram acreditando que tudo era possível, até para elas. Mas quando você era menina, as pessoas podiam te dizer como andar, se sentar, falar, o que fazer, aonde ir, como pensar, a quem amar.

E a quem obedecer.

Pearl, 1965

No dia do casamento da filha, o sr. Lin ficou bêbado mais rápido do que o normal.

"Você ainda está na cozinha, Pearl?", perguntou ele. Gesticulou vagamente em direção à mesa no salão de recepção onde Pearl havia estado sentada, vez ou outra, incapaz de pegar mais do que a obrigatória colherada de comida para provar. "Venha, sente-se e coma bolo conosco. É o seu bolo."

"Só um momento, sr. Lin, eu já vou", disse Pearl, voltando para a cozinha. "Há algo que preciso fazer antes."

Havia algo que Pearl precisava encontrar.

Olhando para os funcionários do hotel, Pearl correu para o balcão, onde o bolo estava descansando antes de ser levado para o saguão da recepção. Nada. Ela estendeu a mão para a prateleira abaixo de onde estava seu avental e o levantou para verificar embaixo. Nada. Ela se agachou para dar uma olhada melhor, mas ainda não conseguiu encontrar o que estava procurando, o frasco que havia empurrado atrás de uma tigela no início do dia. Precisava ser mantido longe da comida. Aquela não era a cozinha dela, nem a do senhor Lin, era apenas uma convidada ali. Qualquer pessoa poderia ter aparecido e mudado as coisas de lugar.

O som de um garfo tilintando contra um copo e o pigarro de uma garganta contra um microfone fez Pearl se levantar. Ela alisou o vestido e se dirigiu ao saguão da recepção com o que esperava que parecesse um passo confiante. Alguém devia ter encontrado o frasco e o colocado em um armário, onde quer que guardassem coisas assim. Coisas como sabão em pó, alvejante, veneno de rato. O frasco estava claramente marcado. Pearl disse a si mesma para não se preocupar.

Porém, mais tarde, Pearl se sentiria muito preocupada. Durante anos, ela se perguntou o que havia acontecido com aquele frasco de veneno. Certamente, alguém o viu, alguém o moveu. E, provavelmente, alguém o havia usado. Mas quem? A polícia tinha encontrado algo na taça de champanhe do Homenzinho. Graças a Deus eles não encontraram nada no bolo ou Pearl teria acabado na prisão por algo que ela nem teve coragem de fazer.

Pearl havia pensado tanto em machucar Homenzinho que passaria o resto da vida sentindo um pouco de culpa pela morte dele.

Mas nunca tristeza.

O momento

Os maiores momentos de nossa vida costumam ser apenas isso, uma questão de segundos quando algo se altera, nós reagimos e tudo muda. Covey estava passando pela recepção do casamento em um tipo de estupor, mas quando viu Homenzinho desabar no chão no dia em que foi obrigada a se casar com ele, sua cabeça começou a clarear. Covey olhou para cima em quatro direções e esse foi seu momento decisivo.

Primeiro, procurou pelo pai. Lá estava ele, logo atrás dela, de boca aberta. Em seguida, procurou por Pearl, que estava do outro lado da sala, movendo-se rapidamente em direção à comoção. Depois, olhou para Bunny, que estava a apenas alguns passos de distância. Dessas três pessoas, apenas uma delas estava olhando para Covey quando Homenzinho deu seu último suspiro. Apenas uma delas sustentou seu olhar enquanto todas as outras se concentravam no homem agonizando. E foi então que Covey soube. Covey vira o que tinha acontecido, ela apenas não havia entendido o que significava. Então se virou na quarta direção, em direção à porta de vidro de correr que dava para o gramado dos fundos do hotel.

A porta estava a apenas alguns metros de distância. O gramado ia por um caminho que descia até a costa, em um ponto ao longo de uma série de amplos degraus de pedra, onde girinos estavam eclodindo e crescendo em poças de água que se formavam. A mãe de Covey costumava parar naqueles degraus para mostrar a ela os girinos. Eles cresciam em ritmos diferentes, de modo que alguns ainda estavam se contorcendo como peixinhos, enquanto outros já tinham os primeiros tocos de suas perninhas de sapo brotando e iam assumindo uma aparência quadrada sobre seus corpos até que, em breve, estariam prontos para saltar os arbustos e avançar em direção ao resto de sua vida.

Enquanto Covey corria pela porta, enquanto tropeçava e perdia os sapatos no gramado, tirava o vestido de noiva e o deixava na areia, jurou que iria para o túmulo sem revelar o que tinha visto. Quando criança, ela havia aprendido o certo e o errado, mas mesmo assim, entendeu que nem sempre é possível separar os dois.

Covey nunca disse a verdade, nem nas cartas nem nas gravações que deixou para os filhos no fim de sua vida, nem nas conversas com seu advogado e amante, nem no conforto de seu leito conjugal. Mesmo quando sonhava em voltar à ilha para mostrar aos filhos de onde viera, sabia em seu coração que nunca poderia voltar porque jamais seria capaz de limpar seu nome.

Aquelas quatro décadas de casamento com o homem que ela amava e que lhe dera dois de seus filhos foram um enorme presente. Se você tivesse sido abençoado com uma vida assim, se outra pessoa tivesse se arriscado tanto para ajudá-lo, o que você estaria disposto a fazer?

Mais de cinquenta anos depois, os filhos de Covey ousarão fazer a pergunta. Eles vão perguntar à amiga mais antiga de sua mãe se ela acha que Covey Lyncook matou Homenzinho Henry em 1965. Eles ficarão aliviados ao ver Bunny Pringle balançar a cabeça, lenta e firmemente. Aliviados ao ouvir Bunny dizer que muitas pessoas gostariam de ver Homenzinho morto. E eles vão perceber também que a resposta de Bunny não os aproximou da verdade do que aconteceu naquele dia.

Naquela época

Naquela época, não havia câmeras de vigilância. O fotógrafo de casamento estava em um canto trocando de filme. Os músicos estavam ocupados tocando música. Os garçons ainda estavam entregando pratos de bolo em algumas das mesas. O pai da noiva estava terminando mais uma bebida. A noiva revirava o bolo com o garfo, tentando não chorar. Todo mundo estava ocupado olhando para outro lugar quando um dos convidados puxou um pequeno frasco de sua bolsa.

Naquela época, todos sabiam que o champanhe podia subir à cabeça de uma jovem. Que ela podia vagar de uma mesa a outra com uma taça na mão, que podia se inclinar entre os recém-casados e depositar um beijo na bochecha de sua amiga, que podia colocar sua taça na mesa, que podia derrubar um prato de bolo no colo da noiva e, acidentalmente, pegar a taça do noivo em vez da sua. Ninguém pensaria nisso porque, fora d'água, Bunny Pringle sempre fora uma garota desajeitada.

Ninguém perceberia, a princípio, que fora uma taça de champanhe que pôs fim à vida do Homenzinho. Quando um policial enfim cheirou a taça quebrada e pronunciou a palavra "veneno", alguns dos convidados do casamento pensaram em seus próprios desejos secretos, em seu profundo ressentimento em relação ao morto. Em relação ao tipo de homem que obtém satisfação com a coerção de outros. Eles esperariam que a pessoa que fez isso nunca fosse pega. Tantas pessoas tinham entrado e saído da cozinha naquele dia, poderia ter sido qualquer uma delas.

Naquela época, era mais fácil cometer um assassinato. Você só precisava se concentrar, saber a quem era leal e não pensar nas consequências.

Agora

Descanse em paz

"Há alguma lei sobre exumar cadáveres?"

"Mas é o nosso pai."

"Seria diferente porque se trata de cinzas?"

"Vamos perguntar ao Charles. Ele saberá."

Levou um tempo, mas Byron e Benny enfim se acostumaram a chamar o sr. Mitch pelo primeiro nome. Afinal de contas, Charles é alguém com quem a mãe deles se importava muito. E ele sabe mais sobre a vida de ambos do que a maioria das pessoas saberá. Além disso, o nariz dele ficou rosado da primeira vez que Benny o chamou de Charles. Só isso já fez valer a pena a troca, Byron disse naquele dia, rindo.

Sim, Charles diz a eles, será necessária uma licença, mas há empresas que podem ajudar. Eles não são os primeiros a tomar esse tipo de decisão. Por fim, Byron e Benny conseguem permissão para exumar os restos mortais do pai.

Um ano depois da morte de Eleanor Bennett, Marble e Etta voam juntas de Londres. No dia seguinte, Benny e Marble fatiam cebolinha e alho e mexem leite de coco em uma panela de arroz e feijão. Byron acende a churrasqueira e Etta prepara ponche de rum doce que desce fácil demais, enquanto Lynette dança com o bebê na varanda da casa de praia. É o tipo de almoço que reúne pessoas conforme as horas passam, Charles e uma de suas filhas, Cabo e sua mulher e filhos, além dos vizinhos.

A antiga casa, o antigo bangalô onde Byron e Benny cresceram, pertence a outra família agora, um jovem casal com crianças pequenas, que instalaram um novo encanamento. Parece adequado para a antiga casa

Bennett criar uma nova família, e a ideia disso faz Byron sorrir. Mesmo assim, ele tenta não ir até aquela rua se puder evitar.

Quando Etta está alta o suficiente, os filhos de Eleanor extraem uma promessa dela. Sim, ela diz, vai levar todos eles à ilha algum dia. Eles podem planejar. Eles, seus companheiros e crianças, até Charles, se quiser. Certamente tempo suficiente se passou entre *agora* e *antes*, dizem eles, embora ninguém tenha certeza.

Mas antes, isto.

Os filhos de Eleanor estão levando as cinzas dela, agora misturada com as do pai, para o mar. Etta nada na frente do barco, sua touca cor de neon do mesmo laranja da boia inflável presa em seu corpo. Quando eles estão a quatro quilômetros da costa, jogam a escada de corda e retiram Etta da água, colocando uma toalha ao redor de seus ombros. Eles ficam ali parados por um momento, ouvindo o guinchar do barco contra as ondas antes de assentirem um para o outro e espalharem as cinzas na água. Então, Marble, Byron e Benny pegam o que sobrou do último bolo preto de sua mãe, o esfarelam e deixam cair na água.

Nota da autora

Nem todo mundo se senta para escrever um livro, mas todos são contadores de histórias, de uma forma ou de outra. Enquanto escrevo este romance, uma vida inteira de piadas e impressões breves compartilhadas por membros caribenhos da minha família multicultural me ajudou a desenvolver alguns dos personagens ficcionais e o cenário dos anos 1950 e 1960.

As cenas da ilha sem nome no Caribe refletem um pouco da geografia e da história da Jamaica, onde meus pais e outros parentes viveram antes de emigrar para a Inglaterra e para os Estados Unidos. A cidade fictícia onde os membros da geração mais velha do livro cresceram é inspirada na costa nordeste daquela ilha e usa uma mistura de locais reais e inventados.

A maioria dos personagens em *Bolo preto* são pessoas que não exatamente se ajustam às caixinhas que os outros definiram para eles. Eles lutam contra estereótipos e o abismo entre seus interesses e ambições e a vida que outras pessoas esperam que eles levem, com base em gênero, cultura ou classe. Suas dificuldades são universais e específicas aos tempos e lugares em que vivem.

Durante o processo de escrita, li artigos e relatos históricos de jornalistas, acadêmicos, além de textos on-line, como os da Biblioteca Nacional da Jamaica e dos Arquivos Nacionais e da Biblioteca Britânica na Inglaterra. Achei interessantes postagens on-line de pessoas que se identificam com a cultura caribenha e britânica, e discussões sobre a diáspora chinesa por instituições como o Museu Chinês-Americano em Los Angeles. Vi inúmeras fotos, vídeos, mapas e receitas.

O pano de fundo para a geração mais velha da história inclui referências a tensões interétnicas envolvendo imigrantes chineses e suas famílias na Jamaica na década de 1960. Também leva em consideração algumas das dificuldades enfrentadas pelos imigrantes caribenhos identificados como negros ou "de cor" na Inglaterra durante o mesmo período. Achei o processo de pesquisa revelador.

Eu estava ciente, por exemplo, de que muitos imigrantes chineses que vieram para o Caribe como serviçais contratados de meados dos anos 1800 ao início dos anos 1900 haviam enfrentado duras condições de trabalho e uma pobreza significativa antes de melhorar muito sua situação econômica. No entanto, não percebi que apesar de representar apenas uma pequena fração da população da Jamaica na metade da década de 1960, os empresários chineses ou sino-jamaicanos passaram a possuir a maior parte das lojas e outros negócios naquele país. Essa prosperidade relativa floresceu em uma época de crescente desilusão entre outros jamaicanos, a maioria dos quais era afrodescendente e estava sentindo o peso da escassez de empregos, distinções de classe e colorismo em sua sociedade pós-colonial. As descrições de violência e motins contra empresas chinesas no romance são fictícias, mas inspiradas em conflitos da vida real daquele período.

Eu sabia que imigrantes do Caribe e de outras nações da Comunidade Britânica foram ativamente recrutados para estudar enfermagem e para trabalhar em outros setores na Inglaterra nos anos pós-Segunda Guerra Mundial. Mas antes de ler relatos em primeira mão sobre imigrantes, eu não sabia até que ponto alguns estagiários e funcionários caribenhos se viram perseguidos, discriminados e limitados nas oportunidades de trabalho em suas áreas profissionais.

Foi minha familiaridade pessoal com uma comida caribenha específica, o bolo preto, que levou indiretamente a este livro. Me fez pensar sobre o peso emocional carregado por receitas e outros marcadores familiares que são passados de uma geração para a outra. Então, comecei a escrever sobre personagens que devem se apegar a seu senso de identidade quando descobrem que sua vida foi construída sobre uma narrativa duvidosa.

Apesar do uso de algum contexto histórico e atual, esta narrativa enfoca principalmente a vida emocional dos personagens e pretende ser uma fábula ao relatar alguns de seus principais eventos. Para histórias de ficção mais profundamente enraizadas no discurso político e social de vidas multiculturais em vários países caribenhos e na diáspora caribenha de meados ao fim do século xx, gostaria de lembrar aos leitores que há uma série de autores maravilhosos a quem recorrer, como Edwidge Danticat, Marlon James e Jamaica Kincaid.

Gostaria de recomendar também alguns livros que descobri ao finalizar esta obra: O romance *Pao*, de Kerry Young, e o relato de não ficção *Finding Samuel Lowe: China, Jamaica, Harlem*, de Paula Williams Madison, oferecem percepções diferentes, mas fascinantes, da experiência do Caribe chinês. Gostaria também de mencionar a produtora e diretora Jeanette Kong, nascida na Jamaica, que fez um filme baseado no livro de Williams Madison e outros documentários sobre esse aspecto da vida caribenha.

The Lonely Londoners, de Sam Selvon e, mais recentemente, *Small Island*, de Andrea Levy, fazem um trabalho maravilhoso de trazer à vida algumas das nuances das relações étnicas na Jamaica e na experiência dos imigrantes entre o Caribe e a Inglaterra nos anos pós-Segunda Guerra Mundial. *The Windrush Betrayal*, da jornalista britânica Amelia Gentleman, também foi útil para capturar o senso de dupla identidade que muitos membros caribenhos da Comunidade Britânica sentiram ao se estabelecer em novas vidas na Inglaterra. Esta não é uma lista exaustiva, e encorajo os leitores a continuar sua própria exploração desses tópicos.

Mesmo quando as histórias são inventadas, elas geralmente contêm verdades emocionais. É minha esperança que as notas emocionais desta história ressoem com pessoas de várias origens que pensaram sobre a mudança de conceitos de lar e família, sobre saudade, perda e segunda chance e, claro, amor.

Agradecimentos

É necessária uma aldeia inteira para criar uma criança, e o mesmo pode ser dito em relação a este livro. Estou alegremente em débito com Madeleine Milburn, que, junto com seu talentoso time de agentes literários e assistentes, abriu uma série de portas que por fim levaram à publicação. Muito obrigada aos editores Jessica Leeke e Hilary Rubin Teeman por receberem este romance de corações abertos, mentes questionadoras e olhos perspicazes, e a todos na Penguin Michael Joseph e Ballantine, que nutriram e trouxeram este projeto para o mundo. Um agradecimento especial àqueles que me encorajaram ao longo do caminho: minha família, GR e meus amigos leitores ávidos, alguns dos quais dedicaram um tempo para ler as primeiras páginas deste romance. Por fim, um agradecimento a meus colegas escritores, incluindo o brilhante ArmadillHers, que me inspiram diariamente com o amor pelas histórias, pela vida e pela preocupação com o nosso mundo.

TIPOGRAFIA Adriane por Marconi Lima
DIAGRAMAÇÃO Verba Editorial
PAPEL Pólen Soft, Suzano S.A.
IMPRESSÃO Gráfica Bartira, maio de 2022

A marca FSC® é a garantia de que a madeira utilizada na fabricação do papel deste livro provém de florestas que foram gerenciadas de maneira ambientalmente correta, socialmente justa e economicamente viável, além de outras fontes de origem controlada.